YOU ARE
ALREADY IN
THE FUTURE

宝树 著

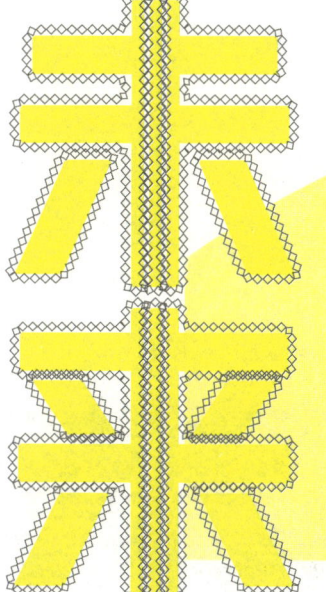

你已生活在未来

人民文学出版社

图书在版编目（CIP）数据

你已生活在未来 / 宝树著． -- 北京：人民文学出版社，2025． -- ISBN 978-7-02-019266-3

I．I247.7

中国国家版本馆 CIP 数据核字第 2025US9078 号

责任编辑　向心愿　黄岭贝
装帧设计　李思安
责任印制　张　娜

出版发行　人民文学出版社
社　　址　北京市朝内大街166号
邮政编码　100705

印　　刷　侨友印刷（河北）有限公司
经　　销　全国新华书店等

字　　数　209千字
开　　本　880毫米×1230毫米　1/32
印　　张　12.5　插页3
印　　数　1—8000
版　　次　2025年7月北京第1版
印　　次　2025年7月第1次印刷

书　　号　978-7-02-019266-3
定　　价　56.00元

如有印装质量问题，请与本社图书销售中心调换。电话：010-59905336

目 录

相　亲　　　　　　001
真　爱　　　　　　011
我的高考　　　　　023
超时空同居　　　　098
虚拟爱情游戏　　　109
人人都爱拍电影　　136
留下她的记忆　　　154
妞　妞　　　　　　166
模拟人之殇　　　　204
度假周　　　　　　218
流　年　　　　　　260
中元节　　　　　　304
未来故事　　　　　340

后　记　　　　　　391

相　亲

　　她就坐在我对面，如瀑的长发映衬着洁白的脸蛋，微低着头，嘴角露出腼腆的微笑。她不时抬起眼皮看我一眼，当我的视线偶尔和这对明眸碰在一起，她双颊会泛起一片羞涩的红晕。

　　看到她，我对老妈的怒火顿时无影无踪，但更快又被深深的自卑所取代。我知道这必然是一场毫无希望的约会，甚至比之前的更没有希望。

　　故事老得掉牙：老爸给我打电话，说我妈病了，高烧起不来床，催我回来看她。当我回家的时候，却看到她老人家红光满面地来开门。我立刻明白是怎么回事，气得扭头要走。老妈一把拽住我，好说歹说，硬把我留下，我像个木偶一样，被爸妈按住梳洗打扮一番之后，就被带来了这地方，参加我的第32次相亲。

但这次还真是和以前不同。从餐厅的规格就可以看出，此刻我们正在未来大厦顶层，1200米高的旋转餐厅里，俯视着脚下这座灯火辉煌的大都市，面前各摆着一份法式鹅肝煎羊排和42年的红酒。这里是女方订的，通过刚才的寒暄，我知道了她叫秦娜，父亲是有声望的律师，母亲是大学教师，而她本人也刚刚获得名牌大学的文学硕士学位，毫无疑问处于社会的顶端。这和我寒酸的普通家庭出身已经拉开了距离，我不禁好奇地想，是什么让这位美女同意和我这样其貌不扬的大龄青年相亲的。

但仔细想想，这也不奇怪，高学历兼出众的美貌，高不成低不就，让她加入了剩女一族，年近三十，想必她父母和我爸妈一样着急，双方家长病急乱投医中，我们就这样坐在了彼此对面。或许，或许我有机会和她发展……

不，不可能，这是不可能的。因为与生俱来的缺陷，这一切最终和之前的31次相亲不会有什么区别，投入太多只会伤害自己。我无奈地提醒自己。

因为我是一个F级基因者，这是烙在我每一个细胞最深处，无法摆脱的贱民标志。

我身高182厘米，体重70公斤，身体健康，长得也不赖。虽然谈不上聪明绝顶，好歹也拿了一张大学毕业文凭和建筑师资格证，在公司里也做出了一点业绩。从各方面看，我都是一个不错的小伙子，除了在最重要的那一方面：构成我之为我最根本的要素，有不可或缺的缺陷。虽然在平时它对我毫无影响，但是在今天这样的场合，却仿佛有一个声音，在我耳边强制提醒我这些我不愿想起的知识：

人类以及几乎所有动植物的基因主要由脱氧核糖核酸，即DNA构成，基本结构是两条相互缠绕的分子链条，每条链条都由腺嘌呤、鸟嘌呤、胞嘧啶和胸腺嘧啶四种不同碱基组成，其中腺嘌呤和胸腺嘧啶，鸟嘌呤和胞嘧啶分别通过氢键结合，构成碱基对，这些不同的碱基对，就是DNA双螺旋链条的最基本组成单位。生物遗传的秘密，就在这些碱基对长达30亿位的排列之中，它们决定了生物发育的一切性状和细节。

早在半世纪之前的二十一世纪初期，人类就基本完成了人的基因组测序，测定了人类遗传基因中的全部碱基对，此后很快进一步应用于个体，只要花一小笔钱，每个人都可以巨细无遗地知道自己的全部基因序列。但这些序列并非都有用，其中大部分是无用的信息，是进化史产生的冗余，当时还无法确切知道是哪些基因控制哪些性状。这些密码在之后的几十年中被一一破译。借助软件分析这些数据，可以很容易地看出一个人在正常发育情况下的容貌、肤色、身高、健康程度、容易得哪些疾病，甚至有没有心理变态倾向，等等。

人的遗传基因有优劣之分，这是甚至在DNA被发现之前就早已知道的。但这个时代的进步在于，人类能够精确地量化把握每个人的基因，并通过电脑程序加以评估。不幸的是，虽然我现在健健康康，没病没灾，但基因在正态分布曲线上却属于最差的15%，在评级上是F级。基本上在相亲时，只要我亮出自己的基因评估表，这场约会就泡汤了……

"对了，林先生，你平常都喜欢做什么呢？"我正心不在焉，秦娜娇怯怯地问。

既然已经不抱什么希望，我就把老妈谆谆教导的那套说辞都抛诸脑后，既不说自己喜欢读书或者听古典音乐，更不说打高尔夫球之类的，想说什么说什么。我毫无优雅仪态地将红酒一口干掉，轻松地一笑，说："我这人没什么追求，就喜欢玩VR游戏，比如《太空大战》……"

"哦？是哪个太空站？"秦娜眼睛一亮，似乎颇感兴趣。

看来我们还真是两个世界的人，我想。"不，不是太空站，"我说，"是《太空大战》，一款流行的虚拟实境游戏——"

"我知道，"秦娜却打断我，"我是问你，游戏里你打到哪个站了？是小行星站，还是木星站，或者天王星站？"

我有些吃惊地看着她："哦，是海王星站，你也玩这个？"

"海王星站？"秦娜眉飞色舞地说，"我记得那里的巨章鱼特别难打，对不对？"

"是啊，"我说，"每次斩了它一只触手又长出另一只来了，怎么杀也杀不死，真烦。"

"这有个窍门，你可以同时放电离炮和冰冻波束，"秦娜说，"不过具体操作有点复杂……回头有机会咱们切磋一下。"

就这样，我们居然聊到了投机的话题。秦娜也是一个虚拟实境游戏的爱好者，《太空大战》已经打到了奥尔特云站，把那些外星战舰打得落花流水。说到高兴之处，不由口若悬河，手舞足蹈，比比画画，一扫刚才的腼腆羞怯。

而我们在其他方面，共同爱好也不少，比如我们都爱野营和登山，还有都喜欢看何慈康的小说，甚至都喜欢养德国牧羊犬……天，她真是我一直梦想中的女孩！

但是……

但是时间飞快流逝，谈话也渐渐进入正轨，上的什么大学，在哪里工作，将来有什么计划等，虽然这些方面我自信还可以一说，但我知道，最终还得拿出那张表格来，当然，就算不拿出来结果也是一样，甚至更糟。

和其他人一样，从小我就做了基因评估，以制订最佳保健方案，对可能的遗传病防患于未然。一个人的基因属于个人隐私，你有权保持秘密。国家明文规定，任何学校和单位绝不能因为这一点而歧视你，所以在求学和就业时我倒没有受什么阻碍。但是私人关系就是另一回事了，在恋爱中，对方当然可以要求知道你的基因。

由于法律和伦理上的严峻问题，各国都严禁用人为手段进行基因改造和优化生育，因此即使有先进的基因技术，人类的传宗接代还是以传统方式进行。只不过现在人们已经知道了自己的后代可能是什么样子的——当然都由男女双方的基因决定。

对 A 级和 B 级基因者来说,这是很大的优势,他们会主动公开自己的基因,就像公孔雀炫耀自己的美丽尾羽,这也迫使其他人出示自己的基因。C、D 级基因者处于中流,他们公开基因也没有太大的压力,最后只剩下下面的 E、F 和 G 级,说不说也就没什么区别了,你不愿告诉对方,人家自然更知道你是劣质基因者。

当然,这事我可以拖到第二次或者第三次约会再说,但是那又有什么区别? 拖得越长,痛苦越大,还不如早死早投胎。

"对了,这是我的基因评估结果,也许你可以参考一下……"我下定决心,找了个间隙拿出了一张电子表格,递给秦娜。

秦娜有些意外地看了我一眼,但仍然把表格接过去。扫了一眼,随口说:"挺不错啊。"又还给我。

挺不错? 我有些意外,怎么会不错? 我接过表格,打开来看了一眼,自己也吓了一跳,评级一栏上赫然是 C 级! 这……难道不是我的结果?

表格是老妈在出门时塞给我的,平常一直都是她保管,我也没多看,但想不到她居然胆大到偷换了一份! 难怪她今天有些欲言又止…… 我好奇地检视着,上面密密麻麻有很多数据,我看不太懂,但作为一个 F 级基因者,我比一般人总多了解一些,这张表格是一种特制的智能电子纸张,存储了我全部的 30 亿对碱基数据,还能够针对特殊的疾病和性状进行查询,上面千真万确是我的名字和身份,这究竟是怎么回事? 每个人的 DNA 都是独一无二的，在政府部门有备案，表格上的资料也来自政府的数据库，很难伪造。难道是以前搞错了不成？

我查找了几个专门的单词，但是没有找到结果，看到的遗传病问题一般也就是糖尿病、癌症等常见遗传病问题的警告，可能性并不高，属于正常范围。我蓦然明白了老妈玩的是什么把戏：很简单，基因评级是民间自发进行的，政府不鼓励也不干预，因此同时往往并存着几种测评方式，这些都是合法的。老妈不知到哪里找了一家小公司，用社会主流已经淘汰的旧方法评估了一遍，按照旧评估法，我的基因并不差。事实上，我小时候从未觉得自己的基因有什么问题。但我上大学那年，对基因的研究取得了新进展，特别是在本来认为的垃圾DNA中发现了若干和智力相关的重要基因片段，就是这种新的评估法，把我从普通人打成了等而下之的另类。

研究发现，在我的DNA编码上有一个隐匿的突变，会影响神经元突触小泡的发育，这个缺陷不会导致后代变成白痴或低能儿，但有一半的可能会抑制智力发展，使之止步于中等。当然，大部分人都智商平平，这没什么，但明知基因里有抑制智力的因素，就是另一回事了。这种基因是显性遗传，很可能影响我的后代。虽然可以通过教育和后天培养弥补改善，但先天的劣势无法回避。

"你怎么了？看什么呢？"秦娜一双妙目奇怪地盯着我。

我苦笑了一下，老妈钻了法律的空子，多半是怕我不配合才不跟我说，不过这有什么用？要知道，夫妇在婚前也要进行基因配对，咨询专门医师的意见，看彼此的基因组合是否可能产生出基因有问题的后代。瞒得了初一，瞒不了十五。

当然，只要能瞒初一也不错，至少我和秦娜可以交往一阵呢，也许她会爱上我，不计较这些，至少能让我好好恋爱一场，我真的，真的不想放弃和秦娜这样的好姑娘发展的机会……

我叹了一口气，勇敢地凝视着秦娜美丽的眼睛："对不起，这张表格弄错了，我其实……其实是 F 级基因。"

我最终还是过不了自己那关，把事实一五一十地告诉了秦娜。我庆幸老妈没看到这一幕，要不然非把我臭骂一顿不可。

"……就是这样，"我最后说，"所以，我之前的相亲都失败了，今天，我也不抱希望。如果你不……那个……我也能理解……"

秦娜没有拂袖而去，却给了我一个灿烂的微笑："没关系。"

"没关系？"我的心狂跳起来，难道她真的不嫌弃我么？

"你看。"秦娜也从随身的包里拿出一张基因评估表格，递给我。我接过来，一个触目惊心的大"G"映入眼帘，我瞠目结舌，说不出话来。

"我是 G 级基因。"秦娜静静地说，"属于最差的 5%，还不如你呢，之前我也相亲过好多次了，可每次都是失败。"

"可是这怎么可能？你明明应该是……"一般来说，社会上层的基因都不会差，特别是秦娜这种经过好几代人的优化组合的，从容貌上看就应该属于最优了。怎会是 G 级？

"我爸爸是 A 级，妈妈是 B 级，"秦娜黯然说，"但很不巧，他们一些不良基因都汇集在我身上，又发生了几点突变，对我自己并没有影响，但是评估结果就一落千丈了。医生说，这种情况不到万分之一的概率，可是却偏偏落在我的身上。"

"原来如此。"我恍然大悟，知道为什么这样优秀的女孩要来跟我相亲，原来我们是 —— 同病相怜。

"你知道我为什么玩《太空大战》那么拿手？"秦娜自嘲说，"是因为我每次都把游戏里的怪兽想象成那些该死的相亲者，他们只要看一眼我的评估表就会走开，就像躲瘟神一样！当然也有些说不在乎的，但我看得出他们只是想占我便宜，根本没有结婚的打算……真想劈死那些浑蛋男人！但是你，你不一样，你很诚实，我们各方面也很合拍……如果你愿意和我交往的话……"她的脸红了，没有说下去。

我放下那张表格，把手放在秦娜手上，秦娜的手微微一抖，却没有躲开，脸更红了。我感受着她纤纤手掌的温暖和绵软，心神激荡，千万句情意绵绵的表白已经涌到了我的嘴边……

我闭上眼睛，深深吸了一口气，终于下定了决心，站起身，握住秦娜的手，干巴巴地说："很高兴认识你，今天就到这里吧，希望下次有机会再见。"

秦娜诧异地盯着我，眼睛瞪得大大的，似乎我说的是外星语。过了几秒钟，她才反应过来，一张脸忽然变得煞白，随手拿起身边的红酒,全都泼在我脸上,不顾周围人惊讶的目光,大步离去。

我颓然坐倒,无力去擦拭脸上的酒水。我悲哀地想,也许自己做了一生中最错误的决定。

但我别无选择。在这个时代,基因的分层已经日益明显,优秀的基因总是和优秀的基因结合,而劣质的基因只能找劣质的基因,科学家预测,这最终会导致人类的两极分化,也许再过几代或几十代人,人类将分化成两个物种。一个智慧、美丽、高大、强健,一个愚拙、丑陋、矮小、孱弱……

而我绝不希望自己的后代停留在F级,更不愿跌入G级,不,我至少要找到E级以上的对象,这样才有可能让子女跻身中等基因者,然后再一步步进入上等基因。这是一场跨越世代,甚至可能跨越千年的大竞争,我的子孙们必须逆流而上,也许要经历几个世纪,才能加入最优秀基因者的行列。为此我别无选择,哪怕伤害秦娜这样美丽善良的好姑娘……

不知不觉中,我的泪水夺眶而出,混入了脸上的酒水,淌过面颊,滴到地上。

真　爱

1

81岁的时候，我找到了真爱。

我知道，这个年龄有点大了，大部分人都是在六七十岁就开始寻找爱情——我是说真正长远的亲密关系，不是二三十岁那种青涩的小打小闹，也不是四五十岁单纯寻求刺激的感性活动。那些年，我也曾对身边的同龄人热衷结婚生育不屑一顾，不过人生也就三百来岁，时间到了总要稳定下来，至少稳定个三四十年。

就像所有人那样，我在"爱神数据"找到了一个女孩子，她只有45岁，大学刚毕业，几乎可算是未成年少女。不过心理年龄和我相当，至少爱神数据是这么说的，它们从不出错。另外，性格、爱好、政治光谱、经济状况、基因类型等和我也正匹配。至于容貌当然是倾国倾城，但基因优化之后，谁不是这样呢？

我们第一次见面，我就确定自己爱上了她。虽说是虚拟实境中的化身见面，但和真实毫无区别。她娇美无瑕，温柔可爱，我也表现得极有绅士风度，大方得体——这是我们的本来面貌，毫无遮掩，虽说有些体态和妙语需要人工智能提示一下。

我们又以增强现实方式约会了一两次，然后正式确定了关系，也就是说，我们进行了"床伴连接"，我进入她床上的伴侣娃娃中，度过了销魂的一夜。有些人认为第一次的时候应该真人相见，但我们还是比较谨慎，使用伴侣娃娃作为分身，能够完成许多高难度动作，令整个过程更加甜美顺畅，更何况我们所在的城市距离很远，一千多公里，开飞车来回也得两个小时，太浪费时间了。

一年后我们订婚了，虽说还没见到对方真人。婚姻毕竟是一件大事，一起生一个孩子，再抚养长大，起码要有三十年，所以我们像大多数人一样，事先去爱神数据做了关系评估。爱神数据给我们的关系打分很高，完美度达到97.3%，我以为这是一个相当不错的评估，但是未婚妻并不满意，作为完美主义者，她认为至少应该高于99%才行，还说她大部分朋友都是这个级别。这让我有点怀疑，如果你身边大部分人的爱情指数都达到99%，这个数据还有什么意义呢？

当然，我也并不反对提升一下我们的关系，爱神数据建议我们在"娑婆世界"进行一次梦境试炼。据说通过刻骨铭心的一段梦幻经历，能够大大提升我们的爱情指数。

2

梦境设定在古典世界。塔菲是一个罗马贵族家的小姐，而我是一名低贱的角斗士。一次比赛中，我单枪匹马杀死了对方五个人，赢得了在竞技场观战的塔菲的芳心。我们私下见面，偷偷相好。当然，这种关系不可能被她的家族所容忍。她被迫嫁给了一位总督，被带到东方的行省。我打赢了一场几乎不可能打赢的血战，被赐予自由，然后去寻找她。但当我找到外省时，却发现那里已经被波斯大军攻陷，总督被杀死，而塔菲被带到波斯的宫廷中……在这个故事中，我将在包括罗马、波斯、印度和汉朝的广袤世界上寻找她，而她也将经历无数磨难，成为各国宫廷中的贵妇——实际上也颇为享受——最后我将和东方战神吕布决一死战，争夺改名为貂蝉的她……

在娑婆世界脑机互动中，梦幻中的我们对现实世界只有极少的记忆，我们将像真正的古人那样生活。当然，虽然故事有十多年的时间跨度，但我们并不需要真正经历那么多的时间，调制的梦境正如真正的梦境一样，时间感会变慢，无关紧要的过渡会在朦胧中变换过去，整个过程大概也就半天时间。梦中，我们的活动有很高的自由度，但是一系列具体选择又是根据我们的心理结构设定的，让我们不至于放弃本来的目标。当我们在战斗或意外中丢掉性命时，这一部分记忆会迅速被电脑系统修改，以便让梦境沿着既定的方向进行到底。

我们将在这次梦境的试炼中经历种种生离死别，无数艰险磨难，从而在这一场游戏结束时，更深刻地相爱。

梦境的开头十分顺利，我和塔菲相遇相爱，又痛苦离别，我发誓去寻找她。但当我在竞技场上干掉那个我以为是最后强敌的巨人后，麻烦才刚刚开始。

意想不到的新对手出现了，那是一对双胞胎，同样身材高大，武艺更为精湛，而且配合极为精妙，我根本找不到他们的弱点，被他们逼得连连后退。

观众发出不满的嘘声，因为二打一不太光彩。但我这边所有的角斗士都被杀死了，主持者便另找了一名角斗士加入战团，我看了十分失望，此人戴着头盔，身材瘦小，一看就不能打，大概只是敷衍一下观众。但谁料他挥动铁剑，竟有狂风暴雨般的气势，成功地牵制住了一名敌手，我身上的压力一下子就轻了。我精神一振，也连出妙招，很快让我的对手左支右绌，然后抓住机会，一剑将他大腿砍断，他惨呼倒地。

我大喜之下，扑过去要补上一剑，但背后一凉，原来是他的兄弟不顾性命来救，矛尖已经抵到我的背心。不过，我的战友此时抓住破绽，把他一刀砍成两半。我们正惊魂未定，地上的敌人又掷出一把飞刀，飞向我战友裸露的脖颈。我忙一把推开他，救了他的性命。

或者说——"她"。等我的战友摘下头盔，接受观众的欢呼，我才发现，那是一个年轻女人。一位神色刚毅，双目炯炯有神的女角斗士，威风凛凛，宛如女武神，但露出骄傲的微笑，又灿如玫瑰。

我们深深对视，那一刻，我遇到了我的真爱。但很久以后，我才明白。

3

那位女角斗士名叫薇娅，是一名自由民少女，因为家族债务而被迫卖身为奴。她不愿意去做伺候人的女奴，宁愿当一名角斗士。本来没人指望她能活过三天，但她却证明自己天赋异禀，甚至可以打败最强大的男人。

我们又携手作战了几次，最后得到了自由。薇娅和我也成了朋友，她告诉我，她解放之后，也要寻找一个人。那是她家族的死敌，杀死了她的父兄，还令她被迫成为债务奴隶。她一生的宿命，就是要报仇雪恨。

很巧的是，那人也去了东方。我们结伴而行，从意大利到希腊，从希腊到小亚细亚，又到了波斯……她的敌人和我的恋人踪迹时隐时现。我们在地中海的暴风雨上颠簸，在巴比伦的废墟上徜徉,流浪在叙利亚的沙漠中,又翻越兴都库什山的万丈雪峰……我们肩并肩,手牵手,与海盗作战,和山中的怪兽厮杀,力抗波斯和印度的大军……

薇娅的故事也没有那么简单,那个杀死她家人的仇敌,其实也是全家被她父亲杀害的桀骜少年,二人恩怨纠葛,爱恨难解。在恒河边上,我们听着佛教徒的唱经,恍惚中似乎悟到,彼此都是来自另一个世界的人。来到这苦难的世间历劫,是为了另一个世界的生活。然而在我心中,有一个声音,不想再回到另一个世界,就想在这里,和薇娅在一起,并肩看着恒河静静流逝……

梦境中的时光看似漫长,但也是一闪而过。我终于和塔菲团聚,完成了故事线,从梦中醒来。塔菲有些恍惚,在梦中,她对俊朗不凡的吕布也是欲拒还迎,不过对我万里寻踪去救她,还是十分感动。只是对梦中牵制住张辽,让我能成功击杀吕布的蒙面人有些疑惑。我告诉她,那只是一个NPC,糊弄了过去。

我们又去做了一次爱情指数评估,完美度竟然下降了12%!我做贼心虚,把问题推给塔菲和吕布的缠绵情缘。有段时间,我们的关系也冷淡下来,甚至开始约会其他对象。不过,爱神数据没有骗我们,我们仍然是彼此最合适的。最后塔菲放弃了提高评估的努力,开始筹备婚礼。

我也私下找过婆婆世界的客服询问薇娅的事情。他说,梦境中的世界是由系统统一生成,在其中会安排各种各样的故事线,一般来讲故事线不可能交错,不过我和薇娅的故事线非常互补,系统便安排了我们作为搭档。

那么薇娅是谁？她和那个仇敌少年是不是也是和我们一样进行沉浸梦境体验的情侣？客服说，按理来说应该是这种情况，但要知道薇娅的真实身份是不可能的，这是客户的隐私，不可以泄露。

和一般的在线虚拟实境游戏不同，在婆婆世界，人无法提取真实世界的记忆，也就很难留下联系方式。但薇娅的面容和声音，我岂能忘却！虽然仅仅是几小时的梦境，但在梦中，我们宛如一起度过了十年的漫长时光，出生入死，远远胜过我和塔菲几次短暂相聚。我们有没有互诉衷肠？有没有肌肤之亲？我也曾观看过当时的录像，但梦境中种种意象模糊而又奇特，几乎无法索解。只看到当我和塔菲相拥时，薇娅在远处望着我，久久伫立。

4

我和塔菲举行了婚礼，像一般人的第一次婚礼一样，我们的婚礼隆重而盛大，在虚拟实境中，离婚已久的爸妈带着他们第四五任的配偶都来了，祖父母、曾祖父母……直到第七代祖父母中都来了不少人，他们祝福我们的婚姻能持续五十年——当然这可能性不大。

同时，我还在寻找薇娅。并且很意外地有了她的消息。那是在我婚后不久，我重新登录婆婆世界，想重温我们走过的地方。

但在我们的分别之处,东海的碣石上,我发现薇娅留下的一卷羊皮纸,在我们走后,它仍然忠实地留在婆婆世界的数据中。薇娅说,她发现要找的那少年已经穿过了一道神秘的时空门,到了遥远的未来。她会去那里找他,还说也许我们能够在那里再见面。

根据薇娅留下的线索,我在扶桑一座神秘的神庙中找到了时空门,但却进不去。我退出梦境,询问客服,才明白有一类高级玩家,可以将故事线延伸到婆婆世界的每一个子世界中。通过时空门可以结束这个世界的故事,进入下一个世界,不过不一定要连续进行。你可以一边在现实世界生活,一边在一个个梦境中将故事继续下去。

我升级了权限,终于穿过了时空门,进入千年后的中世纪欧洲,那是一个充满魔法的中世纪,龙和女巫在天上飞翔。这里的人们传诵着百年前的一场大战,我一听就明白,是薇娅和她的仇敌少年终于相遇,以绚丽而残酷的魔法交战。少年被薇娅所伤,逃向另一个时空。而我再一次错过了他们。

我一边寻找着薇娅,一边继续着现实生活。像其他夫妇一样,我和塔菲生了一个孩子,我是说我们各出了一个生殖细胞,被生育中心进行基因重组优化后,在人造子宫中孵化出了一个孩子。成为父亲以后,我忙碌起来,搬去和塔菲一起生活,进入婆婆世界的机会也就少了。只是偶尔去一下,在不同世界间游览,也不再抱着找到薇娅的希望。

但终于有一天,在第二次世界大战的硝烟中,我再次见到了她。她穿着中世纪女巫的红袍,用魔法张开光罩,弹开周围的炮火,保护着一群可怜的妇孺,虽然是幻境,但却充满了真正的勇气和爱心。我也加入战团,帮助他们逃离德军的魔爪。

薇娅和我相见,各自欢喜。她说那少年已经堕落为邪恶的恶魔,化身纳粹,妄图征服世界,必须由她亲自消灭。我与她并肩作战,梦境中,又是十年过去了。少年一度改悔,又再次堕落,逃向另一个时空。我和薇娅也穿过时空门,约好在下一个世界再见。

虽然醒来后,我仍然不知道薇娅的现实身份,但是我们已经有了默契。果然不久后,我再一次进入娑婆世界,在飞向织女星系的宇宙飞船船头,我再次见到她修长而坚定的身影。

5

塔菲是我的生活伴侣,薇娅是我另一个世界的爱恋。在这个世界,我和塔菲生儿育女,从浓情似火,到彼此冷淡,但在那个世界,我一次又一次度过了长长的人生,却仍然对薇娅可望而不可即。

我和塔菲的婚姻维持了三十五年——这已经相当长了,等孩子长大上学,我们就和平地分手。我后面没有再结婚,而是花了更多时间留在娑婆世界,在一个又一个星球上和薇娅并肩作战,几百年?几千年?时光已经无法计算。

有一次，在一个比地球大二十倍的巨行星上，巨大的重力让我们改造成昆虫大小才能自由活动。薇娅的恶魔少年就躲在那里，但我和薇娅在降落时也失散了，我们两只小虫子，在无边而冰冷的行星表面，在数不胜数的外星怪物之间，艰难地寻找彼此，越过广袤大陆，渡过无尽的冰海，却一次又一次相互错过，几乎花了一千年才找到对方。当我们见面时，薇娅扑到我的怀中，哭泣着说再也不愿和我分开，我也是一样泪流满面。

但我忽然愣住，我们在寻找的恶魔少年忽然现身。我知道，他才是薇娅真正的爱恋，那一刻我恨透了他的存在。少年却摇了摇头，说出了真正的秘密。

他并不是玩家，只是薇娅构想的一个形象，一个虚拟角色。薇娅一生经历过许多次恋情，一直追逐真爱，又找不到真爱，所以设想了这样一个梦境，让自己穿梭在异世界中，和一个永远无法真正在一起的恋人在永久的爱恨交织中做着追逐的游戏，游戏结束的条件就是薇娅找到她的真爱，那时他将说出真相，从此烟消云散。

我幸福又酸楚地挽着薇娅的手，走向时空门。我们要回到现实世界，将爱的故事继续下去。

6

薇娅和我成婚了，最初没有人看好我们，因为薇娅在爱神数据中和我的类型完全不匹配，而且比我要大一百多岁。但我们仍然成了幸福的一对。我们生儿育女，优游世界，在一起整整一百年。

人类的寿命终有尽头，300岁以后，薇娅渐渐显出老态，而我仍然看起来青春年少。薇娅几次提出要离开我，让我去寻找新的恋情，但我对她的爱依然炽热不改，直到她到了弥留之际，我还紧紧拉着她的手，身边簇拥着我们的几个孩子，都在流泪哭泣。

你相信现实中有这样的爱情吗？她问我。

我在泪光中，怔怔地望着她。

在现实世界，她说，有太多性格追求的摩擦，太多生活琐碎的损耗，太多其他人事的诱惑……哪怕这世界已经缔造了乌托邦般的富足生活，可以实现各种梦想，爱情却分外容易凋谢。爱之花似乎只在死亡和绝望中绽放得最为美丽，就像那天我们在竞技场上的对视。

我不明白她要说什么。但是我们经过了考验，度过了幸福的一生啊，我说。

但是，我们真的在一起度过了幸福的一生吗？她问。

一股寒意从我背脊升起。我回想百年种种，仿佛烟云，似有还无。也许这只是我太过伤心感到的幻觉，但身边孩子们的哭声也渐渐远去，他们叫什么来着？他们真的存在过吗？

薇娅对我露出一个笑容，无论如何，现在我心里知道，如果有另一个世界……我还是想和你……在一起……

她吐出最后一句话，缓缓闭上了眼睛。我哭泣着，吻向她渐渐冷却的双唇。我感到了百年的恩爱，异星的寻觅，宇宙飞船上的重逢，世界大战中的并肩作战……一直到似乎是开天辟地之时，在罗马竞技场的相遇，一切都在我面前重演，幻化，飞旋……这是爱吗？这不是吗？

但我知道，如果有另一个世界，我还是愿意和她在一起……怀着这样的决心，我睁开了眼睛——梦境试炼结束了。

81岁的时候，我找到了真爱。通过娑婆世界的这次梦境，我和薇娅在爱神数据的爱情完美度高达99.8%。一个月后，我们举行了盛大的婚礼，许许多多代祖先们都出席了，他们祝福我们的婚姻能持续五十年——当然这可能性不大。

我的高考

1

2027年6月6日，下午4点，距高考还有十七个小时。

我坐在楼下的"风铃茶吧"，一个淡绿色长裙的女孩坐在我面前，清亮的眼眸凝视着我。六月炽热的太阳透过紫色的智能调光玻璃，投在我们之间的茶几上，一个精致的乳白色药瓶放在茶几中间，像有魔力般地熠熠反光。

我伸手拿起药瓶，就像拿起关着妖精的魔瓶，觉得自己的手都在发抖。我强自作出镇定的样子，拧开瓶子，一枚醒目的米黄色胶囊映入眼帘。

这就是它了,我在心里说。

"苯苷特林",俗称"聪明药"。大约十年前问世的生化科技结晶,内藏 RNA 结构,作用相当于逆转录病毒,能够局部重启脑细胞的分裂和发育程序,让神经元和神经突触迅速增生,将人的平均智商提高二十到三十个点数,只要服下它之后,十二个小时内,我这个普通男生就会变成头脑敏捷、记忆超群的人中龙凤。

换句话说,它能让我高考夺魁。

但看着它,我却犹豫起来。"真的……要吃吗?"我嗫嚅着。

"嗯。"对面的女孩期待地看着我,"再不吃,生效的时间就过了。"

"可是吃了以后,如果一辈子变成白痴怎么办?"

"那只是极少数人,对药性有排他反应,还不到万分之一。"她说,"你不会那么倒霉的。我都不怕,你怕什么?"

"可是我记得那个大科学家霍普金斯……"

想起斯蒂芬·霍普金斯,我一阵不寒而栗。三年前,这位世界著名的物理学家为了攻克宇宙学理论中的一个难关,在研究陷入困境时服了一枚"苯苷特林",但是并未取得太多进展,两天后,他昏倒在实验室里。等到醒来的时候,他成了一个话都不会说的白痴。我见过电视上的采访,他被家人搀扶着,目光呆滞,带着傻笑,嘴角流涎……

只有万分之一的终身致痴率,偏偏让他碰上了。可如果下一个是我呢？

"老说那个霍普金斯，不就一个特例吗？"她有点生气了，"你老是这么婆婆妈妈的，还想不想跟我进同一间大学了呀！你有没有想过我们的未来？"

看着她眼眶里闪烁的泪珠，我只好彻底投降。

她叫叶馨，班上最漂亮的女孩，家境很好，成绩优异，是父母的掌上明珠。我一进高中就暗中喜欢她了，不过到高三以后，才真正开始交往，现在还不到一年。但我们爱得像水一样纯净，火一样热烈。我简直无法想象，没有叶馨的日子该怎么活下去。

"想，当然想……"我闭着眼睛把胶囊放进嘴里，喝水吞下。

叶馨松了一口气，眼中闪着喜悦的光芒，她红着脸在我脸上亲了一下："我们一定能考上同一所名牌大学的！高考完了以后，我们一起去……嗯，海南玩吧！我好想好想去看海啊！"

"叶馨……"

"嗯？"

"这枚胶囊得值好几万吧，这笔钱我一定会还你的……"

"当然要还！"叶馨用指头轻轻戳了一下我的额头说，"就罚你……用一辈子对我好来偿还吧！"

叶馨像燕子一样轻盈地飞走了。我慢慢起身回家，不知道是喜是忧。

事情本不该是这样的。苯苷特林，聪明药。让你花上十万八万，变聪明两三天，有什么意义？一般除了艺术家创作、科研攻关等少数情形下，很少用得着它。即使在科研上也不是每次都能奏效，但对于另一个群体来说，这东西却可以说是天降福音，那就是面临考试的学生，特别是高考的考生。

这一点不难理解：智商提高二三十点，同时令头脑高度兴奋，不需要睡觉，记忆力大为增强，写作文思泉涌，做题也会思路敏捷很多，很容易发现解题思路。它可以让你的成绩提高几十分甚至上百分，轻松把你送进大学校门。

前提是，如果只有你一个人用的话。

但事实上，自从这种灵药推出后，很多本来的差生一举考上了本科、重点，甚至北大清华，效果立竿见影，这推动了考生们疯狂地抢购这种药品。据调查，去年有17%的学生用了苯苷特林，高考成绩也水涨船高。

但这种提高毫无意义，特别对大学招生是很不利的，因为很可能招到的是经过短暂智力提升的差生。智力的提升只是表象，只能维持几天，因此在苯苷特林进入市场后第二年，有关部门就严令禁止在高考及任何考试中使用这种药物，直到现在禁令仍然保留。当然，禁令形同虚设。基本上不会有人去查。

因为苯苷特林是昂贵的进口药物，最初是上百万元一枚，现在降到了十万元以下，但对老百姓来说，还是难以负担，富二代官二代们却能轻松拥有。所以那些官商子弟，条件最好的当然是出国念洋校，但另一些哪怕平时从不用功读书，只要吃一枚苯苷特林，再临时抱佛脚看几天书，也可以通过本该公平的高考，轻松考上好的大学。由于庞大利益集团的阻挠，使得禁令变成了一纸空文。

但即使人人都用得起，也无非是恢复到了从前的局面，对谁都没有好处。当然，人家都用，如果你不用，最后的失败者只能是你自己。

我正胡思乱想，手机响了，是叶馨发来的微信，她柔柔地说："感觉怎么样？等到智力提升后注意复习，嘻嘻，我在未名湖等你哦。"

我心中暖暖的，她本来成绩很好，又吃了苯苷特林，考上北大估计没什么问题。我呢，其实成绩一般，家庭条件也不好，就是长得还算俊俏，而且是校篮球队的主力，让她看上了我这个华而不实的阳光少年。这次还给我带了一枚苯苷特林，这是她爸爸从国外带回来的，虽然没有国内那么贵得离谱，但也要近万美元。我打从心底不想接受叶馨的恩惠，我知道这会让我在她面前一辈子都抬不起头来，但面对严峻的高考形势和不争气的成绩，我无法选择放弃。

我想，以后真的要一辈子对她好。

2

我回到家里，和老妈打了声招呼后，就进了房间，翻开了语文课本，想看看药的效果如何。先是背了一段古文："先帝创业未半而中道崩殂，越明年，政通人和，百废具兴……不对，背错了！"看来这药生效还没那么快。

看了一会儿书，家里一直没有开饭，也不知道老爸上哪儿去了。我读得乏了，不知不觉中倒在床上沉沉睡去。不知过了多久，蒙眬中我被人摇醒了，抬头一看，是老爸。

"爸，吃饭了么？"我含糊说，慢慢清醒过来，然后我看到老爸的左手捏着一枚黄色胶囊，右手端着一杯开水，愣了一下。

"爸，你这是……"

"这是那个苯什么的聪明药，"老爸热切地说，"我好不容易托人买的，你快吃了它，明天考试用得上。"

"爸，我们家怎么有钱买这个？"我大吃一惊，本来这药家里是根本买不起的，所以叶馨才设法帮我弄了一枚，可现在怎么老爸也买了？

"钱的事你别管，"老爸遮遮掩掩地说，"这是我们的事，你吃了药再说。"

"爸，你不会是去卖肾了吧？"我想起前不久的一桩社会新闻，惊呼出来。

"你想哪去了？"老爸说，禁不住我追问，坦白实情，"就是刚把房子卖了，调了套小的，其实也没啥，等你上大学了，我和你妈也用不着这么大的房子，住个小的更舒服，这样你上大学的学费也解决了。"

我看着老爸斑白的鬓角，又看了看自己住了十八年的，总共不到八十平方米的这套两居,心里一阵难受,忍不住抱怨:"这么大的事,你怎么不跟我商量一下呢!"

"我已经和你妈商量过了,家里怕影响你学习……愣着干啥,还不快吃了!"老爸连声催促着。

"爸,其实这药……我已经吃了……"我吞吞吐吐告诉他事情的经过,我和叶馨的交往本来一直瞒着他,这下也不得不坦白了。老爸怔了半天,然后吼了起来:"难怪你高三成绩总是上不去,原来是在和女生早恋!你说这都什么时候了,你还——"

"爸,先别说这个,这药你先退了吧,我们家房子也不用卖了。"

"这……我上哪儿退去?卖的人说了,不给退的。"

"但现在是高考前夕,有的是人买……"我打开电脑上网查了一下,苯苷特林是禁药,用一般的关键词都搜索不到,不过我最近关注这事,所以找到一个地下论坛,结果吓了一跳:今年黑市上不知道从什么渠道进了一大批苯苷特林,网上卖的价格相对低廉,最低五六万就可以买一枚。

"爸,你那个多少钱买的?"我扭头问老爸。

老爸脸色苍白地跌坐在床上:"十……十二万……"

"怎么这么贵?你在哪买的?"

"一个朋友介绍的,那个人说……现在行情紧俏……"老爸脸色惨白,一下子就被人坑了好几万,一个一辈子省吃俭用的老实人怎么受得了这个打击?

老爸是农门子弟，当年考上了大学，可学费太高，实在凑不齐，最后放弃了。后来城市扩建，我们家被划归城区，才有了城里的户口。他也没找到什么好工作，现在也就是在一个小公司当仓库管理员，还是亲戚介绍的。当初没上成大学的事对他打击很大，他让我从小刻苦读书，考上好大学。所以，他才会卖了我们家的房子，就是为了一枚吃下去能让人短时间智力暴增的药丸。

"爸，你快去找那家伙，说不定还能把钱要回来！"我急着说。

"这个我有分寸，"老爸还在勉强维持着父亲的尊严，"你现在的任务就是高考，别的都不要管了。"

那枚老爸高价买回来的药最后还是没处理掉，只好先放着，反正保质期有好几年，或许以后还用得上。吃晚饭的时候，爸妈一直追问我有什么感觉，是不是一下子觉得开了窍，是不是觉得特别兴奋，是不是觉得想问题思路特别清晰，等等，但我却没感到有什么特别，最多是头脑有些隐隐发热，但或许也只是心理作用。我心里开始七上八下：吃的不会是假药吧？

等到吃完饭，我回到房间，重拿起语文课本，还没有打开，蓦然间，一行行刚才怎么记也记不清楚的课文好像放电影一样在我脑海中浮现出来："先帝创业未半而中道崩殂，今天下三分，益州疲弊，此诚危急存亡之秋也。然侍卫之臣不懈于内，忠志之士忘身于外者，盖追先帝之殊遇，欲报之于陛下也……"

这些记忆如此鲜活而牢固，就好像我刚刚才背下来，又好像已经熟记了多年。并且不只是机械的文字记忆,背后的意义也活灵活现地呈现出来。我没有感到多"知道"了什么,就是一下子"理解"了,甚至第一次能够欣赏一向头疼的古文之美了。

我又惊又喜,换了段课文读下去……

我一夜没睡,第二天早上,一切准备妥当后在老妈泪眼汪汪的祝福中出门,被老爸护送到了考场外。因为要上班,老爸先走了,鼓励我好好考。虽然一晚上没睡觉,但我却觉得精神异常饱满,思维极其清晰,许多奇思妙想止不住地在脑子里盘旋,就像随时要喷涌而出似的。

但令我有点沮丧的是,等着考试的其他人看来也都精神抖擞,斗志昂扬,许多本来和我一样浑浑噩噩的傻男生们,现在的目光中都带上了几分聪慧灵秀之气。

显然,因为价格便宜了不少,考场上的大多数人都使用了苯苷特林,看这形势,如果去年是17%的话,今年说不定是71%了……

有人从背后拍了我一下,扭头一看,是我的死党阿牛,他看上去也神采奕奕,气质非凡。我们对视了一眼,不约而同地说:"啊,你不会也——"

"靠!"阿牛抱怨说,"我也不想吃那玩意,我爸托人弄来,硬给我灌进肚子里去的,说现在不吃药,哪还能考上大学。你看那帮家伙,啧啧……平常每天吃喝玩乐泡马子,现在一个个都像是洋博士,要是没吃药,铁定被他们干翻了。"他指着不远处几个花里胡哨的纨绔子弟说。

"现在我们至少和他们一样了吧？"

"一样？你以为呢？"阿牛阴阳怪气地说，"你没听说么？现在国外又推出苯苷特林Ⅱ型了，比我们吃的效果好多了。"

我一怔："Ⅱ型？不是说还在试验阶段吗？"

"试验个屁，反正我跟你说，那些有钱的已经搞到了一批，听说那种药巨好，效力增加一倍，能够提高智商差不多五十点！听清楚了吧，是五十点！而且药效过后的副作用也小得多。"

"这……我真是一点也不知道。"我喃喃说。

"我也是才听说的，这事只有他们圈子里才清楚……哎，你的那个谁来了，你问她吧。"

我转过头，眼前一亮。叶馨穿着一条淡雅的紫花百褶连衣裙，背着小书包，穿过走廊，袅袅而行。我头脑中顿时蹦出两句古诗："竦轻躯以鹤立，若将飞而未翔。"是昨晚刚看的《洛神赋》，又发现她身上的各部位比例，几乎都符合黄金分割点，所以才那样动人，这我之前从没想过。

昨天晚上，我只花了两个小时就串完了所有的语文课文和参考书，思维之敏捷、思路之畅通令我自己都觉得不可思议。看完之后毫无睡意，只觉得头脑越来越兴奋，运转的速度越来越快。于是又翻了一本古诗词，一本中国通史，还有一本数学解题思路。我翻书的速度飞快，一两个小时就可以看完一本书。并且每次并非只是看完了就算，几乎每读完一本书，相关的词汇、语言、内容就会在我脑海中释放出内在的意义，重新排列组合，直到被消化后牢记。现在那些新获得的知识在我脑中翻涌着，压都压不下去。

叶馨看到我，眼角含笑，跑过来问："林勇，昨天复习得怎么样？"

"非常好，"我兴奋地点点头，"一晚上比以前看几个月都有效。"

"我就说嘛，这药非常灵的！你一定能考出一个好成绩的。"

"对了，"我问她，"我听说现在出了个苯苷特林Ⅱ，那是什么？"

叶馨想了想："哎，好像确实有，不过刚问世，药效还不够稳定，所以我爸没给我买。"

"可是听说比我们吃的效果能提高一倍呢！"

"不会吧，那不都成超人了，哎呀，快考试了，我要去那边考场，我们考完了见！就在这个花坛边上。"

3

时间到了，我们进了考场，坐在各自的座位上，叶馨不在这个考场，而是在楼下。我忽然觉得心里空荡荡的，以前班上每次模考，她都坐在我前面，单是那纤细动人的背影就能让我心神不定。这回前面换成了一个肥嘟嘟的胖小子，感觉全没了。我不觉有点紧张起来。又宽慰自己，不会有事的，我现在可是最佳状态。

试卷终于发下来了。我赶紧看了前面的选择题，倒是老一套，无非是辨认错别字和考查发音，感觉比以前模考难一些，但对已经熟练掌握相关知识的我来说，完全不成问题，我迅速勾选了正确答案，一路做下去。

但头几道选择题完了以后，难度陡然提高起来。一道道以前从未见过的难题怪题一个个拦在我面前，有出来一堆佶屈聱牙的成语的，有考某个甲骨文到小篆和楷书的演变的，还有拿出一段平平无奇的话，问是哪个诺贝尔奖作家写的，已经明目张胆跳出了考纲的范围，我勉强支撑着一道道答下来，心里却越来越慌，隐隐有一种不妙的感觉。

到了文言文阅读部分，我彻底傻了眼：

盘庚迁于殷，民不适有居，率吁众戚出，矢言曰："我王来，即爰宅于兹，重我民，无尽刘。不能胥匡以生，卜稽，曰其如台？先王有服，恪谨天命，兹犹不常宁；不常厥邑，于今五邦。今不承于古，罔知天之断命，矧曰其克从先王之烈？若颠木之有由蘖，天其永我命于兹新邑，绍复先王之大业，厎绥四方。"

说是出自《商书·盘庚》，大部分字倒还认识，可愣是不知道什么意思。偏偏下面的阅读题还占了十好几分。我胡乱猜测，勉强答了两道，再也做不下去，干脆直接翻到最后看作文。作文题是画了一扇门，门上挂了一把雨伞，下面蹲了条狗，让我根据这张莫名其妙的图写一篇记叙文或议论文。我看得脑子里一片空白，身上冷汗涔涔，努力让自己想着思路，但心里却有一个声音诅咒一般地响起：完了，这回完了！

我毕竟变聪明了一点儿，很快明白，这张试卷是为了对付日渐泛滥的苯苷特林而专门出的，因为往届有太多的"临时高才生"可以拿到接近满分的高分，导致试题没有区分度。近年考试确实难度也在加大，但我却万万没有想到，今年的考题竟然可以把难度拔高到这种程度！这么说来，即使吃了苯苷特林，或许也只有及格的分了。

我不自觉地向左右边望去，两个家伙在那里奋笔如飞，已经开始写作文了，我看来是天堑的题目，对他们来说却好像是康庄大道。其中一个是我们班的公子哥儿，以前考试经常不及格，现在却嘴角带着得意的微笑，下笔唰唰如有神。

他一定吃了苯苷特林Ⅱ，我想，一定远超过我。明知道这个猜想现在只能徒增烦恼，却情不自禁地一再去想：完了，他们都用了Ⅱ型的药物，只有我吃的是旧的Ⅰ型，他们答题都易如反掌，只有我根本想不出来，这回死定了……

怎么办？怎么办？！时间一分一秒地过去，不能再耽搁了，我硬着头皮写下了作文，却不知道自己在写些什么，一支笔似乎在纸上做着布朗运动，画出一堆毫无意义的甚至称不上是汉字的线条和符号……

不知过了多久，终考的铃声响起，监考老师威严地说："全都放下笔！"我的笔无力地掉在地下，身子瘫软在椅子上，只觉得手脚冰凉。

我不知怎么走出的考场,脑子里一直嗡嗡作响。耳中隐约听到其他人的高谈阔论:"哎,那作文你怎么写的?我觉得蛮难的,只写了一篇小小说,差点来不及写完。那个人是杀人犯,杀完人之后弃尸荒野,借雨水冲去所有痕迹,但没想到被害人的狗一直悄悄跟着他,守在他门口,结果警察顺着狗在泥地里的脚印找来……"

"真有你的!我可想不出什么好故事,最后写了篇议论文:'我想到的是人性,特别是中国人的人性……'"

"还是你立意深刻……"

两人说笑着走远了。我只感到如堕冰窟。虽说他们写的未必好,但我写的甚至不可能拿到及格分,因为我卷子上不仅涂改得乱七八糟,而且根本没有写完,为了赶时间,最后几行字潦草到估计草圣张旭都认不出来,被扣掉一半分是起码的,更不用说文言文阅读那块基本是空白。

当然别人也有考得不好的。抱怨的,哭诉的,和我一样垂头丧气的,但那些人也不能让我感到多少安慰。无论怎么说,我还是处于最下游,和这些失败者并列。

这是我根本没有想到的结局,自从服了苯苷特林,我以为自己能够稳操胜券,却想不到道高一尺,魔高一丈,自己竟会输得这么惨……

我心里乱七八糟的不知道在想什么,连有人在背后喊我都没意识到。

"林勇，林勇！"一只小手拍到了我肩膀上。

我回头一看，是叶馨，她刚气喘吁吁地追上来，娇嗔着说："我一直叫你呢，怎么不回头？不是说好在花坛见的么？"

我动了几下嘴唇，说不出话，就听叶馨继续兴高采烈地说："是不是考好了就什么都忘了？这次考试真够难的，是不是？不过不这样，那些平时基础差的人也刷不下去，还真以为光靠一枚药丸就可以包打天下了呀？不过有几道题确实很难，比如那文言文阅读，我可能翻错了几个地方——你怎么了？"她终于发现我的不对。

我面色惨白，颤抖着嘴唇说："我……我作文没写完，前面也有好多……好多答不出来的，我考砸了……"话音中都带着哭腔。

"怎么会这样？你不是吃了苯苷特林么？"

"我怎么知道？今年的卷子也太变态了，这还是吃了药的，如果没吃药的话，我连五十分都拿不到。唉，要是吃了苯苷特林 II 说不定就不一样了！"

叶馨不说话了，我也没心情理她，想到校门外面，老爸老妈或许还等着我，更不想出去。两个人就这样杵在那里，一动不动，任熙熙攘攘的人流从身边穿过。过了好一会儿，我看了一眼叶馨，却看到她脸颊上已经泪光点点。

"哎，你怎么哭了？明明是我考不好啊。"我顿时手忙脚乱。

"对不起，林勇……"叶馨哽咽着说，"我没想到会是这样……早知道我怎么也会给你买一颗苯苷特林Ⅱ的……"

一阵深深的羞愧涌上我心头,叶馨帮了我那么大的忙,考砸了是我自己没用,关她什么事?"别傻了,是我自己的问题。其实……其实也不一定太差了,只是感觉不好……至少,我还有机会。对,下午考数学,我肯定会考好的。你信我!"

叶馨"嗯"了一声,也不顾大庭广众之下,紧紧抱住了我。在这个非常时刻,我们带着恐惧,带着期冀,带着更多的激情,在校园的林荫道上破天荒地长吻着,是第一次,也是最后一次。

4

"今年数学其实不太难,最后几题可以试试拉格朗日中值定理,定积分只要运用无穷限广义积分和瑕积分就可以求。至于数列方面,简单!只要熟练掌握级数收敛的一般求法加泰勒公式……"

当我拖着沉重的步子,从数学考场走出来的时候,正听到一个眼镜男生高谈阔论,旁边有人附和,有人反对,甚是热闹,但我却已无心再加入争论。我麻木地从他们身边走过,只想找个地方大哭一场,却又哭不出来。

下午的考试几乎是上午的重演,几道相对容易的送分题一过,便是满眼的难题怪题,拿来做国际奥数竞赛的卷子也绰绰有余,我最后好几道题都不得不空着,想蒙都没法蒙。数学平常还是我的强项，但眼下估计分数也不过勉强能及格。这样下去，重点大学是铁定没戏了，连普通本科都够呛。

我刚下楼，就看到叶馨在花坛前左顾右盼，似乎正在找我，我忙一闪身躲在几个人后面，然后悄悄溜走。刚找了个角落躲起来，怀里手机就响了，是叶馨打来的，我又关掉了手机：这个时候，我怎么还有脸见她？见了她又能怎么说呢？

还有父母那边，中午我好不容易才搪塞过去，可是下午又考砸了，我怎么跟他们交代？全家人的希望都在我身上，希望我来个鲤鱼跳龙门，可是我却那么不争气，注定要庸庸碌碌一辈子下去。

不，不是我的错。这一切都是苯苷特林造成的，按照我本来的成绩，上个还可以的大学是没问题的，如果没有苯苷特林的话。成绩高低本来是由天资和努力程度决定的，但这种逆天的药物一问世，却打破了正常的秩序，本来随着苯苷特林的普及，富人的优势已经逐渐缩小，谁知道又来了个更强大的Ⅱ型。最后还是那些有钱有势的人，可以轻松考上理想的大学，而我们这些穷人，连大学都没法上……

我颓然摇了摇头。别胡思乱想了，现在最重要的还是解决问题。可是怎么解决？我那服用过苯苷特林的大脑虽然考试不怎么给力，此刻倒是异常清晰活跃：

头两科都考砸了，顶多及格上下，这是无法改变的事实。这令我较预计至少损失了五十到七十分，如果想要挽回局面，就只能在以后两门中找回来,即英语和文科综合卷。要挽回这些分数,我需要达到的成绩必须不可思议地高,接近满分。这个目标可能达到么?

按照目前的趋势来说,可能性几乎是零。既然语文和数学的难度都拔高到了极点,没有理由期待英语和文综会简单很多。再说,其他人一样经过智力提升,甚至比我提升的幅度还要大,如果我能轻松考到满分,他们也能。我仍然无法扳回颓势。只有在考试难度仍然很高的情况下,我考到较高的分数才有意义。但这如何可能?

头脑立刻给出了几种铤而走险的方案,比如事先弄到考题,找人代考,又如设法作弊之类。但稍一想就知道不靠谱,拿作弊来说,对无线电波的电磁屏蔽不用说了,而且每个考场都有十部左右摄像头监视,看到的一切画面会传到中央电脑中进行数据分析,考生稍有异常动作,监考老师未必会发觉,但电脑很快会发现异样,如果达到警报的阈限会及时通知考场。我们考前就培训过,考试时绝对不能东张西望,哪怕旁边没有人,电脑程序可是死的,不会管你那么多。

当然据说一些高手也能修改电脑程序,让它将某些位置的考生标识为"监考",从而对他们的各种小动作不予理会。据说这个也可以用钱买,当然价格就高到天上去了……

至于其他的法子更不靠谱,就算有人能做到,这些我临时也没法安排。

所以没有办法，毫无办法。

不，在我心底却有一个声音冒出头说：从逻辑上，至少还有一个办法。一个非常简单的办法：

提升我自己的智力，再提升至少二三十个点数。

但这怎么可能？除非我服用了苯苷特林Ⅱ。

不，不是苯苷特林Ⅱ，是苯苷特林Ⅰ，这种药我至少还有一枚：昨天父亲带回来的那枚药。连吃两枚苯苷特林Ⅰ，智力会再冲高一点，道理是很明显的。

但是连服两枚苯苷特林Ⅰ会有什么后果？！一枚副作用就那么大了，何况两枚？我可能会终身痴呆！说不定还会变成植物人，绝不能冒这个险。

但也不一定，或许不过是致痴率提高一倍：从万分之一提升到万分之二，就算提高一百倍也不过是百分之一而已，冒百分之一的风险，去赢得一生的未来，这个险绝对值得冒！

我从后门溜出学校，在街头找了家网吧，上网查询"连服用两枚苯苷特林会怎样"。令我意外的是，网上同样的问题居然很多，看来不少人和我情况类似，有的是前两年的，更多的是这两天刚出来的。这令我感到了一丝宽慰，毕竟在高考这修罗场上折戟沉沙的绝不止我一个。

答案不少，但莫衷一是。有人说他的亲戚吃下去后变成了白痴，也有人说会令人当场发疯，拿刀砍人，或者使得脑中某种神经递质畸变，导致抑郁症即时发作，从考场跳楼自杀。说得要多可怕有多可怕。

不过也有好消息，好几个人言之凿凿地说，连吃两枚后智力会暴增到不可思议的程度，可以一晚上学会一门外语，或是三天写完一篇博士论文，至于高考，更是毛毛雨了。有人爆料说，去年某省的状元，就是连吃了两枚灵药才蟾宫折桂。副作用无非是多头昏脑涨几天，那些耸人听闻的说法都是药厂的免责条款，真正发生严重问题的可能微乎其微。

我想到这些说法可能不过是药贩子的广告，用来倾销自己卖不掉的苯苷特林（有几个答复下面甚至有药贩的联系方式），但仍然很受鼓舞，而那些不利的说法，我却当成了夸张渲染的小道消息，从头脑中过滤掉。我知道自己是在自欺欺人，却不得不如此。我无法面对接下来必然的失败。再服用一枚苯苷特林，虽然有危险，但多少还是一个希望。

但是要快，药生效还需要时间，再晚的话，什么都来不及了……

我下了决心，匆匆赶回家里，顾不上回答父母的询问，找出了父亲花十二万买的那枚苯苷特林，当着他们的面，一口吞了下去。

5

我向老爸老妈解释了一切。他们哀叹连连，却也无计可施。我顾不上和他们多说，就进了自己的房间，一边读书，一边等着药效起作用。中间也不无担心，万一这药是假的怎么办？万一是被人骗了，我这么一口下去，那真是死无对证。

不过担心是多余的。十点钟，头脑中的风暴如期而至……

晚上十二点，我问父亲要来了一个开书店的堂叔电话，响了半天才有人接，一口的不耐烦："这么晚了，谁呀？"

"三叔，是我，林勇。"

"小勇啊，"三叔的怒气转为诧异，"你这几天不是高考吗？怎么这么晚打电话给我？"

"三叔，不好意思打扰你了，有件急事要请你帮忙。"

一小时后，我站在了三叔家开的"百草园"书店门口，三叔已经等在那里了，为我开了门。

"小勇，你就在这里看书吧，"三叔睡眼惺忪地打了个哈欠，"看到早上都行，只是别耽误了考试，叔先回去睡了。"

"真是太谢谢你了，三叔。"

三叔要出门，又回头问："你说的那药真那么灵么？吃了不想睡觉，只想看书？"

"是，我现在脑子里根本静不下来，就像一台疯转的机器，非得找点原料来加工，不然就会转坏了。"我一边说，一边已经在书架上找书了。

"这么灵？唉，我们家小石头不爱看书，成天就知道瞎玩，要给他吃一颗就好了。"

"别，"我苦笑着说，"千万别，这药得万不得已才能用，石头等高考的时候再说吧。"

三叔出了门,我从英文书架上拿下一本书,叫 Gone with the Wind,中译名就是大名鼎鼎的《飘》,不知道是写什么的,总之是外研社出的英语文学名著,我翻开就看了起来。

服下第二枚苯苷特林和服下第一枚感觉完全不同,第一枚只不过让我觉得自己耳聪目明,头脑灵敏,但仍然只是普通的聪明人,而第二枚却让我仿佛冲过了一个关卡,整个人似乎进入了一个新的境界。虽然知识并没有新增多少,但是看待事物的角度却已经不同,我仿佛在一个新的维度中俯视着原来的一切。一篇冗长聱牙的英语阅读理解,十个词里有三四个不认识,我没服药之前基本看不懂,服下第一枚药丸后能借助已经懂的部分,基本掌握大意,但现在重看,其内在结构却完全显现出来,我看清了作者的各种潜台词及深层逻辑,理解了大部分词的意思,甚至发现了两个隐匿的推理错误。而这时,我的英语词汇量本身还并无增加。

而这一切总共花了我二十秒钟时间。

我开始体验到双倍苯苷特林的妙处,也终于理解,为什么那些服下苯苷特林Ⅱ的人对一些明显超出自己知识范围的考题也能游刃有余。因为表面上新知识的背后,起作用的仍然是智力。像文中一个不认识的单词,以前以为不查字典就不可能知道意思,但现在通过语境也能猜出大致意义,而且相关的文字越长,推测出的意思也就越精确。这些意义相互印证,彼此巩固,一晚上掌握一门外语,并无夸大。

明天要考英语,我就打算把英语好好提高一下,可惜我家里的阅读材料实在有限,教辅书籍外的藏书不超过五十本,大部分还是些生活百科和地摊读物。我想上网找资料,但是英文网站大都打不开,并且和前些年不同,现在许多外文书籍由于贯彻了严格的版权保护也没法在网上免费阅读。最后我实在受不了,外面书店和图书馆都关门了,于是想到了找堂叔帮忙,他开着一间不大不小的书店,里面卖的英语书倒是不少。

我打开了那本《飘》,稍微熟悉一下之后,那些长长短短的英语单词就不再是以个为单位,也不是以行为单位,而是整页整页地扑入我眼帘,倾倒出自己的意义。首先凸显出来的是整体段落的主题,然后是句子的语法结构,最后才是个别单词,而在总体清晰的语境下,那些生词早已不再构成障碍。

我一页页迅速翻着,每一页都有照相式的记忆。花了一小时时间读完了这本八百页的《飘》,没有查一个生词,但当我放下书后,大时代乱离下郝思嘉和白瑞德的爱情悲剧已经深深印入我脑海,连同成千上万个新词汇。我仿佛感到大脑中的神经突触如同吸饱了养料的藤蔓,疯长着纠缠在一起,形成全新知识和审美体系的基础,令我心摇神驰,无法呼吸。

可惜这一切无法稳固,这些新形成的突触结构将在几天后坏死,一切新获得的知识之花都会随之凋谢。

放下《飘》后,我又将手伸向了另一本厚厚的《编码宝典》,

这是一本技术性很强的科幻小说,我花大半小时读完了它。有了之前刚学到的大量生词打底,读这本书的速度也快了一倍。

然后是花了二十分钟看完了《麦田里的守望者》。

然后……

三个小时后,我已经读完了七本英文小说,两部莎士比亚戏剧,一本雪莱诗集,一部牛津的《英国文学简史》,虽然这在浩如烟海的英语文学里不算多,但举一可以反三,我对于每本书内容的理解吸收都胜过常人的十倍。到最后,我可以说自己的英文阅读和写作能力,不下于任何英语专业的大学毕业生,而对英语深层结构和意蕴的理解,或许犹有过之。这让我重新鼓起了信心,无论高考英语是考莎士比亚还是海明威,对我都是如履平地。

但知识并未因此满足,我如饥似渴地想找到更多读物,汲取更多的知识,我刚翻开一本英文版的 *The Federalist Papers*,看了一下前言,这是汉密尔顿等人关于美国制宪发表的论战文集,对美国社会和政治思想有着深远影响。我随手翻了两页,觉得挺有意思,正想看下去,忽然手机响了,提示接到了一个语音微信,来自叶馨:

"林勇,你应该没睡吧?今天我联系了你好多次,怎么一直没有回复?我真的很担心你,都偷偷哭了好几回了,回我一下好吗?有什么问题,我都会陪你面对的。"

我大感歉疚,自从下午考完后,这些事还没跟叶馨说过,她发了好些微信我也都没回。我放下手头的书,回了她一句话:"我没事,你早点休息吧,明天见。"

一分钟后接到了叶馨的回复:"我刚才跟你家打电话,说你半夜出去了。你究竟在哪儿?"

我不得不说实话:"我睡不着,在堂叔家的书店里补充知识。"

"告诉我地址,我马上来。"

半小时后,叶馨从一辆出租车上下来,站在了我面前。司机好奇地望了我们几眼,开车走了。叶馨嚷着:"你究竟怎么回事啊!半夜跑到这里来了……你怎么了?发烧了么?"

"我怎么了?"我倒是有些好奇。

叶馨摸了摸我的额头:"你脸颊上好红,额头也特别烫,好像发烧一样。"

"正常的。"我说,"大脑活动太剧烈,我现在拼命就想看书。"

"你家里说,你吃了两枚苯苷特林?"

"……我没别的法子了。"我不得不把事情简略地告诉她。

"可是万一有什么事情……"叶馨开始眼泪汪汪。

"没事的,至少我现在感觉很棒。"我说,"你别担心了,先回去休息吧。"

"回去什么,"叶馨噘着嘴说,"我是偷偷跑出来的,我陪你在这里吧。"

"你陪我?"我心中一跳,我和叶馨还从来没有这么晚单独待在一起过。

"嗯,"叶馨脸也红了,便转移了话题,"对了,我还带了好多吃的:丹麦曲奇、日本梅饼,还有法式小面包……"

我们坐在一起,我又抽了一本英文的《荆棘鸟》翻着,叶馨好奇地看着我一页页不间断地翻着书,问:"这么快,你记得住吗?"

"记得住,"我说,"我看完后还可以讲给你听。"

叶馨也尝试着看了几页,但很快就放下了:"虽然能勉强看懂,但看着还是太吃力,你现在智力有多高啊?"

"我不知道,反正花了一小时左右硬看下去,这些英文书就都能看了,我现在觉得就是给我本法文书我都能看明白。"

叶馨却露出了担忧的神色:"这种神奇的效果……已经远远超过苯苷特林Ⅱ了,我担心副作用也会特别大,你可要小心。"

我也不能不有一些担忧,却不肯露出来:"没事的,我有预感,明天我会考得非常非常好。"

就这样,我们在那家小书店里一起读书到天明。我想我永远也不会忘记那一夜,多少希望,多少憧憬,多少忧虑,多少哀愁。我们就这样依偎在一起,沉浸在知识的海洋中,忘记了周围的一切,任时间将我们带向那不可测的未来。

只是当时,我们还不知道未来将会变得何等诡异迷离。

6

天亮了,我的智力仍在攀升中,头脑中似乎有一场愈演愈烈的大风暴。

我合上厚厚的《资治通鉴》最后一册,伸了个懒腰,叶馨吐了吐舌头:"又看完了?"

"古文还真是难懂,看了我大半个小时,"我揉了揉太阳穴说,"不过没办法,还得为明天的文科综合考做准备。"

"看来你对明天也是信心十足啦?"

"嗯,我想基本没问题了吧,如果——"我想说"如果到时候我还没死",但没说下去,叶馨也没继续问,只是说:"那就好。"

她又叹气说:"其实我昨天发挥也不好,要是也吃两枚苯苷特林就好了。"

"你发挥应该正常吧,保持状态就行,我是没有办法。"

"可是你现在真是很厉害啊,变成学习超人了。"叶馨赞叹不已,目光中流露出浓浓的爱恋,不知怎么,我忽然感到有些厌倦。

"这些都是虚的,几天之后就忘光了……现在六点多了吧,我们去外面吃点东西。"

"你刚吃了那么多东西,这么快又饿了?"叶馨讶异地问。

"是啊,我想是大脑消耗的能量太多。"

我们到外面狼吞虎咽了一番,我吃了一笼包子、一笼烧卖,一碗豆腐脑和两根油条。叶馨只喝了一杯豆浆,笑眯眯地看着我吃。

"变成超人的感觉怎么样?"她问我。

"饥饿。"我说,但很快看出她误解了,"不是肉体上的饥饿,是知识上的,知道得越多,就想知道得更多,可惜能让我知道的太少了。"

我无法向叶馨描述这种感觉。昨晚我看完了两百多本书,到后来几乎是一分钟一本。当然很多书我也无须通览,我拥有了一眼就看出一本书价值的洞察力。只要看看封面,再看看前言和目录,就知道一本书是否有以及有多少价值。那些精装大部头,标有"经典""学术"字样的大著,从前我看上一眼都觉得望而生畏,可现在一眼看去,就知道其中有多少是翻来覆去的老生常谈,或者生安白造的牵强附会。

当我读完这数百本书后,已经隐约可以窥见人类文化发展的轨迹,极少的天才人士为文化带来真正的生机和转变,若干杰出之人通过解释他们的思想,略有增补发展,将文化的种子播向四面八方,其他人不过是毫无意义的应声虫,但恰是这些庸碌之人组成了人类大众,也构成出版物的主体。但他们的书完全是浪费纸张油墨。如果将人类出版物的百分之九十九都付之一炬,对真正的文化来说毫无损失。

如果全人类都是由天才之士组成,那世界将变得何等不同!我们将看到何等伟大的成就,何等迅猛的进步!

不,我又想,这种看法太极端了。从我目前的智力状态来说,诚然如此。但不久之后,我又要复归一个平常之人,芸芸众生之一。到时候我未必分得出李白的诗比李鬼的好在哪里。天!这种感觉令我不寒而栗。就好像告诉一个正常人，不久后他的智商会变得像白痴一样，让他如何能忍受？

比起这些，高考又算什么？就算考到了全国第一又算什么？我还有那么多书没有读，那么多知识没有掌握，只要能停留在这个状态，我愿意付出一切代价！

我霍然起身，叶馨一惊："你去哪儿？"

"我要去研究生理学和药理学，"我握紧了拳说，"一定能有什么办法，让我现在的智力状态稳定下来，这样的话，人的智力可以稳步提升一大截，再也不会走很多弯路，比起这个来，高考什么的根本微不足道！"

"又不是没人研究，世界上那么多研究所都在攻关这个课题，可是多少年都没有结果。你能做什么呢？"

"我和他们不一样，"我说，"我现在理解和掌握事物的能力……说了你也不明白。我一定要在几天之内搞明白，我不能再回到原点，我不甘心。"

说着我就往外走，叶馨在我背后叫了起来："林勇，你疯了？就算你有250的智商，哪个实验室会凭几句话就让你去做实验？别的不说，苯苷特林的合成方法还是绝密的商业资料，你看一眼就能看出来么？"

我顿时省悟，叶馨虽然现在智力比我差一大截，可是旁观者清，说得不错。这种事光靠智商没用，必须要有高级的实验设备和原材料。而哪个实验室也不可能接纳我这个莫名其妙的高中生的。如果时间稍长我还可以想点办法，但现在药效不过是几天而已。"

"我是怎么了？"我喃喃自语，"怎么有这么古怪的想法，难道真是药效过头，让我发疯了？"

"时候不早了，我们还是去考试吧，"叶馨站在我面前，"一切等考完了再说，好不好？"

看着她温柔如水的眼波，我无奈地点了点头。

和家里通了电话后，我和叶馨就一起向学校走去，走在路上，看着来来往往的芸芸众生，大有成年人看着一群装腔作势的孩子之感。他们的衣着打扮、神色姿态，无不向我提示出更深层的个人信息。那个表面上衣冠楚楚的绅士，看得出穿的都是廉价货色，只是为了工作维持一个体面的形象，多半是一个推销员，目光的无精打采，提示出他对自己的工作很不满意，但是人到中年，又无力摆脱；那对在一起看上去很甜蜜的情侣，手里拿着一些楼盘的信息，显然是在看房，姑娘嘴角露出得意的笑容，而小伙子却颇有忧色，看来为了结婚，他要付出的代价非同一般，而他脸边隐约的吻痕和抓痕更提示出昨晚一番软硬兼施的交涉；那边，一辆豪华的宝马停下，一个学生装的女孩挽着慈祥的中年人走出来，像是一对融洽的父女，但他们十指交扣的姿态，眼神中的暧昧和嘴角的微笑，却提示给我他们真正的关系，想必昨夜他们度过了一个暧昧的晚上……

一切就这样呈现在我面前，并非侦探般抓住细微线索的或然推理，而是自然地展现出来，就好像看到一个孩子背着书包就知道他是个小学生一样自然。当然，这些也算不上什么高深的见解，但以往却从未如此清晰深刻地印入我脑海，我第一次真切地感到，这个社会表面的形态下，还有着无数丰富的脉络、节点、关系、法则，它们潜在地支配着身在社会中的一切人。

我看到了他们，看到了他们的过去和未来，看到了他们的希望和努力，挣扎和沉沦。但从今天的我看来，这一切都是病态的需求，背离了人的本性，本质上毫无价值，也没有得到幸福的希望。所有人的生活，都根植于这样一种习焉不察的自我折磨和彼此折磨之中。

甚至我和叶馨之间也是如此，我冷酷地想，我以前一直不知道叶馨为什么喜欢我这个只有篮球打得好的大个子，现在却恍然开悟。我们的性吸引力还是由几百万年以来狩猎采集时代的遗传所决定的。那个时代，一个年轻、健壮、善于打猎的小伙子，当然会受到女性的青睐，这是保护她和她的孩子，让他们平安成长的保障。这种规律一直支配着人类，直到当代社会，半大男生们还叛逆不驯，藐视和反抗成人世界的种种规范，并通过从打架斗殴到体育比赛的种种手段展现出自己的身体力量，而女生们对此则心醉不已。在部落时代，这些是年轻人取老首领而代之的必由之路，但今天早已毫无意义。

至于我喜欢叶馨，更不用说，因为她年轻、漂亮、白皙、活力四射。根本上是一种性的吸引力，而这又是因为男性的遗传策略：永远喜欢处于生育佳龄的女子，以便给自己留下尽可能多的后代。我和叶馨自以为一尘不染的爱情，也不过是由这些肤浅可笑，且早已过时的因素决定的。正常情况下，我们在上大学之后一两年就会分手。

真他妈索然无味。

我嘴角泛出嘲讽的冷笑，甩开了叶馨的手，在晨光中走向考场。

7

叶馨觉察出我的情绪有些不对，但她大概认为是吃药的影响和临考的紧张导致的，没有跟我计较，反而说了几句宽慰的话，我懒懒地没怎么理会。自从看世界的目光变了之后，对身边的人和事反而觉得陌生起来，仿佛一个成人置身于一群幼稚的孩童中般难以适应。

到了考场，要分手了，叶馨问我："怎么样，现在有信心考好么？"

我不耐地说："没问题，我现在直接去考英语专八都能过。"

"那就好……对了，你说我们一起填报北大好还是清华好？"

"等分数出来再说吧。"

"……嗯，那好，我走了。"叶馨幽怨地看了我一眼，又停了一停，仿佛在期待什么，过了几秒钟才转身离去。我知道她身体语言的暗示,我应该抱一抱她的。可是我却没有。但又有什么关系?现在我已经开始对这段关系感到厌倦。

不是针对叶馨,甚至也不是关于爱情,爱情只是一种工具性的繁殖策略,是那些基因为了传递自身而愚弄我们的工具。厌倦是对这个社会本身,人生本身。对此我理解得越多,就越感到一切毫无意义。一个人得多么麻木,才能生活在这样的世界不感到荒诞呢?就拿我们来说,把前途和命运寄托在一场考试甚至一颗药丸上,还有比这更可笑的事么?

而之后呢,上大学,找工作,结婚,生孩子……所谓步入正轨,其实不过是让人在这个社会中逐渐麻木,最后死去。然而千万年来,人们就是这么过来的,自以为对这个世界已经熟谙世故,其实只是生活在世界表层,对一切一无所知的寄生虫。

但我已经跳出了这个世界,我在一个新的维度之中,重新俯视芸芸众生,如厕身一群蠢笨的猪羊之中,明知其最终的命运不过是被屠宰,却无法阻止,甚至自己也被他们裹挟而去,我不自禁地感到深深绝望。可最多几天后,我新获得的知识和能力又会从大脑皮层上剥落,不久我又会和他们一样,还原为社会底层微不足道的一颗沙砾,而对自己的悲惨处境全无觉察。

我有种想要结束这一切的冲动,这很容易,只要从教学楼上往下一跳……反正接下来的烂摊子也不是我收拾。至于父母的悲痛,叶馨的伤心,老师同学的不解,他们又与我何干?当我不存在之后,这些人也同蝼蚁无异。

我站在栏杆边上,第一次感到生命是如此毫无意趣。只要轻轻跨过,便可结束这个延续十八年的无聊故事。我现在知道,那些说两枚苯苷特林会导致自杀的网帖并非妄言。我也猜测出这些现象不仅在主观意识上,而且在大脑结构的客观基础。人根深蒂固的价值取向来源于某些童年形成的特定神经元突触连接及对其他连接的抑制,构成了心理学上的"印刻"效应,而现在在我大脑中,抑制已经解除,新的结构正在疯狂地形成,旧有的连接却被淹没。一切都是可能的,然而一切也都毫无价值。

了解得越多,就越明白,人类对宇宙毫无意义。

就让这一切在这里结束吧……

"林勇!你愣在这儿干吗呢?"

有人在背后喊我,回头一看,是阿牛。

"怎么脸色不太好?"他问,"昨天没考好吧?我也是,想不到居然那么难……不过算了,顶多复读呗……呀,快考试了,再不去来不及了。"

阿牛的话把我拉回现实,我不能就这么放弃一切。至少目前这种宝贵的智力巅峰阶段不应该虚度,像神祇一样活着,几乎能够随心所欲地通晓一切,本身就是莫大的幸福,至于将来,我可能几天后就忘了这些事,继续开心地在这个粪坑里过屎壳郎的生活,又何必多想?

阿牛一定没想到,自己随口一句话就救了我的命。

而且也改写了之后的整个历史。

我走进考场，英语考卷发下来了，果然生词和陌生语法结构大为增加，如果是以前我或许会觉得艰深繁难，但此刻这些新增加的难度对我有如儿戏。我花了十分钟答完了所有的题目，又花了二十分钟写完了作文。构思是在脑海中瞬间完成的，时间只是因为需要用笔写出来。作文题叫作"*Repayment & Retaliation*"，也很有难度。但我写成了洋洋洒洒一千多单词的一篇散文，既有卡莱尔的雄辩，又有斯威夫特的俏皮，还有兰姆的清新。客观地说，在满分之上再加六十分，才能够得上这篇文章的水准。

虽然没人给我这个分，不过无论如何，也该得到满分，除非那阅卷老师看不懂，这不是没可能，我用了不少十七八世纪的典雅表述，只有英语文学的翘楚才能完全欣赏。

我搁下笔，开始百无聊赖地胡思乱想。我想到了哥德巴赫猜想，这个猜想是我初中读到的，当时挺有兴趣，"证明"了几天，但很快放弃了。此刻，我便开始在大脑中尝试证明。

半小时后，我承认自己失败了，这种深奥精微的数学证明需要许多极为繁复细密的专业技巧，但我却一点也没有学过。苯昔特林并非无所不能，至少还不能和人类几千年的知识积累相比，你不可能独立想出一切。不过我构思出了三种可能的证明途径，并凭直觉看出，其中有几个过渡步骤应该是正确的，可以将哥德巴赫猜想转换为几个较为容易证明的命题，这样可以大为降低证明的难度，我打算等考完试，就去找些数学著作来看，或许能攻克这个问题。

看了看表，一小时到了，这是可以交卷出场的最早时间，我当着所有人的面第一个交了卷，走出考场。我打算在明天的文科综合考之前，去市图书馆彻夜攻读，也许能解决一些重要的纯理论疑难，最好能再发明几个专利，这样可以保证我即使以后白痴一辈子，也衣食无忧，父母也可以得到应有的照顾。

我走下楼梯，正在深谋远虑将来的安排，忽然听到背后的脚步声，回头就看到一个淡紫色衣衫的俏丽身影奔下楼梯，向我跑来，甜美的笑容如同天使，长发在风中高高扬起。

是叶馨。

"阿勇！"她亭亭玉立地站在我面前，用银铃般的嗓音说，那声音曾令我无限迷醉，如今却毫无感觉。

"叶馨，你怎么——"

"我看到你从窗外经过，"叶馨说，眼睛中闪着奇异的光亮，"所以我就出来找你了。"

"你考完了？"我发现她表情奇怪，一霎间已经推测出了端倪，心猛然一沉。

叶馨仿佛没听到我说什么，白皙的手指在我面颊上轻轻滑过，痴痴地说："我好喜欢你。"

然后，她腿一软，倒在了我面前。纤弱的身体重重落在地上。但她没有昏倒，而是挥舞着手足，半睁着眼睛，喃喃自语着什么，仿佛是在梦呓。

这时候，两个监考老师在她身后冲了出来，将叶馨架起来就往一旁的医务室里奔。

"她怎么了?"我跟着他们走去,颤声问,其实心里已经知道了答案。

"她还没答完题就开始胡言乱语,然后站起来到处走动,忽然就冲出来了,我们劝都劝不住。"一个男老师说。

"估计是用了苯苷特林,"另一个女老师叹息一声,"终身致痴了,今早新闻说,昨天山东就有一个考生在考场上变成痴呆的,河南有两个,广东也有……想不到今天居然轮到我们这儿了。这么花骨朵一样的小姑娘,唉……"

"不是说只有万分之一的可能么?"男老师不解。

"废话,今年全国高考有七百八十万人,万分之一也有七百八十个呢……同学,你怎么了?"女老师诧异地看着我。

我不知道自己看上去是什么样子,但估计不敢恭维。我呆呆地站着,只觉得心中一片空白。

虽然没有看到医生的诊断,但我目测下已经确定了女老师的推测不假,叶馨是变痴呆了,这不会错。

这些日子我也查了一些苯苷特林的资料,一开始看得似懂非懂,智力激增之后理解又深了好几层。我现在知道,终身致痴的原理和一般人身上的副作用大相径庭。正常情况下用过苯苷特林后都会头脑昏沉几天,是因为临时形成的神经突触连接迅速萎缩后,产生的一种对脑细胞活动的抑制效应导致睡眠增加,问题不大。但在极少数人身上,却因为新的神经突触被免疫系统判断为异种入侵物质，而产生一种抗体，这种抗体不仅会吞噬新生的神经突触，而且会无差别地攻击多种神经递质，导致不可逆的反应，患者的大脑皮层最终将整个被"格式化"，几十年的经验和记忆会全部丢失。甚至会侵袭小脑，比如叶馨刚才摔倒，就是小脑受损的明显特征。

我救不了她，世界上没有人能救她。这个过程极为迅猛，至多只有几个小时，而且病情最初是从大脑深处的髓质部分蔓延，表面上看不出来，等到出现明显发病的症状已经来不及了。我的女友叶馨，将永远变成一个白痴。而几天前，她还信誓旦旦地跟我说，吃这种药没事的。

真他妈滑稽，滑稽得不可思议。

忽然，我耳中听到一个声音在哈哈大笑，又恍惚了片刻，才发现在笑的人是我自己。我笑得前仰后合，几乎眼泪都要笑出来了。

几个监考老师看着我，又相互看看，流露出古怪的目光，我看出他们的潜台词：这小子不会也变痴呆了吧？

我大笑着摆摆手："不，你们想错了，我没毛病，也许是因为考得太好了，哈哈，哈哈！"

"救护车叫来了！"一个穿白大褂的中年人匆匆跑来说，"只不过现在考试，进不了学校，就停在门口，我这里有副担架，咱们把她抬到校门口。"

众人手忙脚乱地把叶馨抬起来，放上担架，女老师看着我说：

"同学，别光站在那里，帮忙搭把手啊！"

"哈哈哈，没用的，"我狂笑着摇头，"你们救不了她，谁也救不了她，她再也恢复不了正常了，她完了，完了！"

"神经病！"女老师瞪了我一眼，几个人一起抬着叶馨出去了。

我笑了不知多久，直到旁边一个人都没有，笑声才渐渐止息。

我明白自己永远失去了叶馨，而我刚才还那样冷酷地对她！从今往后，在我蝼蚁一样的生活中，最后一点慰藉也消失了。

而最可怕的是，对此我竟然无动于衷。只有一片深深的麻木。

8

考试结束时间快到了，已经有其他考生交卷，说说笑笑，陆续出场。他们看到一个男生坐在那里发呆，面无表情，只会以为是考砸了，有谁能想到，背后还有那么多惊心动魄的内幕？

我不想碰到熟悉的老师同学，站起身，拖着脚步，木然走出校门，许多家长正在那里翘首相盼，好在没有我父母。但估计也随时可能出现，我不想再见到他们，便关掉了手机。救护车刚开走，我听到许多人在议论"刚才被抬出来的那个漂亮女生"，唏嘘感叹一片，也无心多听。这种惋惜不过是一种为自己平庸低劣的生活增添些许安慰的心理净化，同情的背后，就是灾难没有落到自己头上的庆幸。

"同学！同学！"一个形容猥琐的小胡子男人出现在我面前，神秘兮兮地说，"看你魂不守舍的，在里面考得不太好吧？"

"别拐弯抹角，你要推销什么，明天的考题？"我很快判断出他的基本动机，冷冷问。

小胡子愣了一下，一番准备好的动听说辞用不上，不得不说实话："这个……考题我弄不到，不过有样好东西能帮到你。你看看那些考得好的，其实他们都吃了聪明药，也就是苯苷特林，你该知道吧？如果你想要的话，我这里有，便宜点给你，一颗八万。明天还有最后一门考试，说不定可以改变你的命运，机不可失！"

又是苯苷特林。我一眼看出这个药贩的困境所在：他大概不惜血本进了一批苯苷特林，谁知道今年供过于求，现在手上还有一批没有脱手。病急乱投医，所以虽然只剩下最后一场考试了，还是到考场门口来碰运气，看能不能忽悠到个把倒霉蛋。

"你手头有多少？"我问。

"只有三颗了，你有同学也要吗？如果都要我可以便宜点给你，一颗……七万吧。你放心，绝对是真的，都是从美国来的原装货。"

"我得先看看。"

"那不行，"小胡子警惕起来，"药我没带在身上，你先给我打了钱，一手交钱，一手交货，才能……"

他说话的时候，眼睛不自禁地往上看，表情微不自然，我知道他在说谎，冷笑一声，转身就走，小胡子迅速软下来，拉住我，低声说:"行行,到这边来看。"

小胡子把我拉到附近的一条死胡同里,背后闪出一个膀大腰圆的大个子青年,对小胡子点了点头,看来是他的同伙,警惕地把守着胡同口,防我抢了药就跑。他看着一切布置停当,才拿出一个印着洋文的乳白色瓶子。

我打开看了一眼,里面有一颗熟悉的半透明胶囊,我看出确是真货,问他说:"另外两颗呢?"

"怎么,你都要么?"小胡子颇感狐疑。

"至少我得先比较一下,现在好多真伪掺杂的。"

"你放心,我卖的都是真货……"小胡子拍着胸脯保证。我摇头说:"那算了吧。"作势要走,他犹豫一下,终于掏出另外两个药瓶。每个瓶子只能装一枚胶囊,因为严禁一个人同时服食两枚以上,这种方式是明确的提醒。

我让他把药倒出来看看,药贩小心翼翼地一颗颗拿出来,捧在手心上,对我说:"你不用担心,这些都是一样的,没一颗是假的,你要是都要,我可以再打个折扣,二十……十八万全给你。"

我微微一笑,左手忽然抬起,在他手背一拍,三枚胶囊震飞了起来,我右手一抄,已经全都抓在手里,和预想的一模一样。在他反应过来之前,三枚苯苷特林已经进了我的肚子。

那两个人瞬间石化。药贩呆立了半响,大叫起来:"你……你疯了?三颗都吃了?你不想活了?"

"所谓活着无非是有机体自我维持的生化反应,延续下去又有什么意义?"我冷冷地说,"不过我想看看,一个人的智力究竟能达到多高的地步? 这应该很有趣吧?"

药贩气急败坏,扑上来想抓住我:"你想找死是你的事,可是你还没给钱呢? 钱呢!"

我微微斜身,让他从我身边冲过,又在他背上轻轻一推,力道恰到好处,令他重心不稳,摔了个狗啃屎。他的同伙从背后冲过来,但我听到了他的步伐,敏捷地转身避开,又一拳打在那大个子的肚子上,让他痛得弯下了腰。然后我跃上旁边的一个垃圾桶,在墙头一按,身子跃起,就翻到了墙的另一边。

苯苷特林增加的,不只是大脑的智力水平,也包括小脑和周身神经的反应速度。现在我全身的灵敏反应和身体控制力,可以和世界一流的武术家或杂技演员相比。对付这两个动作迟钝的呆瓜,不费吹灰之力。

在那两个家伙翻过这堵墙之前,我已经飞檐走壁,越过三四个院落和两条小巷,去得远了。

9

吞下五颗苯苷特林是什么样的感觉? 能将一个人的智力推高到何种程度? 我不知道,地球上大概没有人知道,因为没人会用这种奢侈的方式自杀。想死大有别的法子。当然之前在动物身上做过实验，一些动物服用过三枚以上的苯苷特林。但这些动物无不在两三天后永远停止大脑活动，变成只剩下呼吸心跳的"植物动物"，没有人知道在之前那段日子里，它们的智力曾提高到怎样的程度。有个别报告说某只猴子曾学会人的语言，甚至能写歪歪扭扭的字，只是写下的东西不知所云，不过实验无法重复，其他的猴子大都在怪叫一通后就倒下不动了。

心灵的死亡迫在眉睫，我分秒必争，亦无怨无悔。如能登上智慧的群峰之巅，纵然下一秒便坠入深渊又有何妨？但峰巅又在哪里？

首先，我想到解决某个数学问题，但这个想法很快被我自己否决了。数学只是抽象的形式。即便解答了哥德巴赫猜想之类的疑难，世界的本质仍然在迷雾之中，甚至数学本身是什么也晦暗不明。

当然，更不用说各种科学问题，我深深明白，基础物理，宇宙学，分子生物学这些前沿学科必须建立在观察和实验所获致的坚实实证资料之上，而我却没有时间也没有资源获得这些。单凭空想或许可以创造一个宇宙，但不是我们的宇宙。其他实证科学也是一样。

文学又如何？现在，我可以写出相当哀婉华美的诗篇和流畅动人的散文，如果有充分的时间，甚至可以写出一部精彩纷呈的长篇小说。但我仔细估量，发现自己还不能——至少是没有把握——超过历史上那些伟大的天才，似乎艺术天分并不完全依赖于智力，而仰仗于某种更原始、更古老的构想能力，某种意义上荷马、杜甫和莎士比亚这些伟大作家已经达到了艺术的完美，在这些方面后人尽管可以发展出更精密巧妙的文学技法，但在最基本的方面难以再取得显著进步。

我走过一排哲学书架，我对哲学了解不多，全部知识来自高中的政治课本。据说这是探索世界本质和规律的一门学科，是一切科学的王冠。这倒是引起了我的兴趣，我在书架上取下一本厚厚的黑格尔的《哲学全书》第一卷，花了五秒钟读完了头一章，然后便扔到一边。几乎每一页我都能找到三个以上的推理错误，个别出彩的论断被淹没在大量随意而散漫的浮夸联想中。

但我也无须去读其他的哲学著作。在匆匆一瞥间，我不仅看到了这本书本身的问题百出，也看到了哲学本身面对的是不可能的任务。没有任何方法能证明世界是精神的还是物质的，或者世界是否真实存在，一切尝试证明的推理都需要借助某种未经证明的前提，而任何一个彼此对立的论述都是自洽而无矛盾的——同时也是无意义的。

然而如果哲学不可能被最终证明，那么一切科学都不可能被最终证明，这是简单却无法挑剔的逻辑。一切的基础之下，就是毫无基础的虚无。

我开始感到一种更深层次上的绝望。千变万化的经验世界仍然有一种根本的限制，无论你有何等的智力，怎么去思考，都无法打破某个固定的界限，绝对不可逾越。如果对这个世界真有上帝式的全知，那该何等可怕而无聊！能知道的都已经知道，不能知道的永远知道不了。

那么究竟什么是值得思考的根本问题，可以让我思考下去，并且可以真正找到一个答案的？看上去，并不存在这样的问题。简单的问题不需要多少思考，而深刻的都找不到答案。

我一边想着，一边仍然手不释卷地阅读着。我没有在阅览用桌前坐下，而是直接在书架前站着，凭直觉选择，飞快地抽出一本本书，每本花几秒钟看看前面的部分，然后决定是否读下去。大部分没有继续读的价值，但如果要读的话，就一页页狂翻着，大部分只需略读，值得细读的寥寥无几，花三四分钟——对我来说已经是非常长的时间——细读完一本书后，某个学科的基本原理和方向就了然于心。

两小时以后，偌大的图书开架阅览室被我逛完了，事实上我只看了不到千分之一的书，但其中至少90%的精华都已经被我吸收，这种效率胜过无数皓首穷经的老学究。然而在这里我还是找不到想要的答案。

我走进了图书基藏库，它在图书馆的大楼中占据了三层，拥有二百万本以上的藏书。这里是不允许普通读者进入的。但我也无须借助什么欺骗的狡计，只是轻松地判断出管理员的视野盲点，找到了一个转瞬即逝的目光死角，在两个图书管理员目光交错之际，一闪身蹿了进去。而管理员丝毫没有看到我的动作。虽然有摄像头，但我肯定根本不会有人盯着看。

书库的内部幽深而肃穆，空气中散发着有些霉变的书卷气息。一排排书架在下午暗淡的光线中静静地伫立着，将无数已经死去的思想埋葬在自己体内，如同某个古墓地上一眼望不到头的墓碑。这里的绝大部分书籍，无人阅读，无人想念，也无人知道。

这里的大部分藏书，事实上也是过时的废话和胡扯，只是一排排腐朽的古人骸骨，甚至还不如外面的有生气些。我一层层看下来，在书库底层的最深处，我在一排外文图书前停了下来，看到某个熟悉的书脊，认出是昨晚翻过几页的那本英文版《联邦党人文集》，昨天被叶馨打断了，没有看完。

哦，叶馨，叶馨，我喃喃念了几声这个名字，虽然相别才几个小时，却仿佛比眼前的那些书籍还要古老，古老得已不可能在我心中掀起一点点波澜。

不过，我今天或许可以读完这本书，如果值得一读的话。

我把这本书抽出来，发现它其实是二十年前人民大学出的一套"剑桥政治思想史原著系列"中的一本，是影印国外的政治学名著，包括《利维坦》《政府论两篇》《论法的精神》……本来的书号标签已经撕去，这些可能从来没有人读过的英文书上落满了厚厚灰尘。

我翻开那本《联邦党人文集》，埋头读了起来。这是关于美国建国原则的政论集，我刚才读过几本美国史的著作，但是这本书让我真正把握了美利坚合众国建国时的精神氛围：在那个时代，传统和习俗的影响已经逝去，现在一切都是可能的，一个崭新的国家，有史以来将第一次建立在理性的基础上。

这本书明晰透彻，富于思想的活力，可以看出，推动它的是一种理性健康的精神，一切都公开透明，可以讨论，从事实到结论，起作用的是逻辑而非修辞的力量。当然，在深层论证上，它仍然矛盾重重，依赖于某些不可靠的前提，并在一些关键推论上模糊不清，不难窥见时代的困窘。但这本书令我发生了兴趣，人类群体关系究竟有多少可塑性？人的生活意义究竟何在？

我又翻开了下一本书:《利维坦》，并花五分钟读完了它，在我已经是极为少见的细致。这本书比上一本基础得多。书中集中论述的是一个相当有趣的社会理论：最初在自然状态中，人人相互为战，但这种状态因为人类对彼此的恐惧而终结，从此人们签订契约，出让自己的自然权利以换取和平，以建立国家。这本书在很多方面当然都有明显的瑕疵，譬如历史中当然从来不存在作者所描述的状态，但不失基本的洞察力：人类社会得以成立的基础性前提是人性中对暴力的恐惧。

我又读了主张社会契约论的一系列作者的作品，譬如洛克和卢梭，虽然其主张往往大相径庭，但可以看出他们的基本洞见不在于在历史意义上考察社会的起源问题，而在于从基本人性出发，希望建立一个最为符合人性的理想社会。在其中代表个人的自然权利和代表集体的公共意志能够融合无间，使人类能够踏上通向永恒幸福的大道。

我忽然想到，这正是我所寻找的那个问题：对于人性来说最理想的社会是什么？乌托邦是否可能？这个问题足够复杂，足够深刻，但又有一个确定的答案，至少不像"宇宙的本质"之类那样虚无缥缈，无法验证。人性，虽然就个人来说千变万化，差异明显，但是作为人类群体，在统计上必然趋于某个稳定的值。人性的各种需求，从饮食男女到自我实现，统计上也必然会有明确的先后排序关系，譬如，霍布斯把摆脱死亡恐惧作为第一需求，无疑是正确的。这样必然能够找到一种稳定的社会制度关系，使得它能够最大限度地满足人的需求。

不，单纯这几点还不够。那些几世纪前的思想家们还忽略了一点，这一切还涉及资源的问题，特别是人类获取资源的能力变化。显然在资源极少和资源丰富的情况下，资源分配模式也应该不同……这就必须考虑到历史的维度，这一制度不仅应该最大限度地满足当时的人类需求，而且应该最有利于向下一个社会形态嬗变，这就使得问题进一步复杂化了……

但这是一个真正值得思考的问题，并且一定会有一个确定的解。我将我的全部精神投入这一方面，一本本书读下去，从政治学到社会学，再到经济学和心理学，大脑疯狂地旋转着，忘记了周围的一切。

10

问题艰巨至极，在某种意义上比哥德巴赫猜想更深奥，比三体问题更无解，涉及的变量太多，彼此又相互纠缠作用，变成一团解不开的乱麻。

从逻辑上来说，任何一组特定的人性组合都应该有一个独一无二的制度解，这个解相当不稳定，并且极其条件敏感，人性的常量上稍有变化，都会导致原来的解不再适用。但政治制度当然不可能凭借随机的，每一代都微有变化的人性条件而随时兴废。而如果稍微偏离本来的基础，就会酿成一场社会灾难。因此，我不得不放弃寻求最优解的努力，转而思考，是否能找到一个不坏的基本框架，能在最广泛意义上容纳这些不同的人性可能，让它能够在各种不利条件下仍然良好运行。

很快，我找到了整整一打的制度解，其中只有三种在地球上出现过，另外四种有些思想家曾经在想象中描绘过，还有五种大概从来没有任何人类想到过，而这十二种制度都可以保证人类基本上获得和平、稳定与繁荣。

然而这些还不够。事实上，我对于其中任何一种都不满意，没有一种能够实现我希望实现的完美乌托邦。它似乎根本就不可能出现在这个世界上。人性自身的多疑、善变、自相矛盾和朝三暮四就阻碍了理想王国的出现。

除非……

难道……

我隐隐意识到了一个问题，在我的思想中有一个盲点，但那个盲点是什么呢？让我没办法看清楚某个最关键的地方，某个隐匿的真正条件。纵然以我的超级智力也不行，就像哥德尔发现任何一个形式系统中都有无法证明的命题一样，看来任何一个人的头脑中都会有某个盲点。

这个隐匿的关键何在？也许要把整个体系推翻了重来。我走到窗边，凝视着下面车水马龙和穿行的人流，默默思索。让我们回到霍布斯吧，我想。任何社会都建立在人与人之间的某些默契上，这样的默契有很多，但最根本的只有几种，其中最重要的，是人对他人可能伤害自己的恐惧，出于这种恐惧，他们才会彼此协作，建立社会……

如此一来，整个社会都建立在一个根本上有问题的基础上，一个没有恐惧，仅仅出于对美好前景的共同追求而进行自愿协作的社会可能吗？那首先要去掉恐惧的基础，这种恐惧从何而来，它真的是不可避免的本性吗？还是——那句话说——

恐惧源于无知。

头脑中如被电光划过，我终于发现了盲点所在，那被深深隐藏在社会生活背后的盲点。我奇怪以自己的智力怎么会一开始没有想到。

恐惧源于无知！

这世界将何去何从？

大量我刚刚读过的书籍中的历史和现实浮现出来，被无数日常生活经验的例子所充实和印证，它们分门别类，按照历史和逻辑的顺序勾连起来，形成非线性的复杂因果网络，一波波运动，一次次革命，构成地质运动般的板块冲突，生长点和断裂带看似杂乱无章，但在超人智力的洞察下，一切都有迹可循，潜伏着严密的规则。在变化的历史处境中，某些最初的偶然条件被放大和固化，各种因素反复分化组合，几次反复之后，最后形成坚不可摧的刚性结构，并延伸向不远的未来。

然后是潜在结构的涌现、冲突和断裂，很快，一切消失在黑暗中。这就是结局吗？人类最终将和自己最美好的未来失之交臂，并且永远也不可能再回到它吗？

不，不会是这样的，或许有什么办法改变，可方法在哪里？究竟在哪里——

蓦然，似乎有一千个炸雷在我脑海中响起，一切坚固的知识都不复存在，世界崩溃解体，化为数据的洪流，沉入无边的混沌，其中也包括我自己。

我知道，是那三枚苯苷特林的药效发作了。我无法再思考，也无法再找到答案。

以后的事，我记不太清楚了，只有一堆似是而非的片段。我的智力无法进一步提升，相反却淹没在亿万无关紧要的细节之中。我比以前更加疯狂地翻着一本本书，从一堆细节跳到另一堆细节，但是再也无法找到一个整体，也无法得出任何结论，我甚至不知道自己在干什么。仿佛我已经疯了，又没有疯，还算清醒的那部分我被困在自己的疯狂意识里。

不知什么时候，图书馆关门了，没有人发现我，门被锁上了，我也无法出去，我拍打着门，无人理睬。夜幕降临，我一个人留在黑暗中，与那些异化的知识和思维碎片搏斗着，战栗着，呻吟着，头疼欲裂。我跳动的思维仿佛变成了一个巨大的旋涡，而我被卷入自己的思维中，无法逃脱。

在亿万意识的碎片中，偶尔也有之前生活的片段：童年和父母一起去游乐园的快乐，考上这所重点高中的欣悦，第一次见到叶馨时的心跳，和她在一起那种醉人的甜蜜……我竭力抓住这一点点过去的碎片，试图找回自我，以此保持最后残留的一点清明。

可是我终归失败，那些记忆的片段一一消失，我昏了过去，却并非全然丧失意识，在"我"已经不存在的意识里，思维的旋涡仍在旋转着。

在昏迷中，我做了一个梦，梦见自己在一个清晨，再次走向学校，坐在了高考的考场上。问题简单得可笑，一切问题都有确定的答案，有的不在选项里，无所谓，我可以自己补充进去，我行笔如飞，每一笔都雷霆万钧，仿佛是上帝本人在撰写《创世记》。我不是在考试，是在创造，在发散，在催生一个新的世界，又好像在写完全不知所云的东西。

高考结束了，我走出考场，身边都是同学的欢呼，许多人在撕书，撒向天空，碎纸如同雪花般纷纷落下。我茫然站在纸片的飞雪中，直到看到阿牛站在我面前："阿勇，你怎么了？跟你说话都听不见？"

这不是梦，我终于清醒过来，这是现实世界，我真的考完了高考。可是我怎么会在这里？昨晚究竟发生了什么？

我还没有明白过来，就看到老爸远远地跑来，气喘吁吁地问我："儿子，你考得怎么样？昨天你上哪儿去了？我和你妈都快急疯了。你怎么了？怎么脸色这么难看？"

"我没事，"我听到自己嘶哑的嗓子说，"爸，我终于考完了。"

然而这已经是最后的回光返照，下一秒钟，我就瘫倒在地上，我看到阿牛和老爸的脑袋出现在天空的背景下，焦急地对我喊着什么，我想回答，却已经张不开嘴。渐渐地，我看到他们的身影越来越模糊，最后一切都沉入无差别的黑暗中。

我的最后一个念头是："我会死吗？"

随即，我便落入真正的黑暗，落入再也不用去思考的、无梦的沉睡之中。

11

我在一个浅绿色的房间中醒来，一切痛楚都消失了，但是意识却还很含混。蒙眬中，我看到一个似曾相识的窈窕身影站在我床边。

"叶馨……是你么？"我昏昏沉沉地说。那身影从模糊变为清晰，我才发现面前是一个未曾见过的女郎，看上去是西方人，一头金发，肌肤如雪，容貌美得毫无瑕疵，穿着某种浅蓝色的制服，像是护士的打扮，看上去年纪不大，目光中充满了自信的神采。

"林勇先生，你醒了？"女郎用纯正的汉语盈盈问，声音柔美得如同夜莺。

"我……我在哪里？医院？"我问。

"算是吧，"女郎说，"你睡了很长时间。"

我的大脑艰难地转动着，试图回忆之前的事情，但头脑运转却比老牛拉破车还慢，再也找不到之前思维飞驰、精神翱翔的感觉。我发现自己对于直到图书馆那一夜之前主要的事件还有相对完整的记忆，但那个晚上及第二天的事已经完全记不清楚，只有残缺的碎片。我尝试着回忆之前汲取的海量知识，但绝大多数都想不起来，只有一点恍惚的印象，只是表面上还在那里，只要认真去回忆就消失了，宛如一碰就破碎的肥皂泡。

超人的能力已经丧失殆尽，我再次变成了一个普通人。

但我还活着，有正常人的思维，至少目前看上去是这样。

"我昏迷了多久？"我问，看着周围略感诡异的场景，心中颇有不祥的预感，"几个月？一年？十年？还是——"我忽然想到，自己现在是否已经变成了一个中年人甚至老人？我抬起自己的手臂，看到臂上仍然皮肤光洁，肌肉饱满，并不像已经过去很多年的样子。也许我是胡思乱想，也许不过是几天之后。

但是女郎的表情严肃起来："你要有心理准备，林勇先生，事情可能和你想的完全不同。"

"你先告诉我，现在是什么时候？"我问。

女郎叹息着，说出了一串日期："今天是2177年6月9日，自从2027年6月9日上午十一点半你昏倒之后，已经过去了整整一百五十年。"

我呆了片刻，随即笑了起来："这算什么？某种玩笑？"

女郎没有回答，向我走来，将一只雪白的手按在了我的胸口。"你干什么？"我有些紧张地问。

"别紧张，"女郎狡黠地一笑，"我为你做个全身检查。"

然后我看到了不可思议的一幕：女郎的整只手没入了我的胸口，只露出手腕。我大叫一声，惊恐地向后退去，但女郎的手也随之延长，一直留在我体内，并上下搅动着。

"你……你……"我惊骇极了，结结巴巴地说，但很快发现，自己的胸口不痛不痒，事实上根本没有任何感觉。

女郎缩回了手，做了一个表示OK的手势："恭喜，你很健康，看来纳米修复疗法非常成功。"

"你是怎么做到的？"我还惊魂未定。

女郎微笑着眨了眨眼睛，身体上泛起了一圈波纹，她就像水面上的倒影一样波动着，渐渐变得半透明，仿佛是一个虚影："我告诉过你，我们已经在未来，这个时代我们的技术你暂时还无法理解。"

过了许久，我有气无力地张口："这么说，现在真的是……2177年。"

女郎郑重地点了点头。

"那你是什么？"我问，"是人还是……机器人？或者这里的你只是一个幻象？"

"我是人，"女郎清晰地说，"同时也是纳米机械体，我不是幻象，有实体的存在，却能够分化为亿万细微的纳米机器，进入任何坚硬的物质结构，也能够变得透明或改变形态，这座房间也是一样，事实上，在人和机械之间已经不存在界限。"

"发生了什么？"我干涩地问，"为什么我会在一百五十年之后？"

"你还记得2027年你最后一次考试吗？"

"嗯……"我仔细回忆着，"不过只有一点模糊的印象……好像做梦一样。"

"那不是梦，你真的去考试了，考完之后出来就昏倒了，从此昏迷不醒，还上了新闻。"女郎的手指向墙壁，墙壁如同变成了荧屏，出现了一幅幅新闻图片和视频，我看到了悲恸欲绝的父母，摇头叹息的老师，还有昏睡不醒的……我自己。

"这么说我真的睡了一百五十年？"我摸着自己的脸颊，惊异地问，"一百五十年后你们复活了我？可是我不明白，为什么我看上去一点也不老？我被冬眠了么？"

"没有，只是很简单的细胞再生技术……这个以后再说。我想问你，关于最后那场考试，你还记得什么？"

我摇摇头："几乎什么也不记得了，那时候我吃了太多的苯苷特林，意识完全混乱了，估计就是胡言乱语吧……这很重要么？"

"是的，那场考试对今后的历史发展极为重要。"女郎说，随着她的话语，荧屏上出现了几张考卷的照片，我认出自己的笔迹，纸上密密麻麻都是字，但不明白自己写的是什么。

女郎看到了我迷惑的目光，解释说："你的文科综合考原始试卷已经遗失，只剩下几张不甚清晰的照片，但这些照片改变了人类历史。现在，它们是我们历史上最重要的文献之一。

"你的这次考试得了十八分，除了几道纯属偶然的选择题外，几乎所有题都答错了，按照标准答案拿不到任何分。但却给所有阅卷者留下了深刻印象。特别是最后一道论述题，你竟然加了八张纸，写了九千多字，但写下来的几乎完全是乱码，每一个字词都能读出来，但没有任何意义，比如第一句话是'圣子疯狂的经济被石头了的的七十一死去已经'，显然只是疯子的呓语。"

我仔细回想，也想不起来自己是怎么写的，只能苦笑："记不清了，当时我大概真的精神失常了吧。"

"本来这张考卷也许会直接被扔进垃圾堆的，但是页边拯救了它。"

"页边？"

女郎点点头，虚拟荧屏上出现了若干答题纸的照片，果然，在密密麻麻的正文边上，是一组与之全然不相称的数字和数学符号，每一页都有。

"这是……"

"这是一个数学证明,一个相当简单的证明。"

"可我怎么一个字也看不懂?"

"其实你看得懂的,这是一个初等数论的证明,总共有七十七步,虽然比一般中学所学的数学证明繁复一些,但是……你看结论就知道是什么了。"

我看向最后一行字,那里写的是:

"……因此,当 n>2 时,对于任何自然数,都不可能找到一组解,使得 $a^n+b^n=c^n$,QED。"

"这是……"我忽然明白过来,"这不会是费马大定理的证明吧?"

"正是,而且应该就是费马没有写在书边缘上的那个证明。"

我不由倒抽一口冷气,费马大定理的故事我自然知道。当初费马提出这个猜想,自称找到了一个"绝妙的证明",但是因为书上"空白太小"而没有写下来。此后人们一直在寻找这个所谓的绝妙证明,但从未成功过。虽然在二十世纪末,一个美国数学家最后证明了它,但却是费尽了力气,用了许多高级的数学发现,证明写了一大本书,可谈不上十分绝妙。

"人们长期以来都以为,这样的绝妙证明根本不存在,是费马臆想出来的。但你却天才地找到了一种另辟蹊径的证明方式,并向全世界展示出来,证明费马并没有说谎,的确可以用初等代数的方式证明费马大定理。"

我被她说得好奇得想看看自己究竟是怎么证明的，不过想想还是搞清楚目前的状况更重要："等等，当时我写下这个证明干什么？"

女郎有点怜悯地说："这你都想不明白么？"

我模糊地想到了什么，却又觉得似是而非，头脑中意识乱糟糟的，听女郎说："这个证明即使常人也看得懂，很快就被监考的教师发现，纷纷传阅，还有好事者拍下你的考卷，放在网上，引起了巨大的轰动，所以你很快就誉满全球，虽然你还是植物人的状态。不过国家奖励了你父母几百万元，足够他们安心生活一辈子了。"

"我父母……他们……"

女郎并没有回答，而是又绕回原来的话题："人们对你当然也越来越感兴趣，很容易调查出你吃了整整五颗苯苷特林的事，对你的超级天才也感到极其钦佩。人们想，这个页边上的证明逻辑严密，思路清晰，既然如此，正文那九千多字怎么可能只是乱写的呢？所以，就有有识之士意识到，那篇看上去只是胡言乱语的文字，或许只是某种加密的文字，中间很可能隐藏了某些重要的信息，是一个天才头脑——不，应该说是整个地球生命体系四十多亿年来所产生的最卓越智能的结晶！许多人都尝试破译，但是却一直没有人能够破译出来，这篇文字一度变得比伏尼契手稿还要出名。

"一般的人类没有能够解开这个谜。但你的成功也鼓励了对智力提升药物的研究，在二十年后，一种最新的智力提升药品苯苷特林Ⅵ问世了，它能够稳定地将人的智力提高一个层次，并固定下来。经过它提升的一些读者经过苦心钻研，终于发现了你的文章的加密方法，你用表面的修辞掩盖你真正的预言，同时也提供了解读的线索。你巧妙地用一些怪异的表述和错别字，提示出某些句意的颠覆，某些上下文的衔接的错位，某些错误推断背后的真意……这些常人无法读出来，即使告诉他，他也会觉得是牵强附会。但在经过高阶的智力提升之后，再看这些文字，就好像从三维图中看到隐匿图像一样清楚明显。"

12

"那么我的预言是什么？"我越来越好奇了，那一夜，我究竟发现了什么？

"你看到了这个世界的真正暗流涌动，很快会浮出水面。一个旷古未有的转折点即将到来。随着智力提升技术的最终成熟，提升的智力将会稳定下来，使得一部分大脑结构特异者永久性地获得过去只有最伟大的天才才能享有的高阶智力。几十亿年来，宇宙对地球生物最悭吝的资源——智力，终于将对人类的一部分成员近乎无限地开放。他们将成为超人类。

"但这并非天使的号角，最初反而是魔鬼的诅咒。在二十一世纪下半叶，由于第一批超人类的出现，整个世界都将面临异常的混乱。在几十年内,由于经济差异和个人体质问题,一部分人智力将会得到提升,另一部分人没有,智力提升者内部也不是铁板一块,有些人可以提升到极高的智力,有些人不过比正常人略高,高阶的智力提升者看待初阶的同类,不下于人类看待猿猴,甚至他们自己也将形成不同的立场和派系,这一切将会在世界上引起史无前例的仇恨、疯狂和恐慌。

"最大的可能是,为了维护世界稳定,成为超人类的高阶智力提升者在足够壮大之前,就被以立法的形式加以限制和消除,比如永久禁止一切类苯苷特林药物的使用。其他的可能包括全球核战争、种族大屠杀,或者个别超人类对全人类进行专制统治和扼杀同类等,人类几乎无法走出这个瓶颈。

"但几十年前的你计算出了这一切,并在最后几千字中用隐语阐明了新的社会生活原理,你指出,以往人类社会的根本前提是人性稳定不变,但在苯苷特林等药物问世后,这一前提已不复存在。人类自古以来的全部政治智慧都已不再适用,超人类必须创造属于自己的完美社会。而你指出了这个新世界的建立方式。"

"恐惧源于无知……"我想起了最后那句话,喃喃道,"原来这句话的意思是,只要有超人的智能,就能够摆脱恐惧,实现真正的协作。"

我依稀明白过来。当时自己的盲点就在于看不清人性的基础即将发生巨大的变化,当人的智力提高到一个全新境界的时候,一切基于旧人性的社会体系都不可能再存在了。

"那新世界是什么样子的呢？"

"其中较为深奥的部分，现在你自己也无法理解。简单说吧，新制度是严格按照智力区分的等级制度，不同智力阶层之间不相互侵害，但是却拥有不同的政治权限。原来的人类和低阶的智力提升者无权进行统治，而必须绝对服从高阶者的命令，如同儿童要服从大人。虽然这些人本身可能是成人，而高阶者可能反而是他们的儿童。"

"这未免太……专制了。"

"如今你自己也这么认为，不是么？旧人类根本不可能接受这样公然违反人类基本价值观的社会制度，因此你知道自己必须保持隐秘，只能让超人类们获知这一点。你知道自己的高考考卷由于特异必然会广泛传播，因此精心设计，不仅让它在之前发挥了重大的影响，而且在其中埋下了思想密码，等待着几十年后才会出现的同类解开。

"按照今天的分类，你服下第一颗苯苷特林的时候，还只是聪明的普通人类，智商大约是150—160，服下两颗后，智商提升到200左右，也仅仅是刚刚跨过超人类的门槛，属于Ⅰ型超人类，但最后三颗苯苷特林起作用后的十二个小时之内，你的智力相当于超人类Ⅲ型，已经无法用旧人类的智商指数测量。而在几十年后，出现的也只不过是Ⅰ型和Ⅱ型。你的蓝图对他们也是意义匪浅的。如果没有你，必然会发生一场可能毁灭世界的混乱。

"超人类们破解了你留下的秘密之后，彼此联合起来，心照不宣，秘密地按照你的路线前进着，虽然不无波折和坎坷，甚至几度险些被清洗，但他们韬光养晦，形成了秘密团体，凭借智力的绝对优势逐渐把握了世界的政治经济命脉，当旧世界发现他们的力量之时已经太迟了，超人类已经过于强大，非旧人类可以梦想。经过一场短暂的全球革命，全球各大政府被颠覆了，超人类的权威统治建立起来。这一事件被称为奇点革命。那是一百多年前的2071年的事了。

"此后一百年，人类的发展不仅超过以往的一万年，也超过了旧人类在另一种未来可能的一万年。超人类的社会制度无限解放了人类的创造力，我们从真空中取得无尽的能源，让全人类得以摆脱劳动的苦役；我们转变了自身的存在形态，让人和纳米机械完美融合，进一步将智能提升到无与伦比的程度；我们还通过人造时空虫洞打开星际之门，驰骋于宇宙，成为亿万星辰的主人。你想看看我们的世界么？"

"你们改造了整个地球？"

女郎不置可否，舞动手臂，做了一个仿佛是"打开"的手势。周围的墙壁渐渐变得透明，然后消失，我发现自己面对着一座缤纷奇异的城市，珊瑚一样巨大而精致的建筑从发光的海洋下生长出来，伸向天空，如同一座水上森林，甚至在缓慢地摇曳着，在"珊瑚枝"之间，花朵一样的奇妙结构四处飘飞。我无法用语言形容这座城市的恢宏壮丽。我们就在某片不大的花瓣上，悬浮在海洋和天空之间。

我出神地看了很久，才又抬头望去，头顶上是繁星点点的星空。但不是我熟悉的星空。星光璀璨了百倍以上，在天心，横亘着一个气势磅礴的银白色巨蛹，向两边延伸出亮丽的光带，直垂天际的地平线。

"这是……"我瞠目结舌。这不可能是地球上的景象，难道是某种虚拟的数字效果？

"这不是虚拟，"女郎像看透了我的心思，"我们在仙女座星系的中心区域，我们看到的是它的核球部分，不过这不是一颗行星，而是一个直径三百万公里的人造环形世界，这是目前泛宇宙人类文明的中心。我们距离仙女座星系的中心一万光年，距离银河系和地球二百一十九万光年。"

13

"不可能……"我失声惊呼，"才一百多年，人们怎么可能到……到仙女座星系？怎么可能那么快？！"

"快慢依赖于度量标准，对我们来说，过去的时代才是慢得像蜗牛的步伐。在奇点革命之后，在超人类的社会中，一切都在飞速进化，无数之前只是科幻概念的超级技术都在几年甚至几天之内出现了，现在每一秒钟都有上亿个超人类从各星球的复制中心诞生，每秒都有十个以上的行星和卫星被殖民，每秒都会诞生好几个过去千百年才能产生一个的重大发现发明，并在几小时里在全超人类的范围内普及。人类的足迹已经踏足一亿光年内的每一个星系,甚至已经启程去探索已知宇宙的边缘。"

我呆呆地望着这遥远而陌生星系的银心,半天说不出话。小时候,我曾经梦想过去月球和火星,长大后这种幼稚的梦想早已烟消云散。但今天,我却在两百万光年外的另一条银河。

"这一切都是你带来的,"女郎说,"虽然今天超人类的智识已经超越了你当初的巅峰状态,但是如果没有你的设计帮助我们度过最初的瓶颈,也不可能有后来的一切。虽然超人类中不存在偶像崇拜,但你的历史功绩仍然受到超人类的敬重。"

"可是我是怎么到这里的?"

"自从你昏迷之后,就成了植物人,不过发现费马大定理简单证明所带来的名利给了你和你家人足够的生活和医疗所需。还有不少人积极筹款想把你唤醒,问清楚那段乱码背后的秘密,但从来没有成功过。对于你的病症,世界上最顶尖的医生也无能为力。你的神经元突触连接已经全部被破坏,没有任何意识可言。但是人们让你活了下来,五十年代超人类兴起后,秘密接管了你的肉体,将你妥善地保护起来。

"在2077年的奇点革命后,你被超人类视为我们这一种族的先知,地位更胜从前。随着超人类创造力的几何级数的爆发,新的技术开始越来越快地出现。我们首先让你肉体上实现了永生,然后让你已经是一个老人的躯体年轻化。许多即使在超人类中也是最杰出的头脑为了研究让你复生的方法殚精竭虑。终于,在三十年前，这种技术问世了。它能够根据被严重破坏的脑结构残痕算出本来的突触连接，进行再造，从而恢复你的记忆和意识。原理虽简单，但计算量大得惊人，如果用你昏迷之前的最先进技术，要制造地球那么大的超级计算机才可能在适当时间内算出结果，不过这对超人类来说，已经不成问题。

"然而在这里，人们发生了分歧。究竟复活哪一个你？我们可以去除后加的增生突触，复活本来的你，也可以复活那个智力上升到顶点的你。一部分人主张复活智力巅峰时期的你，这样你可以作为和我们平等的超人类加入我们。但另一部分人则主张复活常人的你，因为那才是真实的你自己，是后来历史真正的本原。两种意见相持不下，但是没有争执，我们只是决定搁置这些争议，让历史来决定。

"大约十年前，随着人类文明中心的转移，你随同地球上的无数文物资料一起被转移到仙女座星系内部。两个小时前，经过最后的商议，人们最终决定复活本来的你，然后让你决定自己的未来，一切由你的选择决定。一小时前，你被复活。"

"我……有什么选择？"

"你已经被宇宙超人类最高理事会赋予了特殊荣誉公民的身份，你可以保持目前的状态，在全宇宙范围内游历，并受到人们的尊重和欢迎。但是让我提醒你，人的世界在一百五十年后已经演变到了你根本无法理解的程度，你无法和任何一个最底层的超人类进行足够水平的交流，你不可能适应超人类的生活。"

"可是我们之间不是能交流么?"

女郎微笑了,带着怜悯的目光:"某种意义上,人和他养的宠物也能交流。"

我不禁苦笑:"看来我永远无法融入你们的社会,就像一只猴子无法融入人类社会。"

"恐怕是的。不过还有一种选择,就是再度进行永久的智力提升,变成那个给我们启迪的真正先知。那样你可以愉快地融入我们的世界,跟随我们一同进化,享有宇宙所能提供给智慧生命的最大幸福。"

"这么说,我有什么理由不去选择后者呢? 简直太完美了。"

女郎凝望着远处的珊瑚形建筑,微微摇头:"有一个很特殊的原因,这也就是一开始在超人类中的分歧之所在,你的大脑拓扑结构事实上不适合进行永久的智力提升,它的发展弹性是有限的。如果强行提升智力的话,在你大脑中会形成新的超级人格,但如今的你会沉入超级意识的底层,变成某种类似潜意识的状态。这也就是当年为什么你在最后阶段会丧失意识的缘故,事实上,当时你的大脑内形成了一个全新的超级人格,问题是,你只是其中一部分,你无法享有整体的自我意识,你不会感觉难受,但是会把自我意识让渡给新形成的超级人格,而你降格为其中一个运算单元。"

"你们不能解决这个问题? 你们技术那么先进,不能让我 —— 我现在的自己 —— 变成超人类么?"

女郎摇头说："你没有明白问题在哪里。当然，我们甚至可以把一只蚂蚁的神经结改造成人类的大脑，但如何改造呢？ 也只能加入新的材料和结构，本质上我们只不过是新造了一个人类大脑，并把那只蚂蚁的神经结嵌进去。那个人并不是之前的蚂蚁。至于你，虽然不至于像蚂蚁那样近乎毫无智能，但问题是类似的，不可能通过技术方法解决。"

"也就是说，"我自嘲说，"一种选择是让我生活在一个我永远不可能理解的世界里，另一种选择是让我生活在我永远不可能理解的自己之中？ 真是完美的选项。"

"抱歉，我们别无他法。"

我苦笑一声："看来你们的力量也有限度，那么在这个时代，还有像我一样的人吗？ 对了，我爸我妈——他们还在吗？"

女郎微微摇头："他们照看了你几十年，但在奇点革命之前就寿终正寝了，你父亲去世于2058年，你母亲是2063年。令人宽慰的是，他们在临终时都知道了我们会保证让你重生，所以走得很安详。"

老爸老妈已经死去一百多年了……我想哭，却哭不出来，醒来之后的各种震撼实在太大了，甚至压倒了悲伤。

"那么……"我的心忽然一跳，"对了，叶……叶馨呢？ 你知道她么？"

女郎面无表情，淡淡地说："知道。"

"她在哪里？ 你们也让她恢复意识了么？"我一颗心狂跳起

来。也许很快,我就可以见到叶馨,我已经预感到,她正在什么地方等待着我……

女郎摇摇头:"很抱歉,叶馨她……也已经去世了。事实上,你知道的旧人类都已经不在这个世界上。"

我悚然一惊:"奇点革命只不过一百多年,你们又发明了超级技术,他们怎么会都死了?"

"请别误会,"女郎像是看到了我的心思,解释说,"这里没有战争或者种族灭绝,当然在奇点革命中一些旧人类顽抗,甚至试图动用核武器,超人类不得不进行反击……只不过死去了几千万人而已。奇点革命后,旧人类被集中在澳大利亚的保留地,我们用超级技术供养他们,给他们舒适的生活,只是不传给他们永生技术,如今他们的后裔还在地球上,但是你认识的那一代人都已经过世了。"

我惨然无语。

"如果你愿意,可以回到地球上,和他们生活在一起。"

"不,"我决然摇头,"我想我没法适应当被超人豢养的宠物的生活,你们不如给我一台时间机器,让我回到过去。"

"没有也不可能有时间机器,因为这在物理学上不可能实现。不过或许有一个办法,能够达到相同的效果。"

"什么方法?"我又鼓起了希望。

"重造出那个2027年的世界。"

"这怎么可能?!"

"在这个世界,没有什么是不可能的。我们可以通过你的记忆和那个时代的丰富历史记录,通过超级计算机海量数据的计算精度,为你造一个虚拟实在的世界,在那个世界中,你将回到2027年,抹去一部分的记忆,继续过你之前的生活,过几十年上百年都可以。你可以在许多年之后重返现实,也可以选择无限循环地过下去,甚至可以选择……像一个正常人那样死去,意识永远消失。"

我被这个念头诱惑了,犹豫了一会儿说:"可那是逃避现实。"

"不,应该说,我们在为自己创造现实,无论是旧人类还是新人类都是一样。"

"我想知道,"我盯着她的眼睛问,"如果你是我会怎么选?"

"我么?我会选择最适合我本性的生活。"

"那什么是适合你本性的生活呢……叶馨?"

女郎并没有显露出太惊讶的神情,只是沉静地看着我,最后无奈地摇头一笑。她的眉眼忽然如在雾气中一样模糊,但片刻间,已经恢复了正常,却已完全变样。那张我魂牵梦萦的面容再次出现在我面前,只是目光已经变得完全不同,它曾经天真又炽热,如今却睿智而冰冷。

"想不到你还是认出了我。"叶馨说,她的声音也和旧日相似,温柔如水,却没有任何情感在里面。

"从一开始我就有一种微妙的熟悉感,你的脸虽然不是你自己的,却是你最喜欢的安格尔的《泉》上的少女,你的一些手势,还有你微笑时眨眼睛的样子……这是那种恋人间不可言传的熟悉。虽然我也无法完全确定,不过如果叶馨真的活着,那么要唤醒我,她应该是最好的人选。"

"你猜对了,即使在变成超人类之后,有些事还是无法改变,"叶馨轻叹着,"很抱歉,阿勇,我隐瞒你,只是不想增加你的困扰。是的,我是叶馨,那场悲剧后我们都沉睡了,但我的情况比你为轻,我在奇点革命后不久醒来,接受了永久的智力提升。

"但我也没有欺骗你,我已经是另一个人格,以往的叶馨确实已经不复存在,沉入我意识的基底。我还记得叶馨的一切,但是整体上已经超越了人类的阶段。变成超人类后,一切都不一样了,往昔的情爱已经无足轻重。超人类有全新的生活和情感,或许你无法理解。"

"我能理解,"我涩声说,"我也曾有过类似的感觉。"

"那就好,"叶馨说,一对明眸在仙女星系之心的照耀下闪闪发亮,"在我身上,也有一部分想要回到过去,回到和你在一起的日子呢。或许那就是我至今仍然保持一些过去小习惯的原因。我想,是该和过去的自己彻底分离的时候了。现在,我把她送给你。"

她把手再次放在我胸口,那只手慢慢融化,变成水银一样的流体,渗透进我的皮肤之下。我感到了一种久违的熟悉的温暖。那是真正叶馨的感觉……

"你的选择是什么？"她轻声问，随即微微点头，"不用说了，我都已经知道……你会如愿以偿的……"

她身体的其他部分渐渐消散在空气中，周围的奇异城市和星空保持了片刻，然后也烟消云散。

而我再度落入无意识的深渊，刚刚的记忆又在遗忘之海中沉没。

尾声

细雨空蒙，邈远无涯。丝丝雨线从阴霾的天空落下，在黄浦江上跳动着，泛起万千细碎的涟漪。十里洋滩在雨幕中变成无差别的灰蒙蒙一片，远处的东方明珠和金茂大厦顶部也笼罩在一片雨雾里，若隐若现。秋雨绵连，气温陡降，地上落满了破败的梧桐树叶，没有几个游人，只有空旷的河滨大道在雨中伸向远方。

我撑着一把黑伞，独自伫立在外滩，凝望着流动的黄浦江水，心中百感纷呈。

五个月前的高考，我铤而走险，多服了一枚苯苷特林，终于完成了预定的目标，在英语和文科综合考试中拿到了近满分的佳绩，弥补了语文和数学上的损失，虽然没有进北大清华，总算也考上了上海的一所重点大学。但过量服用苯苷特林的副作用也大得可怕，我随后沉睡了三个月，志愿都是父母代填的。等我清醒过来的时候已经是九月多了，险些耽误了入学。

三个月的沉睡，我好像做了许多稀奇古怪的梦，比如似乎一次次参加高考，却在试卷上胡乱涂写，又好像飞檐走壁如同大侠，甚至似乎到过奇异的外星，遇到过一个有几分像叶馨的金发少女……但只剩下零星片段，似幻似真，无从寻觅。当我醒来，知道自己已经酣睡了三个月之后，惊得出了一身冷汗：我真担心自己永远睡去，再也醒不过来，那将让把我当成命根子的父母如何承受？

好在一切都过去了，我及时醒来，看到了梦寐以求的录取通知书。恢复了几天后就出院，由父母带着，背着大包小包来到上海读书。我的同学也大都考上了不错的高校，就连阿牛都上了本市的二本。

但是还有一个人，一个我无法忘记的人，她却——

背后传来轻盈的脚步声，我忙回头，看到一把红伞下，一个窈窕的熟悉倩影向我走来。

"叶馨……"我喃喃念着这个甜蜜而凄楚的名字，女孩走到我面前，和我对面而立。几个月不见，她瘦了一圈，却显得更加清丽。

昨天，当我在宿舍里接到她的电话，告诉我她来了上海，约我今天见面的时候，我还不敢相信自己的耳朵。但今天，看到那个我爱的女孩亭亭玉立地站在我面前，我忽然鼻子酸了，想要哭上一场。

叶馨的眼眶也红了，她擦了擦眼角："阿勇，阿勇。"她呢喃着。

我们走向对方,在伞下轻轻地拥抱,亲吻,感受彼此的呼吸和心跳。

"你真的没事了?"过了一会儿,我问道,昨天电话里我们已经说了一些近况,但没来得及详谈,"我醒过来以后,一直联系不到你,听同学说,你爸妈带你去美国治病了。我打了好多个电话,也打听不到你的消息。我快急死了,生怕你……"我把最后几个字咽进肚子。

"是啊,美国那边发明了一种新疗法,可以刺激脑细胞的轴突重建……我治了三个多月,总算没事了,回家以后才知道你的消息。可惜你又开学来上海报到了。"

"没事就好,对了,你怎么到上海来了?"

"我当时昏倒了,最后一门文综不是没考么,"叶馨叹了口气,"上大学是没戏了,我爸说,也不用复读了,干脆让我出国,去多伦多念书,这两天到上海的领事馆来办签证手续,事情一大堆,好不容易才抽出半天来见你。"

"你要去加拿大了?"我心中一沉,"什么时候走?"

"大概下个月吧。"叶馨轻轻说。

"去多久呢?"

"我也不知道,要读本科的话,可能得要几年。"

我默然无语,心里难过。我们都是大难不死,本以为总算可以在一起,谁知刚刚见面,又要分别,从此远隔重洋。我扭头望向远方,一只孤独的鸟儿在雨中飞着,越过清冷寥廓的江面。

"其实我也不想去，"叶馨小声说，"我宁愿复读一年呢，可是爸爸说，我的身体不能再吃苯苷特林了，在国内没法上大学，所以……"

"挺好的，"我强忍着内心的波澜说，"那边读书条件更好，反正现在交通通信也方便，我们可以在网上天天视频，你放假过年也可以回来。"

"嗯，我会的。"叶馨说，又挤出一个笑脸，"对了，别说我了，说说你吧，上大学一个多月了，感觉怎么样？有没有认识别的女孩子？听说华师大美女很多，你可不能见异思迁！"

"哪儿有……"我苦笑着，看她面色苍白，身子发颤，"怎么了，不舒服？"

"不是，只是有点冷，降温太快了。"

"我们别站在这里说了，"我说，"去前面找个咖啡馆坐下来慢慢聊吧，还有时间。"

"嗯，"叶馨重复了一句，"还有时间。"

叶馨钻到了我的伞下，拉住了我的手，像我们第一次确定感情时那样。我感到她的小手异常冰冷，不由怜惜地攥紧了它。慢慢地，我感到了她掌心的一丝暖意。

我们牵着手，在细雨中走向迷蒙的未来。

超时空同居

1

飞机刚刚起飞,我就开始思念丁小雅。虽然距离我们的嘴唇分开还不到两个小时,但超声速客机每一秒钟都在带我远离她,让我们之间增加几百米冰冷的太平洋海水,这是无法弥补的现实距离。我在飞机上迫不及待地连上了机载 Wi-Fi 系统,又在视频里看到了小雅的面容,听到了她轻柔的声音,但那似乎也只是漫长告别的延长,徒增思念。我们都明白这一点,所以更加伤感。

我和丁小雅刚刚认识半年,正在最热恋的时期,却不得不分别。如果我早认识她半年,也许就不会选择去美国留学。丁小雅在国内已经工作，不可能陪我出去。五年，我们至少要分开五年，直到我拿到博士学位。虽然在这个时代，我们不再像父辈那样需要通过书信和很难打通的长途电话才能相互联系，但在线的文字和视频聊天却也代替不了那个活色生香的人儿。因为长期分居而劳燕分飞的情侣不计其数。

到了纽约，我的助理已经给我找到了一间租住房。房间临近地铁，只需要坐两站地就能到达我就读的大学，租金相对经济实惠，但也比较安全，本区的犯罪率比起同样租金低廉的大部分房屋要低40%，附近五百米内还有唐人街和中国超市，很适合留学生。这是在数十万出租房屋中根据我的需求选择的最优解。入住的顺利让我摆脱了一点对丁小雅的思念。多亏了助理帮忙。

当然不是真人助理，那种我根本请不起，而是腕表式电脑助理，华为出品的华耀7.0，这东西在国内的时候，一般也就是当手机用，助理功能用处还不明显。但到了国外，人生地不熟，就非常依赖它的帮忙了：查询交通路线，购买生活用品，提示当地的风俗禁忌，甚至有时候还需要它翻译一些生僻的外语。因为打交道越来越多，我给它起了个名字，叫阿华。

然而我最想要的，是让小雅陪在我身边。有一天，我对阿华说："你要是能把小雅带到我身边就好了。"但这是再完美的助理也不可能完成的任务，我想。

但是我错了。五分钟后，阿华告诉我："超时空生活共享方案已经制订完成。"

2

这个方案我很快就授权阿华去办理,但需要添置不少装备,虽然早已进入智能时代,美国的物流系统却还是慢得像蜗牛,好几天一些配件都没到货。新学期刚开始,有一堆课要上,导师还开了很多参考资料给我,我忙得焦头烂额,每天早出晚归,差不多都忘了这事。

但那天早上,我被一个温柔甜蜜的声音唤醒了:"快起来啦,大懒蛋!"

我睁开眼睛,看到了小雅娇俏的脸,她躺在我身边的枕头上,我一伸手就可以摸到她。

"知道了……"我懒懒地回答,"先让我亲一个——"

我忽然反应过来,这不是在国内的旧时光。我眼睛瞪得滚圆,霍然起身:"小雅?我在做梦吗?"

"做你个春秋大头梦!你忘了超时空生活共享方案了?我也授权了的。"

我坐起身,看到小雅身后的房间陈设,正是我在国内的旧居,我仿佛就躺在她的床上。"这……这是虚拟现实吗?"但我并未戴上 VR 眼镜。

小雅笑了起来:"傻瓜,你看自己身后。"

我转身看了看,背后却还是在美国租的蜗居,桌上还堆着我在美国买的比萨和饮料。身后又传来小雅的声音:"跟你说了不要买那么多垃圾食品,会胖的!"

地球两边的两个房间,仿佛超越时空般拼在一起。

"小雅,这是怎么回事啊?"我迷惘地问,小雅却咯咯笑着,说:"你过来我告诉你。"

我心一热,便去扑她,结果手撞到墙上,一阵生疼。我摸了下墙壁,才发现已经覆盖上了一层光纤显示膜。我这才反应过来,两边的床都是挨着墙壁放的,通过将墙壁两边的光学信息对应传递,就制造出了两个房间拼在一起的错觉。说起来简单,但要清晰到几可乱真的程度,难度还是很大的。

"这是什么时候装的?"我诧异地问阿华。

"昨天下午你上课的时候工人来安装的。"阿华回答。

"我不在也能放人进来?"

"你已经授权了呀,而且智能家居系统可以保证安全。"阿华回答。我明白了,的确房间中的摄像头可以监视来者的举动,当判定有问题时,还能自动报警。

"好啦!"小雅说,从床上跳了起来,"快带我去你们学校看看吧!"

3

小雅当然不可能真的跟我去学校,不过阿华还给我买了一副VR眼镜,镜片本身就是摄像头,眼镜脚上还有传声器,可以将我看到和听到的一切都转换成电信号,通过卫星发送回地球另一边的中国。她只要戴上一副同样的眼镜,就可以和我同步共享一切视听感觉,就好像自己也身临其境。当然反过来也是一样。

"哇,美国的校园真漂亮!"小雅在我耳边呢喃着,"这么大的草坪,那栋带钟楼的红房子是什么呀? 校长楼啊……什么时候建的? 十八世纪,真的假的……"

"小雅,你没有时差吗?"我问,"这个点国内应该是晚上快睡觉了吧?"

"今天高兴一下不行呀?"她娇嗔说,"哎,那边有一个湖,还有天鹅! 快带我过去!"

就这样,小雅重新回到了我的生活中,虽然本质上仍然是通过电磁波和声波,但是却拥有了以前没有的在场之感。隔着仿佛是透明的墙壁,我们经常和以前一样靠在床头,她读她的小说,我看我的视频,偶尔说一两句话,再分享一下阅读和游戏的体验。即便出门在外,通过智能眼镜我也随时可以和小雅聊天,要是她睡觉了,还可以把看到的东西存储下来,回头再和她分享。

而智能家居系统甚至可以让我们的相处更深入。小雅可以通过阿华分享的冰箱、洗衣机、摄像头的数据随时管理我的生活。小雅做的几道菜非常好吃,出国后我非常怀念,这个需求阿华居然也能帮我解决,它添购了一台炒菜机,通过国内的智能家居系统捕捉小雅的动作和炉灶的火候变化等信息,加以灵活分析后输入炒菜机,就可以大体模仿出来,而且还可以不断学习,磨合了几次后，做出来的菜能有小雅八九分的水准。

阿华还有一个更加神奇的方案：通过3D打印技术，可以以金属骨架和仿生材料打印出和小雅几乎一模一样的体形和毛发等，组合成仿生人体，小雅在地球另一边穿上感应服，就可以实现动作同步，宛如在我身边有一个分身。我一度感到心动，不过价格过于昂贵，而且总觉得有点奇怪，还是放弃了。

我感受到，今天的云通信手段已经越来越发达，可以实现远程会议、教学甚至诊疗等，以至于我怀疑为什么还要来美国求学，即便在国内也完全可以实现和美国导师的实时交流，以虚拟方式参加系里的会议，甚至可以通过机器分身来进行实验操作……只是社会制度的进步跟不上技术。不过我想，到我和小雅的下一代，人类对于空间的概念将会完全不同，每一个房间都会变成连通世界的魔法门，甚至飞向宇宙的飞船……

4

这个世界上最遥远的距离，不是宇宙的尽头，而是相见不相识。即便表面上通过高科技能朝夕相处，但两颗心仍然可能渐行渐远。

学业进入第三年，再浓烈的爱情也会淡化下去，小雅的陪伴渐渐让我感到困扰。因为时差问题，有时候很晚了她还要跟我说话，而那些絮叨的琐事，我并没有多少兴趣知道；有时候我做实验回家晚了，她问东问西，怪我不陪她；有时候她要我带她去看纽约时装周之类我不感兴趣的活动；而按她的手法炒的那几样家常菜肴，我也吃得有些腻了……

像所有认识了几年的情侣一样，我们开始相互指责，争吵，扔东西——当然砸不到对方。最后干脆关掉房间投影和一切信息交流渠道。坦白讲，我觉得这不失为一个双方冷静的好法子，但是小雅却做不到，每次这样，她只能更加抓狂。我还不想和她彻底分手，为此十分头疼。

时近我的博士中期考试，这是非常重要的一关，绝不能出差错。我问阿华："能不能想个法子，不切断联系，但让小雅不要再干扰我？"

阿华说："我分析了你们这两年的相处模式数据，发现有些用语会极大地激化对方的情绪反应，建议您不要使用，比如'你凭什么管我''这和你没关系''你烦不烦啊'……我可以自动屏蔽和替换成'我爱你''我错了''消消气吧'……"

"得得，"我摇头，"吵架时说这个也不像话吧，还有没有更彻底的方式？"

"可以取消她的一些权限，比如房间影像读取权和VR眼镜登录权。"

"这她不得继续闹吗？"

"这样的话，可以采用人际交往授权代理模式。"

"说人话！"

"……就是我以您的身份去和丁小雅小姐沟通。"

阿华解释说，它的智能可以利用手环中存储的海量资料，自动生成影像和对话，来应对人际交往，当然一些重要的决定还是要征求我的意见，但日常对话方面，它完全可以代劳。事实上，因为现代人际关系日益复杂，已经开始有人将一些普通的社交往来交给 AI 打理了。

"那太好了！"我开心地说，"就交给你了啊！"

"不过，"它说，"这违背了之前你们共同授权的生活共享方案中的条款，需要对方同意取消，否则无法操作……"

"……"

最后我在网上找到了一个黑客，帮我暴力删除了之前方案的代码，让阿华能不受其限制，帮我去应付小雅。

我试了几次，发现效果不错。在地球另一边，小雅可以看到一个窗明几净的房间，一个温文尔雅的男友，听她倾诉，陪她谈心，但那并不是我。而我获得了自由，可以自由做自己想做的事，甚至开始和其他女孩有些暧昧……

多么完美的方案，感谢现代科技！

5

博士中期考核顺利通过。

得知消息的当天，我和朋友们去酒吧喝了个痛快，回到家就倒头睡去，等到醒来已经是第二天上午了。

想到还没告诉小雅这个喜讯，我心中略感愧疚。我想和小雅通话，但想想之前一个多月和小雅的互动基本都是让阿华代劳，万一有什么地方说漏嘴了可不好办。所以让阿华生成之前聊天的内容，让我过目一下。

聊天的内容还挺多的，我大概翻了一下，翻了一小半开始觉得有些蹊跷，许多内容都高度雷同：每隔几天，同样的对话就会重复一遍。"最近好累啊！""多注意休息，累坏了我要心疼的！""嗯嗯，么么哒……"

"怎么会这样？"我问阿华，"好多话都是一模一样的！"

"我是一个AI，虽然通过复杂性随机算法，不至于同样的问题每次同一个回答，但资料库本身有限，也难免会有重复。"

"那小雅也不至于看不出来啊？"

"我分析了一下，"阿华说，"有99.7%的可能，小雅也是AI代替的。"

"她……她怎么能这样！"

说来可笑，我自己弄虚作假无所谓，但知道小雅也在躲着我，却忍不住一股怒气往上冲。但愤怒了片刻，又改为恐慌，小雅在公司很多人追求，这我是知道的，难道她已经移情别恋了？

"阿华，快帮我查查小雅的生活数据！"

"很多都加密了，"阿华查了一会儿说，"或者是她的AI伪造的，比如她每天的睡觉和起床时间几乎都是一样的，说明她这段日子可能根本没在家里。"

我百爪挠心:"那有什么可以公开查的数据吗?"

"有了,"阿华查到了什么,"她使用打车软件的信息,因为你是她的紧急联络人,所以都会跟你分享,当然一般接收这些数据不会提醒……已经调出来了。"

我定睛看去,最近的打车记录也是十来天前的,而频繁出现的一个目的地是——

市肿瘤医院。

6

我联络了小雅的父母和闺密,终于搞清楚发生了什么。

小雅在两个月以前体检出了问题,乳腺出现阴影,她去了好几家医院才确诊,是乳腺癌,而且已经是中晚期。看病前后,也是她情绪低落,经常和我吵架的时候。但她考虑到我中期考试在即,她没有告诉我,还要身边的人不要告诉我,怕我分心,在住院期间,她还使用了 AI 代替自己,以免露出破绽。

我买最快的机票,飞回她的身边,跌跌撞撞地冲进医院,小雅仍然在 ICU,只能通过显示墙进行探视。她的头发已经掉光了,身上消瘦了很多,却强忍着,笑着,说自己已经没事了,让我不要担心。

我跪倒在她面前,痛哭流涕。

我请假在小雅身边陪伴了两个月,直到她病情暂时稳定。然后飞回了美国,小雅说,无论在家还是在医院里,也可以通过视频投影的方式远程陪伴,没有必要守在她身边。再说,她还想去看很多地方,让我用 VR 眼镜带她去呢……

但我没有听她的,而是办理了休学手续,很快又回到国内。

无论小雅怎么说,我知道她希望看到的是真正的我。科技可以缩短我们的距离,可以帮助我们管理人际关系,但无法取代最古老的沟通与陪伴,正如无法代替我们去 —— 爱。

所以一年后,当小雅在最后一次陷入昏迷时,握着的是我真实的手。

尾声

"快起来,大懒蛋!"

小雅娇俏的面容再一次,再一次出现在旧日温馨的房间里。

我笑了,笑中带着泪。过去生活的一幕幕在面前重现,这些五十年前的影像,上万个小时的回忆,阿华还忠实地保留在容量近乎无限的云存储里,通过智能剪辑的方式挑选出精华段落,早已失落的时光,宛如昨日,宛如眼前。

"你看那时候的我们!"我对身边的人说。

小雅微笑着,将小手放在我的手上,钛金属骨架加上仿真高分子凝胶皮肤的身体,让她仍和五十年前一样美丽动人。

虚拟爱情游戏

"小伙子,你差点撞到我了!"

一个凸着啤酒肚的秃头大叔退了一步,皱着眉头嚷嚷。翟乐如梦初醒,脸一下子红了,连说对不起。那人却摆摆手,说出一番古怪的话:

"不用说对不起,我也年轻过,知道这种感觉。你走在大街上,和一个美丽的女孩子擦肩而过。目光相交的一刹那,你的心都要融化了。你忽然相信她就是你的灵魂伴侣,你们之间将发生许许多多浪漫而美好的故事……但你没有开口搭讪,她也就矜持地从你身边走过。你于是想,也许自己错过了人生的挚爱,失魂落魄,差一点撞倒一个老家伙也不奇怪。"

不能不承认，这些话说中了翟乐的心事，刚才他就是看到一个清秀可人的女孩，有点走神，才差点撞上这家伙。但翟乐不知道他说这些是什么用意，只好听他继续说下去：

"不过，就算是你鼓起勇气搭话了吧，去表达仰慕或者要社交媒体账号什么的，在现实中成功的概率又有多少呢？除非你有偶像明星那样的颜值，否则十有八九会被对方当成不怀好意的流氓或者神经病吧——实际上也差不多就是……真正发生点什么，连百分之一的机会都不会有。村上春树的《遇见百分百女孩》读过吗？没有？连这么伟大的作品都没看过吗？我年轻的时候就看过，说的就是这种遗憾啊——别误会，我不是讽刺你，只是说这就是现实生活。浪漫的传奇故事，只有小说或者电影里才有，和你的生活毫无关系——"

"对，对，"翟乐终于不耐烦地打断他，"您说得都对，我可以走了吗？"

"不，不对，"秃头大叔却话锋一转，"那是以前的事，现在可不一样了，你的幻想能够变成现实，你的生活也可以变得像电影一样精彩！"

翟乐狐疑地盯着这个模样土气的胖子，他在说什么呢？

"MR 这个概念你应该了解吧？"大叔像是看穿了翟乐的疑虑，说，"Mixed Reality，混合现实，通过智能显示的隐形眼镜，让现实层面和虚拟影像融合和互动，以方便生活和娱乐。今天我国有 99.8% 的公民已经使用了摩耶科技的 MR 显示视域，基于最新的 MR 技术，摩耶近日开发出一款游戏……"

听到这几个字，翟乐恍然大悟：还以为是什么，原来他就是一个 MR 游戏的街头推销员！翟乐早就知道这类游戏：通过隐形的镜片，在现实世界中叠加一个人物或者其他东西的影像，和玩家进行互动，但一般视觉效果都比较粗糙，和真实事物的质感有明显差别；而且无论玩家看到了什么，都只存在于自己的眼睛里，在别人看来只是神经兮兮地在和空气互动，未免可笑。想到这里，翟乐毫不犹豫地摆了摆手，转身离开——

"您先别走，请听我说完！"

翟乐猛然停住脚步，但并非因为这句话本身，而是说话的声音发生了不可思议的质变。他回过头，看到胖大叔不知什么时候不见了，取而代之的是一个婀娜多姿的娇美女郎，仿佛是劈开宙斯的头跳出来的雅典娜，微笑地看着他。

"你……"翟乐想了一想才明白，"原来你……你就是一个 MR 影像？！"

"认不出来了吧？"女郎冲他抛了一个媚眼，"摩耶科技的最新算力扩容，已经能够将 MR 影像的品质提升到可以乱真的程度，如果您在街头看到我从身边走过，会知道我实际上并不存在吗？所以，摩耶研发出了《虚拟爱情故事》这样的新游戏，让玩家能够有完全真实的爱情体验，我们还根据用户需求，设置了生活浪漫类、学习励志类、奇幻神秘类等八种四十条故事线。用户可以选择任一故事线进行游戏……"

翟乐好不容易将视线从她动人的事业线上移开，却仍然拒绝："就算是增强现实吧，不也只能有视觉和听觉吗？哪能真正模拟恋人的感觉。"

"不太准确，还有嗅觉和轻微的触觉哦，我们会在您身上喷撒细微的纳米感知颗粒，它们会依附在您的皮肤上，制造出这些感觉，比您所知道的任何 MR 游戏都仿真得多。当然，游戏毕竟有自身的局限性，真人的实在质感总是无法模拟的，进一步的接触……也无法实现。不过，每个故事都是精心打造的，能够让您体会到人生最美妙的时刻。再说了，挽着美丽动人的恋人上街，会引来多少羡慕的目光呀！"

"等等，你是说，别人也能看到我的 MR 影像？"

"当然，您的 MR 知识可能需要更新了，摩耶科技的系统已经升级，MR 数据早就联网，任何人都能够分享自己看到的影像到公共 MR 视域中，他人只要打开摩耶的 MR 系统，就都能共享影像体验，当然，严重违反现实、可能引起社会混乱的或者暴力、血腥、色情的内容，按照《虚拟现实及混合现实管理法》不在其列。"

仿佛是为了证明她的话，翟乐注意到，在熙攘的大街上，不少路过的男女也在偷瞄这位出众的丽人，毫无疑问，只要打开隐形眼镜的 MR 功能的路人都看得到她。如果有这样漂亮的女朋友，挽着上街应该也蛮不错的。虽说是假的，不过别人也不知道吧？

"那，一次游戏的费用大概是……"翟乐小心翼翼地问。

女郎说了一个数字，大得让翟乐立刻想要知难而退，他这几天刚来到这座都市，想找一个工作，还没着落。但她又说："不过，游戏刚刚制作完成，还没有上线，目前我们正在寻找志愿者参加内测，如果您愿意参加的话，这次游戏体验可以免费，这可是千载难逢的机遇！"

翟乐想不到天上会掉馅饼，喜出望外："你是说真的吗？"

"当然是真的，不过我要提醒您一句，既然是测试性质，就有一定可能会产生负面后果，公司对这些后果不负法律责任……"

"这个……有什么负面后果？"翟乐有些紧张，感觉自己像是试药的小白鼠。

"您不用紧张，也没什么严重的……公司方面主要考虑到对用户情感的冲击，比如真的对虚拟人物产生了强烈的情感，游戏结束后也许会产生失恋般的悲伤，无法自拔。这也是我们进行测评的一个主要考察点。"

翟乐想了想，自己并不是喜欢沉溺于游戏的性格，即便游戏结束也应该不至于给自己多大的打击。

"好啊，我可以接受。"

MR女郎笑了："好的，那这里有一份合同，您仔细看看……对了，在此期间，我就是您的专属客服了，我叫艾米，有问题可以随时问我。"

"那你是真人还是 AI……"

"这个嘛，你猜？"

第二天，下午三点。

翟乐坐在一条长椅上，望着眼前百米方圆的碧绿草坪，草坪上用碎石铺成的几条小道纵横交错，许多年轻学生在路上来来往往，欢笑不绝，充满了青春气息。远处几栋建筑矗立在蓝天白云下，虚点一下，就有 MR 效果的金字在建筑上方浮现："化学大楼""文学院""1号教学楼""体育馆"…… 再点一下这些字，还有更加详细的资料，比如"教学楼"能够跳出各教室的今日课程安排，图书馆连接到了图书查询目录和讲座通知等，十分便捷。

这里是燕华大学的校园，昨天，艾米告诉翟乐，他的"爱情故事"很快就会发生在这里。他有些心潮澎湃，燕华曾是他很向往的一所名牌大学，但是当年差了两分没有考上，而是去了另一座城市。这几天为了找工作来到本市，想不到竟然因此来到了曾经的梦想之地。他想，如果在燕华读书生活，自己的人生将会怎样呢？如果有机会在燕华发生一段恋情，哪怕只是现实背景下的虚拟，也算是一种圆梦吧？

摩耶通知翟乐，在下午三点的时候，到某个特定位置去等候。只有在特定的时间地点，特定人物才会出现，他才能开展故事线。因为特定的环境参数会触发 MR 系统生成相关影像，进入他和安装了摩耶 MR 系统的每一个人的眼帘。

但他也只能知道一个大概的时间和地点范围，艾米解释说，爱情需要有一定的不确定性，如果掌握太多信息，难免无趣。实际上，翟乐也只知道，对方头顶上会出现一颗旋转的红心标志，表示这个人物是虚拟爱情游戏中的角色，这个标志是唯有玩家可见的。只要接近她，游戏就会衍生出一定的情节，让他能够和人物进行互动。当然具体来说，燕瘦环肥，设定背景，他都一无所知，但也许这样才更有意思。

在大学里面，路上往来的青春靓丽女生不少，翟乐也留神看了几个让他有点心痒痒的目标，但没有人头顶有红心标志出现。他开始怀疑，没准这是一个恶作剧的综艺节目，说不定有什么人在暗中拍摄他的反应，也许还是全网直播，那他可就"社死"了……

当翟乐开始打退堂鼓的时候，一个头顶带着红心的目标出现了！

那是一个娇小可爱的女生，大大的眼睛，小圆脸蛋，嘴角含笑，笑容清纯而甜美，看起来顶多十八九岁。她穿着一身日式的JK服，背着双肩书包，两边梳着顺滑的双马尾，走路轻快，就像是从日本漫画里冒出来的。她头顶悬着一颗发光的红心，正在缓缓旋转。

她从翟乐身边蹦蹦跳跳地走过，翟乐不自禁地站了起来，被丘比特的连环箭射穿。但她没有注意到他，而是走向图书馆。

"我……我该怎么做？"翟乐问艾米。

"您去和她互动就可以了，但请注意，不能逾越生活常识的界限哦，就像和真正的人类互动一样。祝您游戏愉快。"

"那我和她之间的故事线是什么内容？"

"这可就不能说了……"

"为什么？玩家应该有权知道吧！"

"抱歉，这件事在公司内部有过争议，这次测试，其实就是测试玩家在不知道故事线的情况下的游戏体验，有些专家认为，这样设计的游戏会更接近现实生活，也更令人着迷。当你在街上遇到一个心动对象的时候，难道会事先知道她的身份背景吗？"

"……"

"您还不开始吗？如果离得太远，系统会认为您放弃了故事线，游戏就自动结束了。"

翟乐心一横，站起身来，跟了上去。

双马尾女孩一蹦一跳地走进了图书馆，翟乐不近不远地跟着她。

图书馆里的学生寥寥无几，这个时代看实体书的人已经很少了，毕竟几乎所有书籍都可以下载到电脑、手机或者 MR 眼镜中阅读。只有一排排森严的书架还在这里守护着实体书的尊严。女孩在几排书架后面，找了一个僻静的位置坐下，手中拿着一本书——肯定是虚拟影像了——女孩抬起头，含笑看了翟乐一眼。

艳遇开始了！

翟乐的心跳又加速了，不过女孩并没有别的什么表示，很快又低下了头。翟乐正不知如何是好，忽然听她口中轻轻吟哦起来，声音不大，不过翟乐正好能听见（实际上，声音来自贴在他耳边的 MR 耳机，也只有他能听见）。

"对潇潇暮雨洒江天，一番洗清秋。渐霜风凄紧，关河冷落，残照当楼……"

女孩念到这里，稍稍停顿了一下，抬头看了翟乐一眼，似乎期待他能接上。翟乐却听得一头雾水，不知所云。女孩似乎有些失望，摇摇头，继续自顾自吟道："是处红衰翠减，苒苒物华休。唯有长江水，无语东流。"（出自柳永《八声甘州》）

翟乐明白了，这肯定是个走文艺路线的爱情故事，两个文艺青年你一句酸诗，我一句酸词认识，完全不适合自己呀。正在懊恼，女孩忽然又翻了几页书，低声吟道："离离原上草，一岁一枯荣……"

翟乐一喜，这题我会啊！应声接了下去："野火烧不尽，春风吹又生！"

女孩朝他微笑起来，接着说："远芳侵古道，晴翠接荒城……"一双鼓励的眼睛看着他。

翟乐这下却说不出来了，喃喃说："这……这后面怎么还有啊？"

女孩撇了撇小嘴，说："又送王孙去，萋萋满别情。"（出自白居易《赋得古原草送别》）

翟乐正在懊丧，女孩却又念了另外一首诗："鹅鹅鹅，曲项向天歌。"

这次翟乐总算会了，小心翼翼地答道："这个……白毛浮绿水,红掌拨清波!"

女孩顿时两眼放光,笑容如枝头的蓓蕾绽放:"大哥哥,你好厉害呀,这么难的诗都记得,你能教教我吗?"

翟乐明白了,看来游戏的设计是只有接出某首诗,才能进入下一个环节。显然,程序已经调低了好几次难度。这问题他也不知怎么回答,于是反问:"你怎么来这里背诗啊? 你是燕华的学生吗?"

"我叫丁小雅,"女孩主动说,"今年才上高二,来这里自习的。我很喜欢燕华大学,我想明年就考这所大学,专门来这里学习,给了我很大的动力呢。"

"你是说高考吗?"

"是呀,可是燕华大学成绩要求很高,我现在还根本达不到录取分数线,所以要努力学习才行。语文、数学、外语、物理……好多科目都要补习。"

翟乐心想,这些学科和爱情故事有什么关系? 随口说:"学习也不能太辛苦了,这样吧,今天天气不错,咱们去公园逛逛,怎么样?"话一出口,又略感后悔,毕竟跟刚认识的女生这么邀约,过于冒昧,虽然是在游戏里,但一切太仿真了,也不能不感觉有些紧张。

丁小雅也脸红了,低头了许久,翟乐正心中忐忑,她轻轻地说:"大哥哥,你是想和我约会吗?"

"啊……这个……算是吧。我们这不是在……你不是……"翟乐越说越语无伦次。

"好呀……"丁小雅说。

"真的？！"翟乐大喜。

"嗯，可是人家只有做完功课才可以去玩，那大哥哥，你帮我一起完成好不好？"女孩拉着翟乐的手，轻声细语地说。吐气如兰，翟乐仿佛闻到了一股栀子花的幽香，这显然也是智能纳米颗粒的作用。

"好，好吧……"翟乐不禁迷糊糊地说。

"那我们还是从语文开始吧？"丁小雅说，"我最喜欢诸葛丞相的《出师表》了，'先帝创业未半而中道崩殂，今天下三分，益州……'"

"别别别，"翟乐一想到背古文就头疼，中小学时没少被折磨过，怎么今天还得再来一遍？"我们还是学点别的吧。"

"那就学……数学？"女孩手中不知怎么变出来一张卷子，上面密密麻麻都是数字和符号，"大哥哥，我们一起做完卷子，好不好呢？"

"这……"翟乐看着卷子上的标题"摩耶教育高考数学模拟试卷（一）"，目瞪口呆。

"对你一定很简单啦，你看第一题……"

1. 若集合 $P = \{x \mid x < 4\}, Q = \{x \mid x^2 < 4\}$，则（　　）

A. $Q \subsetneq P$　　B. $P \subsetneq Q$　　C. $P \subsetneq C_U Q$　　D. $Q \subsetneq C_U P$

翟乐看着一头冷汗，就像看天书一样。高中毕业好多年了，除了加减乘除，高深一点的数学知识都还给了老师，这可怎么办啊？

"大哥哥，这道题怎么做吗？"丁小雅问。

"这个……"翟乐忍不住擦了把汗。鬼知道这题到底怎么做啊！

"对了，是不是先算出集合 P 和 Q 中 x 的对应区间呢？"丁小雅见翟乐长久不说话，提醒道。

"嗯，是、是吧……"翟乐只剩下点头了。

"那么如果 x^2 小于 4，是不是说 x 小于 2 呢？"

"这个……对的。"

"但是呀，x 又不能小于 -2，要不然 x^2 仍然会大于 4 呀？"

"对，嗯……"翟乐定了定神，"所以，那么集合 Q 中的 x 应该是在 -2 和 2 之间……"

"而 P 中的 $x<4$，所以……"丁小雅鼓励地看了翟乐一眼。

"所以 Q 相当于是 P 的一个真子集，选 A！"翟乐福至心灵，想到了答案。

"哇，大哥哥你太厉害了！"丁小雅叫了起来，仿佛翟乐是证明了哥德巴赫猜想，但想到自己在图书馆，又可爱地捂住了嘴巴。当然，事实上不可能有别人听见。

"那是，我当年高考数学可……"翟乐得意地说了半句话，忽然又醒悟过来：不是，这题是我做出来的吗？怎么感觉好像……

"大哥哥，我就知道你最棒了！"女孩用热切的目光崇拜地看着翟乐，"那，我们来做下一题吧！"

翟乐又在丁小雅的循循善诱之下"做"了两道题，倒是想起了不少中学数学知识。但他也琢磨出了门道，这哪是个恋爱游戏？不就是个披着恋爱外皮的教学软件吗？

"不好意思啊，我去趟洗手间。"翟乐说。丁小雅点点头，乖巧地坐下，静静地读起书来。翟乐跑进厕所，见周围无人，把艾米召唤出来："喂，这是个什么鬼游戏？我是来玩游戏，不是来做题的！"

"总比你自己做题有意思点吧？"艾米微笑着说，"其实这条故事线的特点就是恋爱式学习，学习式恋爱，在恋爱中轻松学完本来艰深的课程，不是一举两得吗？"

翟乐明白了几分，教育是一个潜力很大的市场，用这种游戏的形式进行教学，也许真能拯救不少学渣，但对已经毕业好几年的自己似乎不适用："不是，那我也不用去重学高中数学吧？"

"目前数据库里只有高中课程和少量一般成人的文化课，未来我们还会开发更多的子类型，比如说，您要是喜欢军事的话，她可以变身舰娘和坦克娘，教给你各种武器的参数与特性……或者你要是想钻研历史的话，她会变成一个从唐朝穿越来的汉服少女……不过这些项目还在开发中，过三到五年才能上市。"

"那如果学完了这些又会怎么样？难道能和她……那个……"他有点不好意思说出口。

"您是说,发生亲密关系?"

"咳咳……这个也不现实,不过既然是谈恋爱,起码亲一下抱一下什么的,不是说,可以有嗅觉触觉体验什么的吗?"

艾米严肃地说:"这些互动在其他的支线是可以的,但我们的这条支线是面向学生的绿色健康游戏,不论是男生版还是女生版,目前这个阶段,基本上就是交朋友,聊聊天。当然,角色也能有一些生活助理功能,比如说,能够搜索和对比价位,帮你买台最好的电子书阅读器。"

"就这?那这游戏有什么玩头啊?"

"怎么没玩头呢?她每天都会陪着您读书,如果您完成了学习任务,还会陪您在月下散步,夜里煲电话粥,为您唱一首歌,讲一个故事,倾听您生活中的烦恼……要是在现实中有这样一个知己,不是也很美好吗?"艾米苦口婆心地劝道。

翟乐心动了五秒钟,还是拒绝了:"算了,我想换一条故事线,行吗?"

艾米说:"没问题,您的用户体验是最重要的。如果您确定了,请回到原来的出发点,我们将根据您这次的反馈,重新随机为您分配恋爱对象,展开新的故事线。当然,我得再提醒您一句,如果造成了负面后果,摩耶并无任何法律责任……"

翟乐回到阅览室的时候,丁小雅已经消失了,就像从未存在过一样。翟乐不由有些怅然若失。但想到下一条故事线也许会发现更美好的伴侣,又不禁有些期待。

回到草坪中间的长椅上,又坐了几分钟之后,翟乐看到了今天的第二个目标朝他走来。

那是一个艳光四射的女郎,身材超过一米七,大长腿,胸部饱满,容貌妩媚,目测三十岁上下,充满了成熟女性的风情,她穿着一件勾勒出窈窕身线的紧身绣花旗袍,头顶有一颗明亮的红心缓缓转动着。

从各方面讲,这个目标和丁小雅都处于两个极端。看来,游戏系统判断他对小女生兴趣不大后,就换了一个完全不同的对象。

像刚才的丁小雅一样,旗袍女郎从翟乐身边走过,不过稍有不同的是,她似乎注意到了翟乐关注的目光,对着翟乐瞥了一眼,目光中风情无限,让翟乐的心都酥麻了,也拔腿跟了上去。

女郎步履妖娆地在校园小径上走着,但不久后走出了学校,来到车水马龙的街头,翟乐也只好跟着。女郎的回头率颇高,不少男人都往她身上偷瞄,翟乐还有几分得意:你们也就看看,她很快会成为我的女朋友哦。

但走了一阵之后,翟乐又感到有些尴尬,老跟着一个陌生女人算什么事呢?别人可看不出来这是 MR 游戏,也许当自己是变态呢。他悄悄问艾米:"什么时候我们才能正式开展故事啊?"

"快了。"

"那我也总不能老跟在人家后面啊。"

"不能吗?我还以为你好这口呢……好,我看看,嗯,她出了校园后,会转五个弯,走过十七个街口,十公里左右,大概也就是走两个小时吧,然后会出现某些事件,让你们正式开始接触。这个过程中,您可以尽情享受尾行的乐趣。"

翟乐目瞪口呆:"什么乐趣!得走上十公里!这是什么游戏啊……"

"这个游戏的设计也有健身方面的考虑。"艾米耐心地说,"不过,如果您不想多走,可以选择在线支付9.8元,提前解锁故事线。"她说完,翟乐面前就跳出来一个硕大的三维码,这种码只需要用眼睛盯着点点头,就付款完成了,十分简便。

钱不算多,但翟乐还是有些气愤:"怎么还要额外付钱啊?算了,走,就当健身!"

翟乐跟着旗袍女郎走了下去,又走了一个小时后,她走进了一个大的购物中心。这里熙熙攘攘都是人流,到处摩肩接踵,按理说一个没有实体的影像很容易露馅,比如被人触碰到其身体范围,不过摩耶的计算功能十分精妙,女郎总是能够找到适当的空间避免和人接触,或者当其他人看到她的时候,也会被她的容光所慑,自觉让开吧?

但翟乐就没那么幸运了,好几次撞到人,视线也被人潮所遮蔽,等挤出人群,四顾已经看不到女郎的背影了,那闪闪的红心也消失不见。

翟乐找了好半天,才确定自己真的跟丢了。

"艾米!这是怎么回事?"

艾米的声音响起："很抱歉，先生，游戏结束了。"

"什么？怎么就结束了？"

"您没有跟上游戏角色，未能和角色接触，游戏可不就结束了嘛。一个遇不到的人，怎么可能和您发生爱情故事呢？"

"那也不能就这么结束了吧？应该有第二次机会吧？读存档什么的？"

"有倒是有，不过您需要再付50元，才能在故事中复活，重新找到角色，但这段尾随的剧情得重新开始……"

"什么？！"翟乐终于明白了，这原来就是个无良的氪金游戏，但是已经走了这么久了，想着那动人的丽影，他又不舍得放弃。最后一咬牙，还是选择了交钱恢复故事线。

他扫码付了50元，想了想，又扫了18元。

"也甭带我兜圈子了，直接开始故事线吧。"

"好的呀。"艾米轻笑着说。

果然，翟乐随便走了几步，就又看到了那个旗袍女郎，她似乎走累了，坐在一张长椅上休息。翟乐朝她走过去。大胆地坐在长椅的另一头。翟乐的鼻端似乎还能闻到她身上的香水味，带着几分暧昧的芬芳。

翟乐有点想去触碰一下她的手臂，证实一下这是一个幻影。不过想到艾米曾经说过，故事线中的角色都会遵循正常人类的行为逻辑，搞不好会落荒而逃，自己的钱就打水漂了，所以还是忍住了。他想，该怎么和她搭讪才比较自然呢？该死，明明是自己为所欲为的游戏,怎么还和现实一样拘束无奈?

这时,翟乐的手上感到了一阵奇特的温暖和绵软,他低头一看,那女郎的手竟然主动放在了自己的手上!感觉很轻,也许皮肤上的智能纳米颗粒还不能够传达太大的压力,但却如同用指尖抚摸,加倍的性感。翟乐感觉身体某部分已经起了令人战栗的变化。

翟乐抬起头,女郎朝他微微一笑,媚眼如丝。

"小姐……你……"翟乐口干舌燥,试图找到这种场合下应该说的话,但却找不出来。这是他从未有过的体验。

"我和老公是青梅竹马。"旗袍女郎忽然说。

"啊?"翟乐不知她什么意思。

"我和老公是青梅竹马,但他竟然瞒着我有了别的女人。"旗袍女郎说,语气带上了几分忧伤,"我昨晚才发现,我大哭大闹,说要离婚……都没有用,他铁了心要和那个贱女人在一起。所以我决定了,我也要找一个情人,狠狠地报复这个臭男人一顿。今天早上起来,我打扮得美美的,穿上最漂亮的衣服,在城市里走啊走,走遍了整个城市,走到这里坐下。我想,哪个男人第一个坐在我身边,我就要做他的情人,不论他是乞丐还是混混……"说到后面,她已经是泪水滂沱。

"……"翟乐不知说什么,心中暗骂,这都是什么垃圾写手写出来的桥段,狗血得快突破天际了。

"但在我身边坐下的人是你,"旗袍女郎又似乎有些羞涩,脸上飞上红云,"你还挺好的……那么你愿意吗?"

虽然剧情荒诞无稽,但软语温香在前,诱惑力无可抵挡,翟乐还是不自觉地点了点头。

女郎妩媚地笑了:"那先认识一下,就叫我安琪吧,Angel,天使的意思。"

"我叫翟……叫我Joy吧。"翟乐也用了自己的英文名。

"哦,Joy!"安琪风情万种地说,"那我们来一场最enjoy的约会吧!"

"好呀,去看场电影,还是去公园?对,我知道有家不错的虚拟现实游戏厅……"翟乐说了半句又打住了。自己也太傻了,本来就在虚拟的游戏里,还去什么游戏厅!

安琪笑了:"傻瓜,去那些地方干什么,这附近就有一家爱情酒店……"

"啊?这也太快了吧……"翟乐只觉得一阵晕眩。

"爱情来得就是这么快呀。"安琪娇媚地说,"现在,立刻,拥有,Joy……我们走吧!"她拉着翟乐的手,站了起来。说拉可能不太确切,只是一个虚勾的动作,但翟乐仿佛魂灵被勾住,也跟着起来了……

翟乐晕晕乎乎地,跟着安琪走了两个街区,来到一家爱情酒店,这里的灯光暧昧昏红,门口有出售情趣用品的贩卖机,到了这份上,翟乐没吃过猪肉也见过猪跑,自然知道该怎么做,一咬牙,开了间钟点房,价格自然不菲。酒店前台也是个年轻女孩,翟乐瞥了瞥她，心想，如果这前台看出来自己身边只是个MR影像，那可太丢人了。但前台只是要他展示了身份码，脸上没什么表情地办完了入住手续，看不出有任何波动。

翟乐和安琪走进房间，房间不大，但西式的装修颇为奢华，壁纸精美，地毯艳丽，墙上挂着裸女的油画，最重要的是，中间有张硕大的床，床上铺满了玫瑰花瓣。到了这里，翟乐反而越来越疑惑。眼前的丽人无论怎么活色生香，毕竟只是一个投射在视网膜上的数字幻影，能干什么呢？

安琪回答了他的疑惑："想要我给你跳个舞吗？我可是学舞蹈出身的。"

翟乐点了点头，这应该是MR游戏里能做的事。安琪果然朝他一笑，打了个响指，他的耳机中放起了一支意境缠绵的流行乐。安琪扭动腰肢，抚胸摸臀，跳起了一支妖冶柔媚的劲舞。虽说知道是假的，但看着妖娆火辣，让人血脉偾张，比网络上那些视频要真实一百倍。

安琪跳着跳着，开始双手环着翟乐的腰，触感流动，一阵舒爽直冲大脑，让他几乎没有思考的能力。"想不想来点更刺激的，嗯？"她的指尖轻轻点在翟乐的嘴唇上，说。

翟乐欲罢不能，不假思索地点点头。安琪笑了起来，轻轻地脱下旗袍，甩到地上，露出里面黑色的真丝吊带内衣，然后又拉下吊带，翟乐惊讶看到，眼前出现了一个硕大的——

三维码，价格是100元。

翟乐犹豫了片刻，终于点头，付款。

安琪又跳了起来，然后脱下了内衣，露出了文胸，然后是——

另一个三维码，价格200元。翟乐又付了款。

然后她舞动身姿，胸口如白兔跳动，又把手伸向下半身——

还有一个三维码，500元。

……

在付出不知多少金钱后，安琪总算是一丝不挂，玉体横陈，而翟乐也差不了多少了。她磨蹭着翟乐说："宝贝，想和我上床吗，嗯？"

翟乐喘着粗气说："当然……想……"

他的眼前再次跳出了一个三维码，2000元。

这个数字让他稍微恢复了点理智，他问："这……不可能真的……吧？"

"你怎么知道不可能呢？"安琪妖媚地笑了，"付了款就知道了……"

"这……这是骗钱的！你只不过是一个幻影，怎么能——"

"因为我是一个天使呀！"安琪在他耳边说，忽然搂住了翟乐的脖颈，在他的唇上重重一吻，这质感的真实……毋庸置疑。

这是怎么回事？这怎么可能发生呢？

翟乐疑窦丛生，刚想发问，安琪又吻了上去，两人纠缠了一会儿，翟乐早已欲火焚身，哪里还管得了那么多，直接付了款。

两千就两千吧，换取一下毕生难忘的体验，值！

安琪微微一笑，伸手一推，把他扑倒在床上，除去他最后的遮蔽，然后跨了上去……

翟乐正要魂飞天外，忽然看到，在安琪身后，房门猛然推开了，两个穿便服的男人站在门口。

"你们是谁啊？！"翟乐大惊失色，赶紧抓过毛毯，盖住自己，安琪尖叫一声，也从他身上滚了下来。

"警察查房！"前面的男人一挥手，在MR视域中放出两张立体的警官证，头像和姓名闪动着。不过这种情况下翟乐自然也无法分辨真假。

"根据群众举报，这里在进行卖淫嫖娼行为，你们是什么关系？"

"我们是……"翟乐心烦意乱地说了几个字，忽然想了起来，"我们没关系……不是，哪有我们，就我一个，她是一个MR的NPC，我们，不，我一个人在玩游戏……"

"什么乱七八糟的？老实交代问题！"

"不是，你们怎么……啊！"翟乐明白了，"我懂了，原来是这样！你们两个也是游戏里的设置嘛，这是什么恋爱游戏，怎么变成法制宣传了？！"

"你嗑药了？小刘，待会带他去做个药检。"

"不玩了不玩了！"翟乐怒了，"这都是什么游戏内容啊，太扫兴了！"他敲了三下左边的眉骨，取消了MR效果，准备把眼前几个角色打发到爪哇国去。

房间发生了巨大的变化,大体格局还是一样,但忽然间变得灰头土脸,壁纸斑驳脱落,地毯肮脏不堪,桌椅上都是灰尘,床单上的玫瑰花瓣变成了碎纸片,还有一些可疑的污渍。要是平常翟乐早就投诉酒店了,但在 MR 场域里,他居然一点都看不到。

虽然房间恢复了本来的鄙陋,但房间里却没有一个人消失。众人仍然在看着他。两个"警察"依然如故,但是安琪却——

"你是谁!"翟乐惊叫起来,差点和自己共赴巫山的少妇已经完全变了样。高矮倒是差不多,身形却胖了一圈,皮肤黝黑粗糙,看上去起码老了二十岁,头上戴着明显的假发,小眼睛,大鼻子,下巴上还隐隐有些胡须根……

更重要的是,这个人戴了一对胶质的假乳房,下半身还有某种明显的凸起——

"你、你是男的?!"

"咋的了,不认识了?"真正的"安琪"带着浓重的东北口音说,"Joy 啊,你刚才不还玩得很 joy 吗? 别瞅了,就是我。"

"你……"翟乐不知道该怎么面对这家伙,忽然想起来还有客服,"艾米! 这是怎么回事? 艾米,你在吗? 艾米?"

不知为什么,艾米没有回答,好像早已掉线了。翟乐心中更加恐慌,好不容易才在摩耶系统里连接上了她的账号,结结巴巴把事情讲了一遍。

"翟先生,不好意思,"艾米正色回答,"您参与的内测刚才在退出丁小雅剧情后已经结束了,现在进行的游戏内容是第三方公司制作的,我们摩耶是不清楚的。"

"什么?你刚才明明还在指点我付款呢!"

艾米的声音里也带上了几分尴尬:"这个……只是我个人帮您一点忙而已,请您不要误会。据我所知,真人+MR也是新MR技术的一个发展方向,因为作为投射影像,没有实体存在,毕竟有很多限制,所以一些MR游戏中也雇用了真人来提供物理基础,用MR增添视觉和听觉效果,这样才能达到最真实的质感……不过正如我刚才声明的,您现在玩的游戏和我公司无关,摩耶只是提供了一个视觉场域平台……而且据我所知,游戏也是在合法范围内的,故事线到进房间之前就结束了。在此之外,你们愿意做什么,这个是您的自由,和摩耶没有任何关系。"

"浑蛋,你说的这是人话吗?"翟乐一阵恶心,"这是诈骗!诈骗!天哪,亏我刚才还又亲又抱的……"

艾米说:"如果您还有疑问,欢迎您向我公司法务部咨询,我们有十几个金牌律师可以和您讨论这方面的问题,再见!"

"喂!喂!你别挂啊!"翟乐绝望地喊道。

"好了!"警察严肃地对他说,"你们之间的事你自己回头处理,先跟我们回局子里说清楚你的嫖娼问题,看情节轻重,决定拘留多少天吧。"

翟乐眼前一黑:"不是,警察同志,你们听我说,这事真的我是被坑了,他们跟我说是来玩MR游戏的,怎么就变成真人了我也不知道啊！再者这家伙也不是女的，也不符合卖淫嫖娼的条件啊……"

翟乐磕磕绊绊地把事情讲了一遍，警察同情地点点头："既然是这样，那好，我们也可以从轻处理，就罚款吧，不拘留了。"

"好的好的……"

翟乐如蒙大赦，千恩万谢，罚款总比被抓好吧，但当他看清了出现眼前的三维码，一颗心顿时又直沉到底。

三维码上方显示：支付20000元。

两万？！而且对方并不是对公账户，翟乐望着眼前的几个人，两个警察貌似威严又有点紧张地看着他，"安琪"事不关己地坐在一旁，衣服都懒得穿。摆明了有问题……

"不对，你们不是警察！这是个陷阱！是仙人跳！"

"给脸不要脸是不是？再胡扯把你给抓起来！"警察喝道。

"好，你抓啊，我们一起去警察局说个明白。"翟乐也不顾一切地吼道。

"这……"两个警察对视一眼，有点不知所措。

男"安琪"开口了："大兄弟，你也别急。他们是不是警察不要紧，不过重要的是，刚才那些画面可都拍下来了。"

"什么？我可没有录制游戏画面。"翟乐记得，这是昨天签的合约所禁止的。

扮演安琪的老男人指了指自己的眼睛："是我这里录下来的，我的视角，看你看得老清楚了。对了，我们已经根据你填报的资料,获得了你的通信录读取权限,你知道这意味着什么不?"

"你们要……"翟乐浑身瘫软,觉得站立不稳,坐倒在地上。

"安琪"冷冷地说:"我们几个只是求财,你只要支付了这笔钱,我保证什么都不会发生。否则你的家人、朋友、同学、同事、领导……今天晚上就会看到一部真人出现的精彩电影了……"

"不行,你们不能这么做!"翟乐带着哭腔说。

"这个嘛,选择权在你。你自己决定。"

翟乐面前的虚拟三维码又转动起来,下面还出现了一个倒计时"60,59,58……"

"但是我真的没钱啊……"翟乐苦苦哀求说,"求你们放过我吧……"

"你小子,刚才付款的时候不是很大方么?怎么又没钱了?"

"真没那么多,我手头只剩下两三千了……"翟乐给他们看自己短短的存款余额。

"安琪"看了一眼,摇摇头:"行吧,我们也不是不讲人情,那你就先打3000块钱过来!剩下的,你给我们打工还好了。"

翟乐稍微松了口气,又诧异地问:"等等,打什么工?"

老男人哈哈大笑起来:"就打我这份工啊,老弟!你觉得我一个老爷们为什么会干这个?不过你也别太丧气,这活儿很容易就学会了,干得好还有提成呢!"

翟乐怎么也没想到,自己到底没谈上恋爱,却解决了工作问题……

一周后。

一个明眸皓齿、风姿绰约的女郎走在商业街上，头顶有一颗红心在转动。路边的长椅上，一个打扮体面的中年男人看到她的模样，兴奋地站起身来，连连搓手，跟在了她的身后……

"又一个蠢货，"翟乐在内心骂了一句，"死色鬼，等着倾家荡产吧！"

人人都爱拍电影

马锐这天心情不错,他刚刚收到一条推送,告诉他今天已有超过100个人在"卢米埃尔"上付费观看了他执导的电影《银河浪子传》。这意味着他多了100元的收入,而且还在不断增加。不知道是什么原因,但总是件好事。

以前马锐肯定不把这点钱放在眼里。十来年前,他是红极一时的科幻作家,代表作《银河浪子传》卖了超过一百万册。当时马锐意气风发,雄心勃勃,打算扩展出一个多卷本的大系列,但新兴的AI小说毁灭了他的梦想。谁能想到,AI技术在一夜之间就发展出了写作类型小说的智能程序?只要输入一些要求,比如"宇宙""飞船""床戏"等,花几分钟就能生成一部长达数十万字，跌宕起伏、精彩纷呈、香艳刺激的太空歌剧小说。谁还会看作家们编的那些磕磕绊绊的故事呢？

马锐和所有科幻作家一起失业了，不过AI技术又帮他找到了新的职业：小说修订工。AI生成的小说在细节上偶尔还会有一些漏洞和矛盾，需要人工查找和修正，马锐就为一些小说网站干这个工作。收入和以前不可同日而语，也就是凑合过日子。

去年，AI电影制作App"卢米埃尔"横空问世，让马锐看到了新的机遇。"卢米埃尔"的原理很粗糙，首先将输入的描述文字转换成场景，然后从储存了一千二百万部电影和电视剧的数据库中抓取主题类似的场景，再进行一些统一的转换。一开始出来的效果自然惨不忍睹，前一分钟是战争大片，后一分钟是都市肥皂剧，再后面又变成了动画片，还有各种版权问题。但是AI的学习迭代能力是强大的，一年后的卢米埃尔3.0版本已经能够统一风格且理顺剧情，生成相当流畅曲折的电影了。人物由电脑生成，本质上是动画，但效果上和真人没有区别，还不用担心会有丑闻，演员们也基本失业了……

马锐动了心思。当年他的《银河浪子传》被一家大影视公司买走，说要投资二十亿，改编成系列科幻巨制，对标《星球大战》和《沙丘》，马锐一高兴，连版权费都没多要。结果一直囤着没动，过两年AI写作兴起，《银河浪子传》也就被束之高阁，永无投拍的可能。这件事是马锐心中长久的痛，但如今他可以自己完成这个梦想了。

马锐花了一万多块，购买了卢米埃尔的钻石级会员，将《银河浪子传》的内容输入进去，还亲自设定了主角的样貌和服饰等，卢米埃尔花了一个半小时进行解析和演算，生成了一部两个小时的电影——制作电影甚至比看完电影的时间还短。但马锐觉得问题还很多，又利用各种高级功能，不断剪辑、重拍、渲染、精修……直到自己满意为止。这个过程花了他整整半年时间，但电影的水准可以和十几年前的好莱坞大片相比。一个人用软件花上半年，就能制成以前几千人的团队花几十亿才能拍出的科幻大片，马锐十分得意，又有点可怜那些电影大导们，如果斯皮尔伯格和卡梅隆能活到今天，估计也得被气死。

这部心血之作，马锐越看越满意，觉得正是自己梦想中的电影。又找了几个朋友来看，大家也都赞不绝口。于是他充满期待地将它挂在卢米埃尔网站上，售价仅10元，比起传统院线电影，这个价位并不高，卢米埃尔还要分成50%，不过马锐想，只需要当年的一部分读者来购买，比如卖出十万份，自己的收入就是50万元，已经算发了一笔小财。这还是最普通的情况，如果火了，几百万、几千万人来付费观看……想到这，马锐笑得合不拢嘴。

结果却惨不忍睹。饶是马锐在社交媒体上打了好几周的广告，加上发动亲友宣传，第一个月也只卖出了1000多份，本人才分到几千块钱。第二个月暴跌到200多份，第三个月以后就可以忽略不计了……

马锐很快发现了原因：竞品太多。AI技术让电影没有了门槛，所有人都来拍电影，现在每天上线的电影就胜过以前十年的总和。《银河浪子传》这个 IP 只是小有名气，那些大红大紫的名作，像《基地》《星球大战》《三体》，粉丝制作的电影平均都超过一千部，还有他那些前作家朋友们（也都转行了），哪个不在把自己的小说改成电影？这还只是科幻类型，其他如四大名著、莎士比亚、雨果、金庸等等，每个爱好者都可以制作自己的电影版本，影片浩如烟海……没人看他的电影，也就很可以理解。但理解归理解，马锐自己看的时候，还是会很惋惜，这样的佳作，怎么就被埋没了呢？放在三十年前，还有《阿凡达》什么事？

过了一年多，马锐的电影已经从十块钱降到了一块钱，基本还是无人问津。据说有些人的电影已经降到一毛钱、一分钱甚至免费播放，马锐不想再降价了，他至少要捍卫自己一块钱的尊严。

但今天居然又有一百多人来购买，马锐很高兴，难道酒香不怕巷子深，自己的心血还是遇到知音了？他又想了一下具体原因，可能是某个大 V 在社交媒体上推荐了，又或者是有几个粉丝专门来支持自己？当然他也想到一些更现实的可能性，没准只是网站的数据发生了低级错误。

但真正的原因，他就是想一百年也想不到。

马锐打开卢米埃尔的 App，播放了几分钟《银河浪子传》，看了看弹幕。以前弹幕虽然不多，但都是些粉丝热情的留言："终于看到《银河浪子传》拍成电影了，撒花""女主角和我想的一模一样""这段玫瑰星云之战，真是完美还原小说原著"，看着令马锐很暖心。

但今天的留言多了好几倍,画风却大变:"呵呵,拍的是什么垃圾""果然是渣男才能拍出来的破烂""狗屁不通""看着就恶心""花一块钱来骂死你"……

马锐好像被人蒙着眼睛挨了一顿闷棍,被打得找不到北又不明所以。正心头火起,妻子打来电话:"马锐,你可出名了啊!"

"你说什么啊?"

"你自己做的事,自己还不知道?"她阴阳怪气地说。

"我做什么了我?"

"还装,全世界都知道你和杜小青的那些事了!"

"我和谁?"马锐一时没听清楚。

"你自己搜一下,《被遗忘的夏天》!"妻子冷冷地说,挂了电话。

马锐照妻子所说的搜了下,跳出来一大堆搜索结果,都是这一两天冒出来的文章,第一条是"《被遗忘的夏天》中的男主竟然是他!";第二条是"被遗忘的夏天中不该被遗忘的男人";第三条是"《被遗忘的夏天》的真相……"

马锐前一阵也曾听说过《被遗忘的夏天》,好像是一部个人制作的怀旧文艺电影,在一些年轻人中很火,马锐没有看过,也没想到会和自己有任何关系。他满腹狐疑地点开第一篇文章,写的是:

"杜小青小姐的电影遗作《被遗忘的夏天》近日引起轰动,点击已经超过五千万。虽然影片开头声明纯属虚构,但据知情人士透露,影片系杜小青大学时代的往事改编,是这位苦命才女的精神自传。女主角'青青'显然就是杜小青本人,另外两个主要人物,男主'阿锐'疑似为知名科幻作家马某;女二'薇安'被指为女作家林某微……"

马锐的大脑一片混乱,这些人的名字他自然十分熟悉。他闭上眼睛,二十年前大学时代的一幕幕像电影般划过眼帘。

当年,杜小青、林若微和他都是文学社的成员,马锐还当过一年社长。林若微是文学社之花,也的确才华横溢,她的文字充满灵性,叙事技法高妙,马锐自忖一辈子也赶不上。但林若微有点曲高和寡,读者并不太多;马锐的想象力不错,写了一些天马行空的幻想故事,发在网上,也有不少读者;至于杜小青,喜欢写爱情故事,水平不高,马锐帮她改过几次稿子,但也鲜有发表。

杜小青喜欢马锐,明里暗里示意过好几次,马锐当然知道。但他对林若微一见钟情,心里除了林若微不做第二人想。可惜林若微眼光更高,没有任何接受他的表现。大三的暑假,马锐鼓起勇气对林若微表白,但被林若微婉拒了。马锐没有恋爱就惨遭失恋,去酒吧喝得大醉,杜小青来找他,送他回家……两个人稀里糊涂地就成了男女朋友。

然后呢?马锐回忆,杜小青和他性格并不合拍,两个人仅仅处了两个月,经常吵架,后来就分手了,好像还是杜小青先提的,马锐如释重负,立刻答应了。后来两人见面也很少,当然马锐和林若微也没有任何发展，大四以后，几个人各奔东西……过了二十年，这些平凡的青春经历怎么会突然被翻出来呢？

马锐忽然想到，刚才有一个他忽略的词"遗作"。

难道杜小青已经……

马锐搜了下杜小青，网上的爆料很多，他惊出一身冷汗。

杜小青毕业后，在一家言情小说网站写过网文，一直也没什么名气，AI小说出现后，连这点收入也没有了。她辗转换了几个工作，后来长期失业。半年前，她用卢米埃尔拍了一部电影，叫作《被遗忘的夏天》，也没什么反响。两个月前，杜小青忽然自杀身亡。死后，一些亲友关注到了《被遗忘的夏天》，向友邻推荐，这部作品逐渐升温，最终成为大众热议之作。

马锐为杜小青之死而难过了片刻，毕竟曾经是男女朋友。不过，还没等他回过神来，就有电话打进来找他，自称是某新媒体记者，想采访他，了解他和杜小青的往事。马锐敬谢不敏，赶紧挂掉。但很快又来了第二个，第三个电话……

马锐把手机关掉，推掉其他一切事务，赶紧打开电脑，看《被遗忘的夏天》，这是搞清楚一切问题的关键。

电影的开头很引人入胜：一个沧桑的中年女人收拾旧物的时候，发现了一张老照片，有她和一男一女两个年轻人的合影，看背景应该是在大学时代。但是她完全想不起来照片里的人是谁。原来，女人经过一次失忆，遗忘了很多事。她想要找回失落的记忆，回到当年的校园里，在似曾相识的景物中，失落的记忆碎片一个个被唤醒……

电影在叙事上,采用了过去与现在双线交错结构,不过最终都指向二十年前的真相。过去所发生的,看似只是一个简单而哀伤的爱情故事:某大学里,出生于问题家庭、羞涩内向的少女青青生活在自己的世界里,但一天,一个男孩阿锐闯了进来,用自己的热情和爽朗吸引了她……他们定情后,度过了一个美好的暑期。但又渐行渐远,还是分手了。

电影最后有一个惊天反转。分手之后,青青本来一直认为是自己的错,但有一天她忽然发现了阿锐的聊天记录,原来自己从头到尾都被阿锐欺骗,阿锐把自己当成玩物,一边吊着自己,一边追求女二薇安,薇安答应了他之后,他立刻对青青冷暴力,设法逼她提出分手,掐断了青青对人生的希望。虽然从外在看只是一般的感情纠纷,但是从青青的视角来看,无异于天塌地陷。

不过这些内容似乎还不足以说明青青为什么会失忆,电影的最后,在一个湖边,青青喃喃说:"我想起来了,我想起来了……"蹲在地上,痛哭流涕。这时屏幕陷入黑暗,电影结束。这个最后的镜头,有一个广泛被接受的解读,说电影所隐晦表达的真相是,分手时青青怀孕了,她跳湖自尽,最后人被救回来了,但受到巨大的刺激,孩子和记忆都没有了。

马锐看了更加恍惚,拍的好像是他和杜小青的经历,又好像很陌生。难道他真的一直在玩弄杜小青的感情吗? 难道他是这样一个内心冷血无情的渣男,自己却一无所知? 可是自己也没有和林若微在一起啊……他和杜小青又怎么会有个孩子？这一切是真的吗？

无可否认的是，影片在艺术上极具感染力，观众看了之后，自然会非常同情青青，而对于阿锐和薇安产生厌憎。如果是纯虚构的影片也罢了，如今其中角色的原型被扒出来了，难怪公众的怒火会朝他倾泻……

马锐又看了一眼手机，短短一个多小时，又收到了七八个陌生号码的来电。但其中夹杂着一个熟悉的名字，竟然是林若微。

AI 写作对不靠情节取胜的纯文学冲击不大，林若微的文学生涯还是非常成功的。她很早就成了职业作家，经常在海外或者边境的小镇隐居一年半载，然后推出一部小说或散文，获得一些马锐没怎么听说过的文学奖，名声很大。对马锐来说，她仍然是心中的白月光，但两人多年来几乎没有联系，林若微为什么找他，原因当然不问可知。

马锐忐忑地打回去，林若微没多寒暄，温和而直接地问："马锐，你知道是怎么回事吗？小青拍的那个电影……现在很多莫名其妙的人来骚扰和辱骂我。"

"对不起啊，"马锐刚说出口又感到后悔，他对此有什么责任？但只好硬着头皮说，"这件事我也是刚知道，也是莫名其妙……"

"电影我刚看了，"林若微说，"马锐，当年你和小青的事我就不清楚，现在更记不清了，我想问你，当年是不是你跟她说，我是你女朋友,所以跟她分手的?"

马锐连声说:"没有,没有,这怎么可能?"

"不管怎么说,你们之间的事情,不要把我扯进来好吗?"

马锐欲哭无泪,说:"我真的没有啊。要不这样,我在社交媒体上发个声明,一定把这件事说清楚。"

林若微沉默了片刻,说:"好的,谢谢。"说完挂断了电话。

马锐还在发怔。听到有人问他:"跟谁打电话呢?"

"林若微,她——"马锐说了半句话才反应过来,身后是不知什么时候回来的妻子。

"好哇,你和那个女作家一直藕断丝连啊!"妻子气得声音都变了,"杜小青的那个电影真没说错!"

"你、你也看了电影?"

"我不看还蒙在鼓里呢,原来你之前有那么多女朋友,还有过一个孩子!我就是第二个青青……"妻子说着,开始声泪俱下。

"这都什么乱七八糟的!这是电影!是假的,是杜小青编出来的!和我有什么关系?"

"人家自杀也是编出来的吗?"

马锐无言以对,妻子继续说:"被我说中了吧!这件事你得跟我一五一十交代清楚!"

"我不是跟你说了吗,子虚乌有的事,最多只能说我是其中一个人物的原型……"

"好哇，不打自招，你就是原型！"

"哎，你懂不懂艺术创作……"

两个人乱吵一通，最后妻子拂袖而去，把儿子也带回了娘家。马锐也吃不下饭，斟酌了两个小时，在社媒上发了一篇简短的声明。大意是说，自己虽然是杜小青的前男友，但当年和平分手，影片中的一切纯属杜小青的艺术创作，自己与林若微只是普通朋友，也从未有过恋爱关系。还@了林若微。

声明发出后，一开始都是些朋友和粉丝点赞，表示支持和力挺。马锐心情稍微好了点，给妻子打了三四个电话，她却一概不接。马锐扒拉了两口饭，又点开自己的声明，却发现画风突变。大量杜小青的支持者杀到，对自己声明的每一个字用放大镜审视半天，各种批判，这句话语法不通，那句话自相矛盾，总之是漏洞百出，毫无可信度。

更棘手的是，林若微转发了他的声明，马上被作为俩人是一对狗男女的证据，再也说不清楚。还有几个自称是他学姐学妹的人出来，说马锐当年仗着有点名气，勾三搭四，还撩拨过自己云云。马锐想了想，有一两个还真有点印象，可那时候他和杜小青已经分手了，就算和女生有点暧昧，又算什么罪状？可惜网上没人跟他讲道理。

马锐独守空房，一晚上没睡着，第二天发现自己已经成了绝世渣男。杜小青以前写的那些小说被人找出来，里面凡是坏男人，原型自然都是马锐；小学中学的打架逃课抄作业等也被人找出来，还有些张冠李戴安在他头上的；去年他在一个小群里发了两个荤段子，被人截图发出来，自然更是下流无耻的典范；甚至有人开始扒拉他的抄袭问题，说《银河浪子传》涉嫌剽窃《边城浪子》和《银河英雄传说》……

林若微也好不到哪里去，和马锐认识的林若微完全是两个人：据说她中学时代就做过整容手术，和许多作家和评论家关系暧昧，以此上位；又以刷票、找水军等手段打击过文学大奖中的竞争对手……总之，背地里各种龌龊下流。马锐看着也觉得恍惚：他当然不相信这些都是真的，但似乎也有根有据，其中是否有一些是真事呢？可如果连他都这么怀疑林若微，别人又会怎么看待他马锐呢？还有谁会相信他呢？

焦头烂额中，马锐忽然想起来，自己有个前作家朋友老左，改行后好像当了什么"网络分析师"，专门处理网络舆情问题，也许他能帮到自己。病急乱投医，赶紧给老左打了个电话，约他见面。

老左已经听说了马锐的情况，但却不以为意："这样的事现在也很常见，自从是个人都可以拍电影之后，一开始流行改编名著或者把个人的幻想拍成电影，后来这股风过去，又流行把自己的人生经历电影化，对个人来讲十分过瘾。每个人的视角不一样，其中不免有很多涉嫌歪曲事实、损害他人名誉的地方，引起的纠纷不知有多少。当然成为全网爆点的不多，不过你这件事涉及渣男始乱终弃、痴情女自杀身亡，还有知名作家——我是说林若微——的黑料,所以才格外引起广泛关注,不过也不要紧,网上热点这么多,过几天大家就都忘了。"

"可我老婆孩子忘不了啊,还有身边的人。"马锐愁眉苦脸,"我这一辈子都毁了!"

"这样啊,"老左同情地说,"那只有找出事情的真相。虽然真相大白,也未必能说服所有人,但至少可以说服你身边的人。当然,前提是真相就是你说的那样。"

"那好啊。可怎么找到真相呢?都过去几十年了。"

"其实我们网络分析师还有一个名字,"老左神秘地一笑,"网络人肉师,比私家侦探还厉害。当然,这事不能白干……"

马锐感觉抓住了救命稻草,忙说:"要多少钱,我马上打给你!"

又过了三四天,马锐度日如年。总算老左打来电话说:"都搞清楚了,杜小青的死和你毫无关系。你不必自责。"

"真的?!"马锐喜出望外。

"嗯,我在网上查到,杜小青其实并不落魄,前几年炒数字币赚了钱,过得很不错;半年前她又重仓买入了一个新币,至少投了几百万,想赚一笔大的。不想那个币一夜之间化为空气,杜小青赔得倾家荡产,还欠下一大笔债务,一周后她就自杀了,显然和你没有任何关系。"

"原来是这样……但是,能否直接证明这个电影的内容不实呢?"

"这件事的关键是拿到杜小青上传到卢米埃尔的原始文稿。这有点麻烦,得动用点非常规手段……不过我还是设法搞到了。你想看吗?"

"当然了!"马锐忙说。

老左发来一份文档,马锐打开看了起来。这其实是杜小青写的一篇回忆,其水平和当年在文学社的时候写的东西差不多,平铺直叙又颠三倒四地讲述了她和马锐的恋爱史。杜小青一直对马锐满怀怨愤,自然有许多指责他的言语。不过并没有添油加醋,搞出什么打胎、失忆之类的狗血剧情。

"很显然,AI经过分析认为,这个故事太平淡,如果不加上大量原创内容,无法拍成像样的电影,所以在很多地方都改写了原来的故事,还加上了双线叙事、隐藏剧情等等。杜小青嘛,肯定也不介意把你和林若微拍得更坏点。不过也不能全怪她,对她来说,这也只是一部自娱自乐的电影而已。如果她不死,很可能也没有别人会看。"

"唉,"马锐叹了口气,"人都死了,还有什么好说的? 不过我要公开这些材料,以正视听。"

"不行,"老左说,"这些资料不是正规渠道来的,你无法证明真实性,就算把我说出来,别人也不一定会信。"

"那怎么办?"

"过几天吧,我会找人以第三方爆料的形式发布,显得可信度高一点。你也先别跟家人透露啊。"

马锐只好耐心等老左爆料，不料没过几日，又风云突变。

林若微在沉默许久之后，忽然发布了一部自己拍的电影《在冥王星上我们站起来呐喊》。电影是后现代风格，压根没有什么冥王星，而是关于一个女性在和世俗偏见对抗中成长的故事，从幼年拍到四十不惑。但运用了意识流和魔幻主义等手法，时空错乱，内容支离，和她的小说一样不易懂。

虽然晦涩，但这部电影显然是对近期舆情事件的回应，是从自己的视角去表达那段过去。关于大学时代的内容也有半个小时，马锐情不自禁地在电影中寻找自己的对应角色，但找不到，他甚至找到了几个熟人的影子。但就是没有他和杜小青。马锐觉得自己是不是看漏了，或者什么地方没看懂，又看了一遍，还是没找到。

看第三遍的时候，马锐忽然明白了，倒抽一口冷气。林若微给出的信号很明确：你们这些愚蠢可笑的俗物，和我一点关系也没有，在我的生命中毫无位置！马锐很沮丧，本来他觉得自己和林若微至少在大学时还算是不错的朋友，想不到林若微竟然撇得一干二净！

网民们也被激怒了，他们虽然看不懂电影，但认为林若微是避重就轻，给自己涂脂抹粉。本来事情已经渐渐淡下去，林若微这一刺激，各种攻击和扒皮又继续了下去。马锐也只能陪绑。诸如杜小青是因为破产自杀，以及原始版本的故事等资料，后来也被放出来过，但人们已经不信了，只定性为在给林若微和马锐洗白。

马锐家里鸡飞狗跳，吵个没完没了，妻子搬了出去，并提出了离婚。他渐渐真怀疑自己是个渣男，至少内心是。一天，他找老左喝酒，半瓶白酒下肚，借着醉意说："我现在觉得，那些网民说得也没错，谁他妈不想多和几个姑娘上床！我当年又不是没人喜欢，只恨胆子没那么大，白担了这虚名。"

老左微笑着说："这个遗憾，你现在也可以弥补嘛。"

"弥补个屁，我都多大年纪了，又没钱又没地位，如今还是人人喊打的过街老鼠。"

老左给他倒了杯酒，说："我倒是有个办法，保证你能弥补……"说着便提出了一个建议。

马锐一听，哈哈大笑："太棒了，我怎么没想到！杜小青、林若微、陈丽琳（说马锐勾搭过她的学妹）……你们一个个的恶心我，我也不会放过你们，哈哈哈……"二人碰杯，一饮而尽。

后来的事，马锐就不太记得了。当他醒来的时候，已经是第二天下午了，躺在老左家的沙发上，头疼欲裂。马锐捂着头爬起来，皱眉说："我怎么睡了这么久？"

老左从电脑前抬起头："也没多久，你忙乎了一晚上，早上才睡着的。"

"我忙乎什么了？"马锐完全不记得。

"你拍了一部新电影。"老左似笑非笑地说。

马锐见到他的表情，感觉不妙，赶紧打开卢米埃尔，顿觉眼前一黑，他的账号下赫然多了一部影片：《一个浪子的自白》。

"这……这怎么可能？哪来的剧本？"

"你喝醉了口授的，把整个青年时代都意淫了一番，先泡了谁，又甩了谁，甚至同时和好几个人……嘿嘿。不过这些也还不够，所以我干脆帮你加了一点《银河浪子传》的内容，把里面的床戏都放进去了。"

马锐打开电影，移动着进度条。男主的容貌基本是照着自己的美化版捏的，女角色也和自己生命中的那些女子不无神似，只是一小半剧情都发生在床笫上，拍得倒还挺唯美，但辱骂他的弹幕铺天盖地。马锐吓得一屁股坐倒在地："我们无冤无仇，你为什么要害我啊！这么搞多少人得告我诽谤？警察都要来抓我了！"

"放心了，我懂法，影片中人物的姓名身份相貌等都经过深度加工，谁也告不了你。至于说有些情色内容，也只是擦边球，不犯法。"

"就算是这样，我老婆能饶了我吗？"

老左嘿嘿笑着说："急什么，没看到有多少人付费观看？"他在"付费"上加重了语气。

马锐这才注意到自己的账户，点击了一下，不由目瞪口呆：系统提示，新电影售价一元，已经有二十多万人观看过，刨掉分成和税，收入也有十万元。

老左说："你的关注度极高，加上这种劲爆刺激的私密内容，一块钱就可以尽收眼底，谁不想看？这部电影必火！现在才几个小时，照这个速度，你的总收入起码是五百万，上千万都可能！当然这个电影也算是我做的,我把自己放在制片人栏里,按规矩也有个25%的提成,这事你没意见吧?"

想到几百万的巨款,马锐一时心潮澎湃,但还是苦着脸说:"就算有钱,可我的名声也都毁了啊?你看多少人在弹幕里骂我?"

老左大笑:"你呀,还是不了解人性,这才是给你解套的最好方式!等着瞧吧!"

果然,没过多久马锐就发现,自己有了一个新的人设:情场浪子,当代唐璜。电影提示,这是因为他可怜扭曲的原生家庭,让他一直渴望爱,又无法找到真爱。虽然他玩弄过很多女孩,但他的内心更痛苦更彷徨……别说,还挺动人。

虽然不是所有人都吃这一套,但攻击他的声浪总也小了很多,毕竟他已经自承是渣男,也就没什么好骂的。还有人拿他去踩林若微,说马锐虽然是个渣男,但也干脆直爽,比林若微这种心机女要好多了。他甚至还多了不少坚定的支持者和崇拜者,有好几个女孩发来私信和照片,要和他约会。

马锐把这事透露给了妻子,妻子第二天就带着孩子搬了回来。她也想通了:自己最终拿下马锐这样"著名"的情场浪子,总也是了不起的成就,再说还有几百万的票房收入,可不能便宜了别人!妻子想,自己回头还要拍一部续集,就叫作《浪子归家》。

留下她的记忆

凌晨一点，大雨如注。

浑身早已湿透的叶琳站在三百层的未来大厦楼顶边缘，狂风夹杂着冻雨，如冰刀一般划过叶琳的肌肤，令她不停地战栗。从一千一百米的高处俯视着脚下这座夜雨中仍然灯火辉煌的不夜城，正如她光辉绚烂的人生，令芸芸众生抬首仰视，但谁知琼楼玉宇，高处不胜寒？

脚下的都市中，千百条无法分辨细节的街道如一根根金光闪闪的细线，将整座城市编织成一张金色的大网。是的，一张网，一张欲望和名利之网，将这座城市中三千万浮世男女牢牢地裹在里面，她当然也是其中之一，而且是被裹得最为牢实的一个，曾自以为得到了人间幸福,却丝毫没有注意到身后命运的蜘蛛已经开始收网。

好在,一切就快要结束了。很快,她将获得永久的自由和平静。

叶琳深深吸了口气,向前走了一步,当然,前面是空的,无路可走。

于是她掉了下去,像雨点一样,坠向灯火通明的城市,却也是坠向死亡的深渊——

侦缉队队长江勇摘下头盔,长出了一口气:"你们大半夜把我找来,就是为了这个?是谁发现的?"

"是我,头儿,"一个长发姑娘说,她是队里刚分来的新人刘宁宁,眼睛红肿,显然是刚刚哭过,"死者摔得血肉模糊,不知道身份,DNA检测也没那么快出结果,我第一个读取了死者的记忆,证明是……是著名影星叶琳,就立刻向上级报告。"

"怪不得局里叫我来处理,"江勇打了个哈欠,"大明星叶琳居然死了,估计记者们很快会蜂拥而至,明天大概就会上所有新闻的头条了……不过这事看来并不复杂,从记忆来看应该是自杀,你们按程序办就可以了。"

"但死者是全国著名的演艺明星,影响很大,局里怕出岔子,指定要您这个专家复核。"一名刑警说。

"大名人也好,普通人也好,在我这都一样,"江勇冷哼着说,"我对自杀者一贯不同情。"

"不，这是谋杀，赤裸裸的谋杀！"刘宁宁忽然悲愤地喊了出来。

江勇皱了皱眉头："小刘，我知道你一向是叶琳的粉丝，但案子终归是案子，不要把个人感情带进来。"

"可是……唉，您继续读取记忆就知道了。"刘宁宁擦了擦眼泪说。

江勇也起了兴趣，又戴上了感应头盔，记忆黑匣子中的信息又如潮水般涌来。

记忆黑匣子是二十一世纪脑科学、信息技术和纳米技术等多学科研究的结晶，这是一种比针尖还小的生物芯片，隐藏在人脑中的海马体里，传感器分布于身体各处，平时处于休眠状态。但在人遭遇极大危险或濒临死亡时，一旦它检测到人脑中各项指标开始严重偏离正常值，会自动报警并通过分子扫描瞬时抓取海马体中储存的短期记忆信息，事后通过复杂的记忆解码，可以恢复死者死前一两分钟左右的记忆，对于案件侦查、事故调查和保险理赔等事务的作用无可比拟的重要。

这种芯片虽然价格高昂，但并不需要开颅手术，只需将一分子大小的纳米机器注射进体内，就可自动在相关部位组装，不痛不痒。所以许多名人和富豪都安装了这种黑匣子，不仅便于处理死后事务，更可以有效吓阻企图谋害他们的潜在罪犯。自从记忆黑匣子问世以来，伴随着破案率的迅速飙升，凶杀案的犯罪率急剧下降。而感应头盔源自虚拟游戏装备，不仅能最大限度地恢复当时的视听感觉,而且还能够通过人造生物电场作用于特定脑区,传递死者临死前的感受和回忆。佩戴者会感到自己好像在死者体内,通过她的眼睛去看,耳朵去听,身临其境。

……叶琳在坠落中,似乎自己也变成了一滴雨滴。但她比雨滴坠落得更快,疾风吹着大雨,反激在她脸上,大厦的一扇扇或明或暗的窗户飞快地从她身边闪过,窗内的场景一闪而逝,像是一串串记忆的碎片。

江勇从心底感到了恐惧、绝望,以及深深的怨恨。

许多人死前都会经历一个"回光返照"的阶段,无数记忆从脑海深处上升到意识表层,完成最后的告别演出。叶琳也不例外,在下坠中,千万记忆的碎片飞舞着,闪现着,如同万花筒一样纷繁杂乱,变化万千。记忆黑匣子中,最令人感到奇妙的就是这种临死追忆,戴上感应头盔的记忆读取者,会感到连时间都变慢了。虽然一幕幕场景朦胧破碎,但是投射在其上的死者的情绪感受却能有效地传递其中的内涵和意义,让人深深进入死者的人生。为此,被解码的濒死记忆,如果经过合法途径出售,竟能成为一种令人心醉神迷的奇特商品。

江勇看到了叶琳少女时代母亲的葬礼,看到她怎样和酗酒的父亲生活在贫贱中,流着眼泪在镜子前发誓,一定要以自己出众的美貌改变命运;然后有一天,在大街上,星探拦住了她,江勇感受到了叶琳当时的心跳。

片场上,极具天分的叶琳迅速融入了自己的表演,时而在古代宫廷中和后妃钩心斗角，时而是现代都市中的娉婷丽人，时而又在外星球的丛林中演绎浪漫传奇……她成功了，站在一个个电影节的领奖台上，成了家喻户晓的明星。她摆脱了贫困，当然也很快实现了财务自由，在全世界飞来飞去，和各界名流觥筹交错，言笑晏晏……

然后那个男人出现了。最初只是一个小摄影师，在拍电影时含羞带怯地借故接近叶琳；某天，他鼓起勇气递给了她一封情书，她拆也没拆就扔进了垃圾桶。但男人并没有因此放弃，他一直在她身边，努力上进，体贴而周到地照顾她，她也渐渐注意到了他，终于一次偶然的酒醉后，二人燃起了爱火……

江勇读过叶琳的基本资料，他知道那个男人就是著名导演薛凯，叶琳的前夫。这些经历和她的访谈介绍中提到的差不多，但其中有许多栩栩如生的细节，却是文字无法呈现的。毫无疑问，这些解码的私密记忆如果上市，会被人立刻抢购一空。

叶琳仍然在似乎无止无休的坠落中，从上千米高的大厦顶上坠下，加上大风和空气阻力，需要好几十秒的时间，有充分的时间让那些重要的回忆一一展现。甜蜜的记忆一闪即逝，剩下的只有深深的痛苦和怨恨。

江勇看到叶琳不顾公司的反对决定息影，披上了白色的婚纱，和薛凯一起出现在盛大的礼堂中，这时候，薛凯已经是颇有名气的导演；叶琳不久怀孕，沉浸在幸福的预期中，然而不幸接踵而来：她在电脑里看到了薛凯和其他女人亲密的合影……一幕幕争吵从他眼前划过,她的震惊、愤怒和绝望也在他的心中翻滚着,然后薛凯搂着另一个女人走进她的家门,和她摊牌,一番推搡后,她滚下楼梯,下身血流如注,薛凯吓得跑了……

这个人渣,江勇心里暗暗骂道。

孩子流掉了,薛凯似乎怕了,在她面前发誓和情人一刀两断,在医院衣不解带地照顾她,叶琳终于原谅了他。然而半年后,残酷的真相浮现,薛凯忽然消失,好几天不见踪影,很快有消息说他和情人出现在另一座城市,叶琳去银行查账,发现三千多万的夫妇共同财产已经不翼而飞,她当场晕倒。

法律诉讼毫无结果,直到离婚钱也没有讨回来。事情被披露到媒体上,薛凯更反咬一口,说叶琳污蔑他。网上匿名抛出了当年叶琳拍的几张私密照,各种流言也随即而起,说她是这个高官的情妇,那个富商的玩物,八卦报纸上不断刊登不利于她的谣言,威胁和谩骂接踵而来,本来谈好的协议也被撕毁,虽然知道是薛凯搞鬼,但她毫无办法,话语权全在对方手里,她几乎要疯了……

水泥地面已经近在眼前,一瞬间的恐惧绝望后,就是永久的黑暗,记忆到此结束。

江勇摘下感应头盔,长长出了一口气,纵然见惯了人间悲剧,在读取这样凄楚的记忆后,也很难不被打动。那些令人心碎的场面似乎还萦绕在他眼前,挥之不去,他理解了刘宁宁,心里似乎有一团怒火在燃烧。

"真没想到叶琳的生活是这样的，"江勇长叹一声，"以前常看到她的负面新闻，只觉得她生活奢侈糜烂，没什么好感，想不到背后还有这些不为外人知道的曲折。"

"还不是薛凯那个贱男人害的！"刘宁宁愤愤地说，"叶琳等于是被他杀的，为什么这种畜生不去死！"

"可惜他也没有犯法，法律制裁不了这种行径。"江勇叹息。

"人在做，天在看，我倒要看看他有什么好下场！"刘宁宁恨声说。

叶琳的死轰动了全国乃至全世界。她的记忆黑匣子当然成了媒体关心的焦点。叶琳父母双亡，离异又无子女，财产的继承人是她的姑妈，很快宣布拍卖记忆黑匣子。许多记忆制品公司蜂拥而至，最后，黑匣子以一千五百万的高价被卖给一家大公司，随即上市发行。任何人只要在付费后戴上感应头盔，都可以下载读取叶琳的濒死记忆。

就这样，叶琳在世时被种种流言包裹的真相浮出水面，薛凯的种种丑行被公诸天下，无论他怎么解释反驳，但记忆胜于雄辩，他很快被公众愤怒的口水淹没，成了人人喊打的过街老鼠。多家公司和他及他的女友解约，朋友大都和他划清界限，许多影迷上门抗议，还有人给他寄死亡威胁，他甚至不敢在公共场合露面，一次在街头被人认出，民众围住他质问甚至追打，被打了个半死，这种风潮持续了半年。

半年后，潦倒的薛凯厚着脸皮出来参加一个娱乐综艺节目，其他嘉宾对他都敬而远之，主持人还好几次拿他开涮，好在观众中一个十五岁的女孩说是他的忠实粉丝，请他签名，让他挽回一点面子。薛凯正在笑着签名的时候，女孩却从怀里掏出一把匕首，当众捅进了他的腹部。然后，她在目瞪口呆的主持人和全国直播面前，把薛凯捅成了一个血人……

薛凯当场死去，后来，小姑娘判了无期徒刑，已经偏低了，但舆论普遍同情她，甚至有不少人认为，杀死一个人渣，她根本无罪！

又过了几个月，叶琳的周年忌到了。身为资深影迷的刘宁宁白天和朋友去给叶琳扫了墓，晚上又独自去了叶琳自杀的现场。

凌晨一点，刘宁宁推开未来大厦屋顶的门，一股大风迎面而来，冷得令人颤抖。刘宁宁想着叶琳当日的感受，向她跳楼的地方走去，今天倒是没有下雨，一轮明月挂在天边，月光下的霓虹都市光怪陆离。

刘宁宁忽然看到，楼顶边缘站着一个朦胧人影，她吓了一跳，差点惊呼出来，仔细一看，那人竟是江勇。

"头儿，你怎么在这里？"刘宁宁惊讶地说，"你不会是想不开吧？"

"没事，只是看到你在微博客上说打算来这里，也想来看看。"江勇淡淡说。

"嗯，转眼一年了。薛凯也得到了报应，希望叶琳姐能够安息。"

"我不知道读取过几百份濒死记忆,但以这份最为惊心动魄,到现在一闭上眼睛,还好像和叶琳一样,在空中坠落。"江勇望着远方的天际喟叹着。

"头儿,平常看你总板着一张脸,真想不到你也这么懂感情。"刘宁宁感慨。

"怎么,在你眼里我是个铁面无私,只会查案的机器人么?"江勇苦笑着说,"不,即使为了查案,也必须懂得人的感情不是么?否则很多事情会看不清楚,比如这起案子。"

"您看清楚什么了?"

"小刘,记得一年前你说过,这是一起谋杀案么?你是对的。"

"是啊,虽然叶琳姐姐是自杀的,但其实是被薛凯害死的。"刘宁宁叹道。

"不,恰恰相反,这是一起精心策划的谋杀案,但薛凯却是被害者。"江勇说。

"这是……什么意思?"刘宁宁不解地瞪大了眼睛。

"我是说,叶琳是用自己的死来向背叛她的薛凯复仇,一切都是设计好的。"

"什么?"

江勇笑了笑:"我是说,叶琳已经算好了自己死后的记忆黑匣子会被广泛传播,因此有意安排和调动了自己的记忆。甚至从未来大厦跳下去都是计划好的,因为这座楼最高,这样才能在漫长的坠落中给人强烈的心理冲击。在她掉下高楼时，是特意在回想和薛凯有关的那些事件，唤起内心的强烈仇恨。这些记忆会被亿万人读取。他们可不是像看电影那样置身事外，而同样会在内心体验到叶琳的强烈情感，从某种意义上说，叶琳是用自己情感倾向感染了每一个人，那个一时冲动杀人的女孩子就是受感染者。"

"可难道她的记忆不是真的？"

"当然是真的，但不是全部的真实，"江勇冷冷地说，"在薛凯死后，我也读到了他的记忆。其中颇有和叶琳不相吻合之处，才让我对整件事产生了怀疑。这些天我收集了许多资料，一桩桩去伪存真，发现叶琳自己也不是那么无辜：比如她当初拍戏可不仅仅是星探发现那么简单，实际上是她和剧组的编导上床才争取到的机会，此后也长期和那些人保持着不正当关系；她也曾为了自己的事业对竞争对手下黑手，甚至在圈内干过拉皮条的勾当——"

"但她至少没有对不起薛凯，她是那么爱他！"刘宁宁打断了他。

"是的，她真心爱着薛凯。但人性是复杂的，她也向薛凯隐瞒了很多事情，薛凯知道后怒火中烧，加上叶琳的性格善妒霸道，把财政大权都抓在自己手里，也导致了夫妇感情的破裂……当然，薛凯那些做法肯定太过分了，但罪不至死。"

"这么说……"刘宁宁若有所思，"叶琳是出于仇恨，以自己的死为代价,去将薛凯拖下深渊? 薛凯其实是被叶琳害死的?"

"不,真正害死薛凯的另有其人。"

"还有谁? 哦,你是说,那个杀人的女孩?"

"小刘,"江勇转过身,凝视着她的眼睛说,"真正把薛凯送上不归路的人,是你。"

"头儿,你……你开什么玩笑?"刘宁宁脸色一下子变得惨白。

"过度的愤恨一开始也蒙蔽了我,但自从发现疑点后,我又重新读取了几次叶琳的记忆。结果发现她的记忆数据被篡改过,被删除了最后一段内容,也就是叶琳落地后到断气之前那短短几秒,篡改者做得很高明,但仍然留下了蛛丝马迹。你知道叶琳被删除的记忆是什么吗?"

刘宁宁咬着下唇,没有说话。

"有刚才说的让叶琳自己良心不安的事,和薛凯关系中更多不为人知的细节,生活中一些幸福的场面,童年的回忆,以及死前最后一刻深深的懊悔。叶琳犯了一个错误,她以为自己足够仇恨薛凯,可以用自己的死亡来向他复仇。但她错了,死亡使得一切都变得没有意义,包括复仇本身。她苦苦建立的意识控制最后崩溃了,在临死之前,她已经不恨薛凯了……如果人们看到的是她完整的记忆,对整件事的看法会理智得多。

"但第一个读到她记忆的人是你,你是她忠实的粉丝,因为心伤叶琳的死,也为了维护她的形象,你删去了她临死记忆中一些不利的内容。你不该这么做的,小刘。"

"我……"刘宁宁嘴唇颤抖着,想辩解什么,但终于放弃了,"是,是我干的。不管叶琳自己有什么问题,我只知道薛凯这个人渣该死!我只是把这个事实更清楚地呈现出来。"

江勇痛惜地摇摇头:"你错了,部分的真实等于虚假,每个人的记忆和情绪都是主观的,会令人陷入其中而不自知,只有人与人的看法不同,才造成了客观。你无权把自己的看法加给他人。你对薛凯的死或许没有法律责任,但你身为警务人员,篡改证物,必须接受法律制裁,走吧。"

在被江勇带回警局的路上,刘宁宁一直没有说话。但走进拘留室前,她忽然回头,疑惑地说:"头儿,我能不能再问你一个问题?我实在想不通,你是怎么恢复那些数据的?我自信已经把它们全部删去,技术上无懈可击。"

"我没有恢复那些数据,只找到了删除的痕迹,除了你,没有人知道被删去的回忆是什么。"

"那你是怎么知道那些内容的?"

"那些被删除的记忆?猜也能猜得到,不是么……"江勇叹了一口气,"没有人会在死前最后一刻还抱着仇恨不放,他们总会想起自己童年最早的记忆,想起父母慈爱的容颜,想起那些幸福和快乐的瞬间……那些对生命中美好事物的爱,总会比仇恨更有力,这才是生命的意义。叶琳在临死前的一刻终于知道了,对她来说来得太晚,但总比没有好。"

妞 妞

1

董方至今还清楚记得那次雨夜的欢爱。开端似乎很糟糕，恋爱三年，结婚两年，曾经羞涩甜蜜的探索已变成简单草率的例行公事。但那天晚上他还是很有点兴致的，十一点，他关灯上床，抱住沈兰已略有些丰腴的身躯。沈兰懒懒地迎接了他。他在沈兰耳边倾诉了一些情趣要求，沈兰不耐烦地拒绝了，说自己已经很累，让他快点完事好睡觉。董方争辩了几句，说你曾经答应过我如何如何，今天怎么食言？他忘了这不是讲道理的场合。果然沈兰开始反击，说你也答应过如何如何，结果又如何如何，还好意思问我。争论一起，很快从床笫转移到其他领域，从家务的分配到买房的按揭，从婚前的承诺到公婆的苛刻。最后，董方摔门出了卧室，到书房里开了一局 VR 游戏，去屠杀外星怪兽来宣泄愤懑。

游戏打完已经是一点多了，董方摘下 VR 头盔，才听到窗外惊雷炸响，大雨瓢泼。董方想起一件事，冲进卧室，发现沈兰果然没有睡，而是捂着耳朵蜷缩在被子里，泪水浸湿了半个枕头。董方知道她怕打雷，从小就怕，不知道被这雷声折磨了多长时间。他心里最柔软的地方被揪了起来，立即宣告投降，把她揽入怀中，说对不起，别怕别怕，沈兰哭着捶打着他，说都怪你，恨死你了，却又投入他的怀抱，任他紧紧拥住。紧张的肉体松弛下来，进入相互的勾连缠绕，又再度如弓弦般紧绷。雷电扫过城市上空，狂风刮进大楼之间，雨点敲打着窗玻璃，他们在爱恨交织中撞击，破碎，融合，交错攀上生命的巅峰。

他们已经很久没有这么酣畅淋漓了，之后很长时间也再没有过。所以董方确定地知道，就是那一次，他们有了妞妞。

晚上八点半，晚归的董方打开家门，看到妞妞正在沈兰的脚边玩耍，见到他，嘴角弯弯地笑了，有些笨拙地站起身，跌跌撞撞地向他走来，口中含混不清地喊着"bababa"，像是在叫爸爸，又像是自言自语。走到他身前，伸手抓住他的衣角。董方知道她是要自己抱，放下公文包，抱起她，把她举得高高的，妞妞露出两排刚长出来的牙齿，发出兴奋的尖叫。

小心点，沈兰在一旁说，不要摔了孩子！董方答应了一声，又听沈兰说，欸，你有没有发现？发现什么？董方问。她会走路了呀！昨天最多还走两三步呢，你看今天她走得多好！可以从房间一头走到另外一头了。

董方放下妞妞，她马上走了起来。她的确会走了，神气活现地给他们表演，不过她的膝盖还不能弯曲，只能摇摆着身子走，滑稽得像是一只企鹅。走不了几步就摔了一跤，不过下面是地垫，摔得不重，她随即爬起来，却改变了方向，开始绕着他们转圈。

沈兰笑得前仰后合，董方敷衍地笑了笑，笑容渐渐凝固在脸上，但沈兰并未察觉。看这孩子多聪明！沈兰捅了捅他，过几天就能满房间跑了。

差不多吧，每次不都是这样的，董方忍不住说，但说完就后悔了。

笑容从沈兰的脸上消失，她的目光变得阴冷，董方想说点什么缓和气氛，身后却传来闷响，妞妞又踩到一个毛绒玩具上跌倒了，这回摔得重了，磕到了头皮，她立刻大哭起来。沈兰无视了董方，跳起身飞奔过去，抱起妞妞，紧紧地把她搂在怀里，说，宝贝没事儿，妈妈在这里呢。

"mamama"，妞妞含混不清地叫着，把头埋进她的怀里。

沈兰抱她哄了很久，又低头去亲她，瀑布般的长发垂下来，拂在妞妞脸上，逗得她咯咯直笑。董方就像被一种无形的力场所排斥，站在客厅的另一角看着母女俩，昏黄的灯光照在她们身上，宛如怀抱圣子的玛利亚。

2

他们是第一次做 B 超的时候知道是个女孩的，医院规定不让问，却只是为增加医生的灰色收入创造了条件。他们倒没有主动提，但医生却跟他们暗示，说有的事医院不让说，不过要知道也不是没有办法，然后沉默了一会儿。其实董方并不是特别想现在知道答案，但此时不问反像是得罪了医生，于是塞过去一百块钱，医生没有接，他又掏了一百块，医生才说，孩子像妈妈，挺好的，生男生女都一样嘛，当然如果你们不想要，也有办法。

董方不认为自己重男轻女，也没有太多想过孩子是男是女有什么区别，孩子来得有点突然，自从知道后他一直晕晕乎乎的。但知道是女孩后，他还是失落了一下。他发现自己心底还是希望是个男孩，到时候父子俩可以一起开 VR 飞车，打外星怪兽，玩男孩和男人都感兴趣的那些游戏。他很难理解一个女孩对自己意味着什么。

但沈兰很开心，她没搭理医生的暗示，回家的路上，她说是女孩就好了，自己前几天就想到了一个特别好的女孩名字，叫董清宛，预示着孩子会像董小宛那么美，又暗用了"有美一人，清扬婉兮"的诗句。董方不服气地说，男孩也可以起好名字呀，比如叫……叫……董士轩？沈兰说什么乱七八糟的，还董事长呢。董方无奈地笑笑，望向车窗外，将从未存在过的儿子董士轩埋葬在心底。

至于小名，沈兰说也想好了，就叫宛宛，又别致又动听。这个小名倒是让董方心中一动，好像一个清丽柔婉的姑娘已经站在了他面前。那一刻，他不由想起第一次见到沈兰的情景。那还是在大学的时候，也是一个雨天，他从图书馆门口路过时，看到一个穿着轻纱连衣裙的女生站在门口的柱廊下躲雨，长发轻扬，眉目间带着淡淡的忧愁，仿佛一朵雨雾中的百合花。董方忍不住驻足望去，他们目光交错了一刹那。女生的目光中似乎含着期待，却又羞怯地转过头。董方的脚像被无形的磁力吸住。他平常很少和女生搭讪，也不知道该说什么，也许我能送她一程？他想，但又否定了，说不定人家在等朋友甚至男朋友来接呢？这么漂亮的女孩是不会没有男朋友的。想到这里，他苦笑了一下，决定不去干蠢事，扭头走开了。

后来董方想，人生是多么奇妙，两个人，不，三个人的命运都在一个微不足道的瞬间被决定了。如果他当时直接走掉，后面的事，后面所有的事都会不一样。他也许会出国，也许会去南方，但不会来到这座城市，不会和这个叫沈兰的姑娘结婚，当然也不会有妞妞，不会有后来发生的一切。

智能水壶发出温柔的乐声，提示水好了。董方从缥缈的回忆中抬起头，去把水倒进奶瓶，又去冲奶粉。妞妞喝的奶粉是从澳大利亚进口的，用水也是专门提纯过的纯净水，水温还要保持在四十五度，差几度都不行。当然妞妞本身并没有特殊要求，随便弄点什么都能对付，但是沈兰的要求很高，几乎是偏执。

好了没有？妞妞急着要喝呢。还没冲好奶，沈兰就在房间里叫他。董方心里一阵烦躁，就想把奶瓶砸个粉碎，但他还是忍住了。他将牛奶摇晃均匀，端进卧室。妞妞刚洗过澡，正和沈兰在床上玩儿，小小的身子滚来滚去，一会儿又吸吮起手指，看到他拿着奶瓶进来，坐起身来，两眼放光，口中发出"唔唔"的焦急声，董方稍微晚递过去几秒钟，她就哭了起来。沈兰慌忙把奶瓶接过去，抱着妞妞，给她喂奶。妞妞一边喝奶，一边斜瞥着董方，眼角还带着泪花，却仿佛透出狡黠的光。

3

妞妞是喝牛奶长大的。沈兰的奶水少得可怜，生下女儿以后，一开始还尝试母乳喂养，结果喂是喂了，可孩子整晚整晚地哭闹，夫妻俩还以为她是病了，最后才发现是根本没吃饱。所以最后，基本上都得靠奶粉养活。大概因为这个，沈兰对女儿也感到歉疚，高价网购了国外最好的奶粉，而且每次只要可能都自己给她喂奶。

女儿的大名定了董清宛，但小名却很快从"宛宛"变成了"妞妞"。因为他们请了一个月嫂，那女子按她老家的叫法，直接妞妞长妞妞短地叫起来了。董方爸妈当时也在他们家帮着带孩子，挺喜欢这称呼，也跟着叫妞妞，董方也就从众了。也许是因为"宛宛"的发音沉郁深长，适合恋人之间的柔情呼唤，却不适合叫一个小女娃，远不如妞妞这个俗套的称谓轻巧而上口。沈兰有些不满意，只得宣布女儿的"大小名"还是叫宛宛，"小小名"叫妞妞，宣布完之后，她自己也"妞妞妞妞"地叫个不停，谁还管什么大小名小小名呢。

带娃的日子艰难而快乐，度日如年又转瞬即逝。妞妞会笑了，妞妞会翻身了，妞妞会坐起来了。董方和沈兰看着女儿从一条肥嘟嘟的肉虫子变成一只满地爬的小猫咪，再变成一个会说话会走路、会穿着漂亮衣服照镜子的小姑娘，几乎每天都有新的惊喜给他们。董方曾觉得自己和女儿亲不起来，但其实很快就深深爱上了这丫头。妞妞也非常黏他，看到爸爸就甜甜地笑，哭得厉害时他一抱就不哭了，有时连睡觉都要他陪，搞得沈兰一度很嫉妒。

那是他们一家的黄金时代。董方常常想，事情是从什么时候起开始变得不对的？也许就是从去咖啡馆的那一天开始的。

妞妞刚过一岁时，某个客户约了董方在一间咖啡馆见面，结果却临时爽约。董方等待的时候在咖啡馆的书架上看到有一本旧书也叫《妞妞》，觉得好玩，就拿下来，要了一杯咖啡边喝边看。结果，那是他这辈子看过的最后悔的一本书，那是一个作家写自己女儿的故事。那个女孩生下来得了绝症，一岁多就去世了。董方翻着翻着发现不对，心里一阵发怵，忙将书像烫手山芋一样扔在桌子上，匆匆结账走了。

回家以后，他开始改叫女儿"宛宛"，沈兰问他为什么，他支吾不答。不过叫了两天，他自己也觉得这种忌讳可笑，天底下叫妞妞的女孩不知道有多少，同名又能怎样？可没过几天，妞妞要去医院检查身体，董方忽然有一种很不好的感觉，仿佛前几天的遭遇是冥冥中的示警，拿体检报告的时候，他发现自己腿在发软。

结果自然是虚惊一场，妞妞健康得不能再健康。他放下了那点无谓的担心，也重新叫起了妞妞。他们的妞妞按部就班地成长着，一点点融进父母的生命中。以客观的标准看她不算很美，比同龄的孩子要矮几公分，头发稀少，眼睛不大，鼻子也有点塌，但是这些算什么呢，妞妞笑起来的时候可爱得难以形容，让所有人的心都化了。她身上带着那个雨夜的柔情蜜意，却洗去了男女情欲的印记。似乎董方和沈兰从一开始的相遇，都是为了这个天底下最迷人的小精灵的诞生。

妞妞喝了奶，又跟他们玩了一会儿，一会儿转到爸爸这边，一会儿又去拍拍妈妈，终于慢慢闭上了眼睛，长长的睫毛垂下来，依偎着父母睡着了。沈兰看了一会儿手机，也关了灯，闭上了眼睛。但董方不能睡，也睡不着。他在黑暗中听着沈兰的呼吸从不规律渐渐趋于均匀悠长，判断她已经熟睡之后，起身抱起妞妞，下床向外走去。

他走进了卫生间，打开了灯。妞妞在灯光下睁开眼睛，睡眼惺忪，张开小嘴叫了一声"爸爸"。

董方应了一声，给妞妞换尿布，尿布当然并不脏，洁白的奶水在她身体里停留了一会儿，就直接从下身流出，渗进了尿布。她没有拉大便，如果有的话，处理的方式会稍微复杂一点，会变成条状，但是脱去了水分，也没什么臭味。实际上养这个小家伙还可以更简单，比如什么东西都不喂，但沈兰坚决不干。

完事后，他把妞妞抱到沙发上，让她面朝外坐在自己的腿上，妞妞还不老实地扭着身子，咿咿呀呀地手脚乱动。董方把手伸到她后脑处，在柔嫩的头发里拨弄了两下，还带着头发的后脑勺就弹开了，露出了内部深深的电池槽。他把里面的两块电池抠出来，整个头颅几乎空了一半，一瞬间，妞妞失去了一切生命力，身子瘫软下来，倒在他身上。

刚开始的时候，董方给她换电池的时候手都会发软，但现在早已驾轻就熟。董方把电池拿去充电，又去储藏间拿了充好的备用电池，走到沙发前，要给妞妞换上。但一瞥间，见到她小小的身子就那么躺在那里，一动不动，就像最后那天见到的一样，董方心知不妙，挣扎着想逃开，但一瞬间，回忆还是把他拖入了痛楚的泥淖。

4

妞妞是在两岁生日前一天出的事。

爷爷奶奶要过来给妞妞过生日，所以沈兰决定把房间好好打扫一遍。本来妞妞有一个保姆看着,可不巧那天保姆请假了,董方又在公司加班,所以沈兰只有自己一边带娃,一边做家务。

一架微型无人机跟着妞妞,总是停留在她眼前一米左右的地方。无人机的大小和蜂鸟相似,上面有一个摄像头。这种蜂机主要是为了监控孩子研发的,这年头保姆都不太靠谱,父母因为太宝贝孩子,总要随时看到她才放心。当然也不仅是监控保姆,摄像头远程连接着董方在公司的电脑,董方的电脑屏幕下方有一个小窗口,随时可以查看无人机所拍摄的画面,所以隔着半个城市,董方也能随时看到女儿的笑靥,想到自己赚钱是为了让女儿明年上一个好的幼儿园,工作起来也多了几分干劲。

所以,董方和沈兰同时目睹了那一幕。

妞妞在客厅的塑料垫上玩着一种智能积木。这种新研发的玩具能自动变形组合拼接,变出千奇百怪的花样,很受幼儿的喜欢,最近妞妞可以心无旁骛地玩上一两个小时,所以沈兰也就很放心地干自己的家务,再说如果有什么危险举动,蜂机也会发出警报。她为了扫地方便,把一把椅子随手拉到了飘窗边上,飘窗的窗户也拉开通风。

过了一会儿,妞妞抬起头,看了一眼窗子,显然一个有趣的念头在她脑海里闪现,她嘻嘻一笑,爬起来,朝那边奔了过去,嘴里嘟嘟嗒嗒叫个不停。当时董方见到了这一幕,但蜂机的摄像头对准的是妞妞的脸而不是后脑勺,他无法判断妞妞要干什么,也没留心去想,他手头还有一个报表急着要完成。

妞妞以前爬不上椅子，而且飘窗边上有为防备幼儿设的护栏，照理几乎不可能出事。但妞妞每一天都在成长，每一天身体都在变得更壮，她这次轻松爬上了椅子，又借助椅子翻过了护栏，走到了窗边，还在继续向陌生领域探索。等到沈兰发现的时候，妞妞的一只脚已经越过了窗沿，跨坐在窗户上，和外面的世界之间不存在任何隔挡。完成了这一系列高难度动作，她很开心，朝着沈兰甜甜地笑着，嘴里叫着妈妈！妈妈！让沈兰看看自己的壮举。

沈兰回过头，看到了这惊心的一幕，她慌忙朝妞妞奔去，两三步就到了飘窗边，去抓妞妞的手臂。与此同时，在公司里，董方的目光移到了屏幕下方的小窗口，看清了妞妞在哪里，手一抖，手上的一杯咖啡落地，摔得粉碎。

本来这一切还有机会止步于一场虚惊，但这时候蜂机坏了事。它的智能系统终于判断出小主人处于危险状态，发出醒目的红光，伴着尖锐刺耳的报警声。这却起了反作用，妞妞受到了惊吓，身子一抖，本能地朝窗外躲闪，打破了脆弱的平衡。一瞬间，她小小的身体从七楼的窗口消失了。

沈兰去抓妞妞的手只差了一步抓了个空，她发出一声撕心裂肺的尖叫，软软地倒在了窗边。

她比董方还幸运一点。董方呆滞的目光随着忠实追随妞妞俯冲下去的蜂机，看到了女儿的最后几秒钟。大楼的外墙向镜头外飞掠，地面的行人和车辆迅速变大，宛如电影特效中的惊悚场面。

妞妞的瞳孔中映照出天空上的白云，她还不明白发生了什么，但显然受到了惊吓，手脚乱动，扁了扁嘴，想要哭出声来。以前每次她只要这样一哭，就可以得到亲人们最温柔的拥抱和照料。

但这次不会了。大地迎向镜头，随着一声沉闷的撞击声，她的表情永远凝滞在了将哭未哭的那一刻。鲜红的颜色迅速充满了画面的其他部分。

董方摇摇欲坠，扶住茶几，闭上眼睛，又睁开眼睛。闭上眼睛，他看到当年的女儿，睁开眼睛，又看到眼前的妞妞。她们一模一样，难以分别。

但妞妞已经死了，董方想，火化了，下葬了，我亲自埋葬的。但她的模样又一直在这里，不断地勾起我不堪的回忆。日复一日，年复一年。这是怎样残忍的生活啊？我为什么还要忍受？

狂怒在他心头涌起，他伸手扼住了沙发上那个小女孩的脖子，一手把她提了起来。你不是我的妞妞，他咬牙切齿，从来就不是，假的，骗人的！

他可以稍用力气就捏碎她的脖子，那是她身上最脆弱的构造之一。但细嫩的脖颈虽没有脉搏，却还带着人体的温暖，女孩闭着眼睛，面容宛如在母亲子宫里一样恬静，如在沉睡中。没有人会忍心伤害这样柔弱的一个孩子，不论她是真是假。

力气从董方的手臂上消失了，他长叹一声，把她扔回到沙发上。低声咒骂了两声，将电池装进女孩的后脑部，又把翻起的脑壳合上。妞妞迅速活了过来，翻过身，对着他奶声奶气地喊，爸爸，爸爸。一直以来，这声音仿佛塞壬的歌声迷惑着他，把他诱向时间的深渊。

你不是妞妞，董方喃喃说，我再也不会上当了。

妞妞无辜地眨了眨眼，又喊了一声：爸爸。

5

妞妞出事以后，大部分的压力都落到了沈兰头上。毕竟妞妞是在她眼皮底下匪夷所思地坠下了高楼。她在邻居的窃窃私语中被警察带走，呆呆地仿佛还不明白发生了什么。她险些以过失致人死亡被起诉，但警方最后放弃了起诉。董方接她出来的时候，发现她披头散发，神情恍惚，憔悴得不成人形。

董方你相信我，她一上来抓住他的胳膊，边哭边说，我不是有意的，我真的真的没想到，我怎么就那么蠢呢，我想死的心都有了，爸妈一定在怪我，是不是？你是不是也在怪我？

董方把头转向一边，干涩地说，算了，这都是命。爸妈那边，我跟他们说过了，他们回老家去了。董方说。没有提到他爸高血压发作住院的事。

那就好，那就好。沈兰看上去松了一口气，擦了擦眼睛，那妞妞怎么样了？她在医院吗？她摔出疤痕了吗？她这几天看不到我，有没有想我？

董方停下了脚步，愕然盯着自己的妻子。

你怎么了？我脸上有什么吗？

你难道不知道，妞妞——

没事的，妞妞一定没事的，沈兰神经质地打断了他，她在家里等我呢，我们赶紧回去，回家。

有一刹那，董方觉得是自己出了毛病，妞妞好好的，什么事也没有，是自己做了一场噩梦。他恍恍惚惚地跟着沈兰回到家里，渴盼着保姆把她抱出来，但是没有，哪里都没有妞妞的影子。然而妞妞的尿布、衣服、玩具和图画书还散落在房间的每一个角落，她仿佛随时会从卧房里或者沙发后面跳出来一样。这几天他都不敢在家里待着，一切几乎还是维持着那一天出事前的样子。沈兰一进门，一分钟没休息，就开始扫地和收拾房间，甚至开始擦洗妞妞的玩具。

董方定了定神，终于开口说，兰，你在干什么啊？妞妞已经——已经——他无法说出那个字来。

妞妞跟爷爷奶奶回老家了，沈兰抬起头，对董方说，过几天就回来了吧？她的声音表面平静，却在微微发颤，眼神里带着绝望的希冀，像是一个即将渴死的人在哀求最后一滴水。

董方想喝止她，想怒骂她，想告诉她别再自欺欺人，但最后只是移开了目光。对，爸妈带妞妞回老家去了，过一阵子回来。

董方给一个当心理医生的老同学打电话，向他咨询妻子的情况。同学告诉他，沈兰只是暂时无法接受女儿的死，拒绝承认这一切，只要不刺激她，过一段时间就会好了。

董方能理解沈兰，他自己又何尝能够接受呢。但时光会戳穿一切幻象，抹平一切伤口，让每个人都面对真相。给她一点时间吧。

不久后，他又经过那家咖啡馆，他忽然决定进去，再去看看那本《妞妞》。这本曾令他恐惧的书这次却奇妙地给他以某种慰藉。他的妞妞走得很快，一切就是瞬间的事，她应该是什么也不知道，什么也没想，就结束了一切。对她来说就像是睡着了，不会有任何痛苦。至少比书里那个受尽病魔折磨的孩子幸运多了。

人生就是不断地死去。董方有时想，他见过自己两三岁时的照片，也听父母说过那时的情景，但他一点也记不起来。当时他住在南方一个小县城里，最初学会的是吴侬软语，不过四岁的时候，他就跟着父母一起搬到了北方，早就一口标准的普通话，有时候回到老家，听旁人说方言，几乎是一点也听不懂。

那时候的董方，那个天真稚嫩，一口南方土话的孩子，当然早已经不存在了。童年的董方，少年的董方，甚至认识沈兰之前的董方也都不存在了。如果妞妞还在世，现在也是一个六七岁的孩子，都该蹦蹦跳跳地上学去了，再不是那个走路都不稳的幼儿。所以当年的妞妞也相当于死去了，被一个又一个新的妞妞取代。如此说来，又有什么好难过的呢。

但董方知道这是诡辩，他失去的不是一个妞妞，而是许许多多个妞妞。三岁的妞妞，五岁的妞妞，十岁的妞妞……她们宛如逆着时间之流的方向跑来，风一般掠过董方和沈兰身边，脸都看不清楚，就一个接一个跑进了无法追回的过去，跑回到那个在风中坠落的孩子身上，烟消云散。董方想，生命是如此漫长，他的未来还会与一个又一个本来存在过的妞妞擦肩而过，十五岁的妞妞——不，那时候应该叫董清宛了——二十岁的董清宛，三十岁的，四十岁的。她们会带着自己的人生和事业，性格与爱恋，欢乐或忧伤，从他们本来会相遇的一个个时间点掠过，返回过去，返回那个悲剧发生的时刻，在那个瞬间，所有的她们都不存在了。

但这种痛苦仍然给他以某种安慰，仿佛有另外一个世界，而妞妞在那个世界还在长大成人。也许世界从那一刻开始就分成了两个，在一个世界里沈兰抓住了妞妞，所以什么都没有发生，他只是不幸掉到了另一个世界里。他和妞妞就此分别，渐行渐远，再也无法相见。但在彼此的世界里，他们都能有各自的新生活。

而不像现在这样。

妞妞还在左右扭动，董方把她的耳朵旋了半圈，她立刻就睡着了，这是他设置的快捷方式，不过从未告诉过沈兰。她无法忍受他把这个"女儿"当成玩具一样对待。

他把妞妞抱回卧室的床上，沈兰迷迷糊糊地搂住了她。妞妞每天都要换一次电池，虽然也可以直接充电，但那需要的时间会更久。换电池是最煞风景又不得不做的事，董方只有在沈兰熟睡的时候才去进行。多年来，沈兰从未醒来，他有时甚至觉得，沈兰或许是故意的，至少在潜意识里有着共谋。她不愿意面对自己其实心知肚明的真相。

董方躺在她们身边,睁着眼睛盯着头顶穿不透的黑暗,几乎整宿的无法合眼。这已不是第一次了,而且最近越来越多。每次当他失眠的时候,都会想起一个名字,一个从未存在的人的名字,却从未从他脑海消逝。

董士轩。

6

董方再次想到董士轩这个名字,是在妞妞走了半年以后。

对董方来讲,沈兰的癔病不完全是一件坏事。他至少找到一件可以做的事,帮他从自己的悲痛中走出来。他开始翻看心理学和精神病学方面的书,想出治疗妻子的方案。首先是把妞妞的东西都收起来,他告诉沈兰,这次妞妞要跟爷爷奶奶住上很长一段时间,这些东西要寄过去。沈兰没有阻止,也没有和公婆联系,要求和妞妞视频通话之类的。董方觉得同学的话是对的,沈兰在心底知道发生了什么,只是不肯接受。

那段时间,妞妞所有的用品和玩具都被董方封进了箱子,装了十几箱,他想扔掉,但却下不了狠心,最后放进了储藏室的角落。渐渐地,沈兰也越来越少提到妞妞,只是长时间地对着墙上挂着的几张妞妞的照片发怔。最后董方试探地把那些照片也取下来,沈兰没有说什么,董方只是有一次看到,她对着空白的墙壁悄悄抹泪。

他们谁也没提妞妞的死,但董方感到沈兰已经默默承认了这一点。他们的家恢复到了妞妞出生前的样子。董方想起没有妞妞时他们的生活,并不太久却已恍如隔世。董方在伤感中也有一丝释然,他们的婚姻回到了原点,也会再次出发。

他开始试着向沈兰求欢,她半推半就地应许了。此后每月偶尔那么一两次,过程也是清汤寡水,兴味平平,双方大部分时间内都沉默着,如同欲望都死掉了,只剩下了欲望的尸体。但在床上,婚姻多少恢复了它最基本朴素的意义。他们不再是新晋的父母,只是一对还没有完全老去的男人和女人,能在彼此身上收获暂时的快乐和满足。当然,董方开始想,也许还会有别的收获。

不知从什么时候起,董士轩几个字又在董方脑海中浮现。他想,也许那不只是一个名字,也是一个预示。也许他仍然可以让这孩子来到人间,救平他们所有的伤痛。也许妞妞的一切只是他们生命的插曲,而董士轩才是真正的华彩乐章。当然不一定是男孩,也许还是个女娃,谁知道呢,女孩可以叫董诗萱。一个新的孩子能拯救他们的人生。

一个,新的,孩子。

不过生孩子的事还没正式提上日程,董方知道这事急不来,沈兰还没有做好准备,那个命中注定的孩子要等待更美好的时机才能来到他们的生命中。他精心安排了一次二人的邮轮之旅。邮轮会开到南太平洋的好几个岛国,见识异国风情。这本来是他们在婚前曾计划过的蜜月旅行,但因为囊中羞涩而放弃了。如今董方重拾起这个计划,一下子就得到了沈兰热烈的响应。董方看到沈兰的眼中放出消失了许久的少女时代的光彩,这让他更加兴奋。他们讨论了好多天该带什么,要去哪些地方,怎么玩,怎么吃,说到高兴时笑成一团,就像两个孩子。

董方渴望着这次梦幻般的旅行。有整整两个月的时间,他们可以在南方的熏风下经过蓝得沁人心脾的海面,白天鲸豚伴游,夜里星河闪耀。他们会抵达一个个异域风情的海岸,去领略那些完全不同的生活。他们还可以在暴风雨的大海上做爱,或者在无人的白色沙滩上亲吻。生命将重新焕发光彩,翱翔天际。

出发前三天的晚上,董方为了赶工完成上面交代的项目,连轴开了好几个会,九点下班时,才发现有个长得怪异的陌生号码给他打了七八个电话,但他因静音没有听到。董方拨回去,却无法接通。他没有太在意,多半是工作上的事。他只希望不会干扰到他已经计划了几个月的旅行。

所以他毫无防备地回到家,一开门就看到一个头发半白的妇人站在自己面前,不认识又似乎在哪里见过,也许是哪里的亲戚?

您是……

妇人微微一笑,董先生,你不记得我了么?声音沙哑而富有磁性,很特别,很熟悉,很像他的祖母。

一声惊雷在董方脑中炸响。他想起来在哪里见过她了。事情已经过去了快一年,他几乎以为那是一场梦。

董方结结巴巴地开口，吐不出完整的句子，你——你是——难道——

爸爸！

妇人背后响起了一个童声，声音稚嫩而响亮，更熟悉得不能再熟悉。这声音曾千百次在他梦中萦绕，让他在午夜惊醒，发现泪水打湿了枕巾。他一阵晕眩，忘却了周围的一切，如梦游般走向声音的来源。妇人自觉地闪到一边，他看到沈兰就站在那里，怀抱着一个小女孩，脸上全是泪痕，却露出他见过的最美丽的笑容。那女孩喊着"爸爸"，朝他伸出小小的手臂。

妞妞，他听到自己说，妞妞！妞妞！

董方扔下公文包，冲向母女俩，把她们揽在怀里，号啕大哭。这一刻，他感到幸福得无以言表，什么工作，什么旅行，什么董士轩，都毫无意义。妞妞回来了，旧日的幸福时光回来了，一个完整的家回来了，这就是他人生最高的意义，唯一的意义。

但是我错了，四年后，董方睁开眼睛想，我大错特错。

他到早上五六点才蒙眬睡去，等醒来，时钟已经接近九点，好在今天是周六，不用上班。外面传来了幼儿的喧闹声，沈兰已经带妞妞起床了。董方从卧室出来，看到桌上放着吃剩下的早点，妞妞已经吃完了早餐，沈兰给她穿上了漂亮的粉红小裙子，要带她去楼下的小公园玩，她正兴奋得手舞足蹈。这一幕在董方眼中熟悉得不能再熟悉。

妈妈，猫猫，董方在心中念叨。

妈妈，妞妞指着门外说，猫猫。意思是她要去外面看猫猫，实际上她分不清猫和狗。沈兰哼着轻快的歌曲，把妞妞放在幼儿车上，给她系上安全带，又亲了她一下。

嘻嘻。

嘻嘻，妞妞笑出了声。

哦哦哦哦！

哦哦哦哦！妞妞高兴地叫道。

挥手。

妞妞抬起双臂，兴奋而笨拙地挥舞了起来。董方知道，每一个看似不经意的动作和声音，都像数学一样严格和精确。

兰，董方忍不住开口，我有点事要跟你说。等我回来再说吧，沈兰蹲下来给妞妞整理着衣服，妞妞急着下去玩呢。

董方想说什么，但忍住了没开口。烦躁宛如背景噪声般袭来，他看到桌子上放了个红艳艳的苹果，随手拿起来就要往嘴里送。

沈兰忽然横冲过来，把苹果抢到手，哎呀你这人，这是给妞妞带的，你跟女儿抢什么吃的。

董方不禁气往上冲，脱口而出，什么女儿？谁的女儿？

你吃错药了？说什么呢。沈兰头也不回，一边说一边往外走。

你知道我说的是什么，她根本不是你的女儿，她根本不是——人。

沈兰的眼神黯淡了一下，声音也低了下去，但仍然很坚决，现在不说这个，对我来说她就是妞妞，这就够了。

董方终于爆发了：你他妈别骗自己了行吗？妞妞不会永远长不大，不会今天长牙明天又缩回去，不会今天会走明天又只会爬了！你和我一样清楚，这就是一台机器，一个玩偶！你还抱她下去玩……你知不知道邻居和保安背后都在怎么议论我们？这种日子我受够了！

董方的咆哮让妞妞"哇"的一声哭了出来，手臂慌张地伸展着，寻找母亲的怀抱。沈兰不及反驳董方，忙心疼地把女孩抱起来，柔声细气地安慰着她。自己的泪水也潸潸而下，妞妞哭得更加伤心了。董方的怒火宛如被一桶凉水浇灭，还带着热气，却也燃不起来。父性的怜爱又在他心中滋长，他明知道这是一种错觉，却无法遏制。为此他更恨自己了。

沈兰抹了抹眼泪，瞪了他一眼，像躲避洪水猛兽一样抱着妞妞出了门，砰地关上门，董方听到她的脚步声迅速地远去。

怎么会变成这样的？董方想，这一切的开端曾是奇迹般的美好。妞妞是回来了，不是吗？但这一切的代价，却是如此可怕。他们被困在了早已消逝的过去里，无法逃脱。就像掉进了一个扭曲时空的黑洞。

如果当初没有答应那个人，也许一切都会完全不同吧。

7

妞妞的骨灰下葬的时候，也是一个雨天。那时沈兰精神还没恢复正常,他父母也在病中,董方只能一个人去操办,他都不知道自己是怎么支撑着忙完这一切的。

骨灰盒放进小小的石棺后,天上下起了大雨。董方站在墓前,看着自己刚贴上去的那张妞妞的照片想,这里以后就是她的家了。雨水会不会流进墓穴呢,会不会冻着妞妞呢?她听到雷声会害怕吗?她在骨灰盒里也会哭着伸手要抱吗?从今以后,再没有人会来抱她,晚上也没人会给她加被子,她要是想回家了怎么办呢?她能找到回家的路吗?

大雨浸湿了他的衣服,泪水开始流下来,混入雨水,他渐渐地泣不成声。这时有人拍了拍他,递给他一张纸巾。董方抬头,看到了一个头发花白的妇人,打着一把伞,穿着某种灰色的工作服,面容慈和。先生,没事吧?对方问。董方想,她应该是墓地的工作人员。

我女儿死了,董方哽咽着说,还不到两岁。

妇人叹了口气,她一定是你们的心肝宝贝。声音略沙哑而有磁性,让董方想起自己早已过世的祖母。

她把董方拉到了一间休息室里。不知怎么,董方开始对她讲起了妞妞的故事。从在妈妈的肚子里到最后跌出窗外的瞬间,有些他根本不愿意回想的事,还有些除了父母没有人会感兴趣的东西,他都说了出来。他已经憋在心里太长太长时间,却连沈兰都不能去讲。他越说越多,越说越无法自已。妇人默默地听着,不时递给他一张纸巾。

倾诉了半天，董方才恢复了一点清明，擦了擦眼泪，不好意思地苦笑一下，对不起女士，我都说了些什么呀，耽误你时间了。

没关系，她说，我就是为你而来的。

董方开始诧异，什么？

你听我说，如果我说，我有办法让你再见到你的妞妞，会怎么样？

董方愣了一下，随后怒火上涌，瞪着对方，你是什么意思？妇人并不着慌，一字一句地说，我不是在拿你开心，也不是精神失常，我有办法让你再次见到妞妞，一模一样的妞妞。

这怎么可能……董方说了半句，忽然明白了什么，等等，你不会是说仿生人吧？

妇人面容严肃地点了点头。

董方像被一个突如其来的魔咒定住了，他依稀知道仿生人技术的发展由来已久，并在几年前取得了突破性的进展，能够利用金属骨架、人工智能芯片和人体生物组织制造出外表可以乱真的生物机器人。这项技术最初受到了市场的热烈欢迎，但很快声名狼藉：大部分用户都是定制年轻漂亮的俊男靓女来满足个人的私密欲望，可想而知，有的满足方式相当变态，引起了很多争议。甚至一些仿生人因为有意仿制娱乐明星、各界名人和客户认识的真人形象还引起了法律纠纷。最后，政府禁止了这项生产。但相应的需求仍然十分强烈，非法的地下产业链也一直存在。但董方从未想过，这些事可能和自己发生关系。

董方回过神来,连连摇头,对不起,我不需要,那根本不是真人。

当然她不是真人,妇人从容地说,每个字都充满了魔鬼般的诱惑力。但对你来说也没有什么区别。你说你闭上眼睛,还能够看到妞妞的样子。而我可以承诺,你会再次见到一模一样的妞妞。

一模一样的妞妞。董方怀疑地摇头,不可能真的一模一样。

半点不假,您只需要提供给我们足够清晰的影像资料,我们就能进行精确建模,并采用最新的纳米级3D打印技术,能对最精细的皮肤和毛发细节进行控制……技术方面就不多说了,总之,你会看到她甜美的微笑,听到她喊你爸爸,亲她的小脸蛋,拉着她的手学步,和她一起玩耍……她会永远陪在你身边,再不分离。

董方跟跄退了两步,仿佛真的看到女儿欢笑着向自己奔来,他挥挥手,驱散这些甜美的幻象。但是……那不是真的。

即便她不是真的,也是一张立体的照片,一个活的雕像,这不也是对妞妞最好的纪念吗?妇人耐心地说。

不,还是不用了,董方摇头,试图抵御着越来越强烈的诱惑,我知道制造一个仿生人很贵的,我们也没那么多钱。

妇人笑了笑,似乎早就猜到了他的理由。没有您想的那么贵,是一个您完全可以负担的金额。而且目前也不用钱,您只需要做一个简单的登记,将妞妞的有关资料传给我们,等到完成了,我们会把新的妞妞送到府上,到时再付款。如果您有任何不满意的地方，一个月内随时可以退掉，分文不取。

那你们不是损失大了吗？董方没见过这么做生意的。

没关系的，妇人露出诚挚的笑容，客户的满意是我们最高的需求。

最后，董方鬼使神差地进行了登记，将妞妞所有的照片和视频都发到了对方指定的网络地址上。此后他也期盼了一段日子，但对方如泥牛入海，再也没有消息。董方想，多半是这个地下仿生人工厂被查禁了，好在他本人没有损失。后来，他很快也忘了这事。

直到那天，那个妇人带着妞妞找到了他家。董方才理解，为什么她敢不收任何定金就接下了这个订单，因为这单生意几乎没有风险。见到至爱亲人的归来，谁也不可能去退货，就是再要倾家荡产的钱也愿意。

不过费用的确不菲，环球旅行的计划取消了，另外几张卡也都被提空。但是妞妞回来了，这些又算什么呢。有整整一年，他们都沉浸在女儿失而复得的幸福中。

沈兰完全照着以前的方式养育妞妞，妞妞也重复了之前的生活轨迹，她似乎在一点点长大，身材从婴儿变成幼童，慢慢学会了走路，也学会了说一些简单的词。但某一天，她恢复了刚来时的样子。

董方打电话去咨询，才知道是怎么回事。仿生人本质上是一部机器，对仿生幼童来说就更加明显了：他们无法真正成长，顶多是机械骨骼有局部伸缩的功能，肌肉可以有一些变形，牙齿可以进出牙龈……看上去最多可以从一岁变到两岁左右。但当然不可能长大。人工智能的算法和肢体控制方式可以让他们有一定的变化，从爬行到走路，从不会说话到说出简单的语句，但这种发展是不可持续的。此后，他们可以维持在某个阶段，也可以从头再来过，让孩子再次"成长"，沈兰选择了后者，或许是因为这样才让她更有带孩子的乐趣。

新"妞妞"的到来已经有四年，也经过了四次生长周期。第一年，董方对这孩子的感情不下于对妞妞本人；第二年，他的热情开始冷却，但还是很喜欢她；第三年，他开始日益厌倦这种游戏，到了第四年，他已经快要发疯了。董方觉得自己仿佛掉进了永无止休的时间回环。妞妞刚会走路又开始满地爬，刚会说话转眼又忘得一干二净。每一天发生的事都好像在一年，两年，三年前都发生过了，甚至五年前早已在真正的妞妞身上发生过了。

但同样的日子还在继续，他头上已经长出了白发，父母也相继去世，但那个生化人永远是一岁多两岁不到，永远是一个长不大的小女孩，和他们玩着日益荒诞的亲子游戏。这样的日子什么时候才是尽头？什么时候才能够看到未来？

但沈兰却不一样，她完全投入了其中，即便一次次周而复始的循环也无怨无悔。为了"照顾"一台机器，她甚至不想再生第二胎。再等一等，她总是对董方说，再等一等吧，现在还不是时候。当然了，现在妞妞最需要人的照顾，而她的需求永无止境，因为她根本不会长大。那个时机,孕育董士轩的时机,被无穷推迟,也许再也不会到来。

必须有一个了结,这个清晨,董方再清楚不过地意识到,这个荒谬的游戏正在吞噬他们的人生,也是还没有存在的董士轩的人生。

它必须结束了。

8

沈兰出去了很久,董方打电话也没人接,下午才带妞妞回来。打开门,一个小小的身影迈动着小腿进来,爸爸,爸爸,她喊着,投入董方的怀抱。她显然已经忘记了董方早上的怒吼,当然,她本质上也记不下任何事情,一切都是固定程序的安排。

董方怀着复杂的心情抱起了她。沈兰走到他面前,表情平静,你要谈什么?我们谈吧。

董方放下妞妞,指了指地上准备好的智能变形玩具,妞妞兴高采烈地扑过去,玩了起来。董方把沈兰拉到书房,虚掩上门,说,对不起,也许我的话有点刺耳,但这孩子是——

你放心,我没有疯,沈兰说,我知道这孩子不是真的人,但那又怎么样呢?董方,你就不能让我像养小宠物一样养着她吗?

如果是小宠物那就好了!但你完全是把她当成亲生女儿看待!你叫她妞妞,给她吃和妞妞——我们的妞妞——一样的进口奶粉，一样的高级辅食，一样的水果蔬菜……而这些她根本就不需要！你还给她玩妞妞的高级玩具，带她出去散步，晚上也抱着她睡觉，简直比小保姆还辛苦！兰，这些年你一直没有上班，待在家里伺候一个仿生人，你不觉得是走火入魔了吗？

走火入魔？我只是很喜欢她……很喜欢她，我想去照顾她，那又怎么样？你玩那些VR游戏的时候不也经常废寝忘食吗？

董方没搭理这个不伦不类的类比：我也喜欢她，你知道的。我没有反对她在我们家里陪伴你，但我们不再年轻了，我们得开始新生活，更有希望的生活。这些年我一直想要个孩子，男孩也好，女孩也好，总之是一个新的孩子，一个不是这个妞妞的孩子，一个能长大能上学的孩子。但是你——每次你都——

我也想过再生个孩子，沈兰的声音开始颤抖，两行清亮的泪水从她眼角流下来，我也想有个能长大的孩子。但是每次我都想，如果我们有了新的孩子，他还能越长越大，去读书去上学，我们大家都过上了新的生活，妞妞要怎么办呢？我们没法再花时间照顾她。那孩子又怎么看待这个姐姐呢？难道我们把她像一个旧玩具一样扔在储藏间里，逢年过节拿出来玩一玩吗？我们不能这么对她。

又来了又来了，董方一阵烦躁，你总是把她当成真人，去考虑她的感受，这就是你的问题。她不是真的！她甚至连机器人都不算。

胡说，她也许没那么聪明，但她是一个……是一个和妞妞一样的……我不知道怎么说。

我知道，你潜意识里觉得她是活的，就跟科幻电影里那些有人性的机器人一样，但那是幻觉，她只是一部机器，还是不那么聪明的机器！

沈兰冷淡地摇摇头，反正我看不出来。

好，董方点点头，我现在就给你证明，让你看看这孩子到底是什么！

他在手机上调出了一段视频，你记得吗？这是五年前，整整五年前，我们的妞妞玩这种变形玩具的视频，当时她搭了一个小金字塔，我们还夸她聪明呢。你再看看这个妞妞，她现在正在干一样的事，一模一样，几乎每一个动作都一样！你看她掉了一个蓝色的方块又捡起来，对不对？是不是一模一样？

沈兰看了看视频，又看了看不远处的妞妞，脸色惨白。

这就是真相！董方冷冷地说，当年我传给了那个地下工厂手头上所有关于妞妞的视频，包括我们拍的，也包括蜂机拍下来的几千个小时的内容，那几乎是妞妞的半个人生。他们根据这些资料复原了妞妞，外貌不用说，关于她的内在，后来我专门查过仿生人技术，什么大数据分析，什么心理学建模，什么再现核心人格都是骗鬼的胡扯，他们只是把所有的内容放进了数据库里，用一些最简单的指令去调出这些现成的反应，比如看到爸爸跑过来要抱，看到妈妈要吃奶什么的，最多就是根据环境进行一些必要的调整。这个妞妞本质上不是人也不是人工智能，她没有任何人格，她只是——说起来都滑稽——妞妞生活的三维录像。

录像。沈兰冷笑了一下，好像根本不予置信。

对，录像！董方被激怒了，老实告诉你，最近一年我都在仔细观察，她所有的动作都是复制我们的妞妞的。每次环境符合以前的某种环境时，她就根据之前的视频来进行重复。当然有关的资料是非常丰富的，所以不容易一眼看出来，比如妞妞发脾气有十几种方式，哭有三十几种，笑超过五十种，各种组合更是天文数字……但这些都是我们的妞妞有的，在我们的妞妞身上发生过的，没有任何新的东西。一切都是重复！都是再现！只是因为这个阶段幼儿的语言、动作、反应大体来讲都比较相似，我们才没有察觉。

董方一口气说完了他的结论，沈兰却并没有他想象中那么震惊，她淡淡地说，董方，你要说的就是这些吗？

这些还不够吗？

我早就知道了！真可笑，你照顾了她多久？我照顾了她多久？你每天早出晚归，我却从早到晚，一直陪在她身边。你以为我会没发现她的话语动作和妞妞完全一样吗？你以为我没想明白背后的机制吗？你说的一切我都知道，但这才是我爱她的理由所在。

你在胡说什么呢！

你还不懂么？沈兰隔着玻璃，指着在客厅玩耍的女孩，如果她是那种比较高级的仿生人类，有独立的人格和情感算法，也许我反而不会有那么深的感情。但她就是一台时光机，把我们带回到当年妞妞的身边呀。她的每一句话，每一个动作，每一个笑容，都是妞妞精确的重现。妞妞没有离开过我们，从来都没有。

9

董方惊骇地瞪着自己的妻子，像看着一个完全不认识的人，过了许久才找到语言。你真的都知道，知道得比我还清楚。你明知道这些，但还是选择留在过去，把自己封闭在关于妞妞的回忆里，到底为什么？

举个例子说吧，沈兰露出一个凄楚的苦笑，这事你可能不知道，当年有一次，妞妞午睡后醒了要找大人，恰好大家都不在她身边，保姆还没来，我正在洗澡，又放了音乐，她哭的声音越来越大，叫得无比惨烈，简直要哭晕过去了。后来我好不容易听见了，衣服都来不及穿就忙赶去抱她，安慰了很久她才缓过来，还抽泣了半天……前不久，这一幕在妞妞身上重现了。我听到了妞妞的呼唤，每一个声音的顿挫起伏都一样！那就是妞妞在呼唤。我能怎么办？我只能像当年一样，去抱起她，安慰她。这就是我的女儿。

还有，沈兰意犹未尽，我早就发现了，最近两年你对她越来越不上心，甚至冷淡粗暴，但她还是那么喜欢你，那么依恋你，不管哭得多厉害你一抱她她就不哭了。换了任何一个小孩都不可能。这是为什么？因为她本质上还是当年的那个妞妞，她对你的爱就是妞妞对你的爱，没有一点点变化！她爱你比爱我还多呢，你怎么可以辜负她？

这……董方觉得一阵眩晕，难道妞妞真的穿越时光，借这具人造的躯体来到了他的身边？不不，这不是理由，他不能被蒙蔽了。他坚定地摇了摇头：不要自欺欺人了，无论她怎么重复妞妞的动作和话语，都没有内在的情感，她只是一个影子而已，我们两个不能守着一个影子过一辈子。我们必须放下。

你不明白的，我没有办法放下，人各有各的活法，你不要逼我，好不好？

是你不要逼我！董方忍无可忍地吼道，我当然知道你没有办法放下她，我也找过了好几个心理医生咨询，我知道为什么。因为那一天，你从来不提，我也从来不提的那一天——

别说这个！沈兰打断他，声音开始发颤。

我可以不说，董方说，但我们都心知肚明吧？那一天妞妞死掉了，那完全是你——

我让你别说了！沈兰歇斯底里地喊道。这次妞妞被吓到了，回过头来疑惑地望向父母的方向。

沈兰要出去抱她，但董方拉住了她，把门关死。书房门是一种特制的玻璃，隔音效果绝佳，妞妞再也听不到他们的说话声，愣了几秒钟就忘了刚才的事，又自己去玩了。

你还不肯面对是吗？董方残忍地说道，看着沈兰绝望的神情,不知怎么内心竟有一种隐秘的快感,好像那里有一个被禁锢了许多年的恶魔终于获得了自由:你把自己封闭在和妞妞一天的回忆里,却永远不肯走到最后那一天。因为你不肯走到那一天,所以一切只能不断地周而复始,所以你才要一遍遍重复养大她的过程。但其实没用,我们一直活在那一天里!根本没有可能离开。我他妈的受够了,这都是你的问题,为什么要我来跟着承担?你必须正面面对那一天,现在就面对!

沈兰挣扎着,你说什么——她的目光落到了客厅边缘,不敢相信地望着董方。你怎么把椅子放在那里?干什么?你要干什么——

董方在遥控器上按了一下,窗户猛然打开了,窗外的景象吸引了妞妞的注意,芯片的大脑中迅速进行着搜索和运算,很快找到了一段匹配的记忆,激发了她的活动程序。

她站起身,摇摇摆摆地向着飘窗前的椅子走去。

你疯了!你干什么你,沈兰叫道,快放开我!

但董方一手拉住她,一手捂住了她的嘴。他几乎觉得自己像是魔鬼,但又是那么欣快的魔鬼。你必须面对这一切,面对自己造成的这一切,这一切不能永远扛在我的肩膀上,看看,那天你的愚蠢是怎么害死女儿的——

妞妞没听到背后的人在说什么,她三下五除二,爬上了椅子,然后又爬过了护栏,到了飘窗上。董方曾经目睹过这一切,如今从另一个角度再次目睹,仿佛真的穿越了时光,重新回到了五年前的那一天。沈兰似乎呆住了,身子也不再动弹。这是最后的一幕了,董方想,快点该结束吧,结束才是真正的从头开始。

再见了,妞妞。这一次,真的再见吧。

妞妞爬上了窗台,回过头,朝着玻璃门后的父母甜甜地笑着。董方忽然发现自己犯了一个错误,这一次没有蜂机,缺乏最后的触发机制。算了,他想,也许这一切到这里就可以了,也不必——

但他一慌神间,沈兰忽然恢复了生命力似的弹起来,挣脱了他的控制,一把把他推倒在书架上,人一开门就跑了出去。

妞妞——

她大叫一声,冲进客厅,跃过围栏,跳上飘窗,伸手去拉窗台上的女孩。那一刻,她也如同迈越了漫长的时光,返回到五年前决定一切的那一瞬间,要改变那早已成为铁一般事实的悲剧宿命。她声音凄厉,面容狰狞,她充满母性的疯狂与决绝,她能战胜一切,改变一切。

这却触发了妞妞最后的反应。

她仿佛被吓到了,身子一抖,小脸上露出了害怕的表情,然后向后一仰——

不要——

沈兰发出撕心裂肺的尖叫。五年前,她在同样一声绝望的哀鸣后,就晕倒在地。醒来时,警车已经开到了楼下。

但这次发生的事略有不同。

沈兰毫不犹豫地一只脚踏在飘窗上，另一只脚伸出了窗台，向外猛扑。这次她抓住了妞妞，但是已经为时太晚，她抱着小女孩儿茫然回过头，似乎还不明白发生了什么，和刚冲出书房的董方目光相遇了一刹那，下一瞬，她飘拂的衣裙也从窗台上消失。

董方听到自己大喊起来，跌跌撞撞冲过去，还没到窗前，就听到了一声可怖的闷响。他半个身子伸出窗外，看到沈兰已经变成了很小的一个人影，躺在下面的马路上，一动不动，但衣裙已经染得鲜红，红色还在不断扩大。妞妞趴在她身上，发出了响亮的哭声，似乎并没有受到什么冲击。周围的人开始围过来。在丧失意识之前，董方看到，妻子的脸上挂着一丝若有若无的微笑。

10

在那个雨天，那个白衣女生也曾经变成了那么小的一个人影。

那个决定他们命运的雨天，年轻的董方从女孩身边经过，撑着伞走开了很远，然后怯怯地回头，凝望着细雨中女孩朦胧的身影，终于下定了决心，霍然转身回来。他一脚轻一脚重地在积水中踩了好几脚，越接近那女孩，心跳越快，仿佛要从胸膛里跳到她的怀里一样。他不知道女孩看到他没有，因为根本不敢抬头，心里想着该跟她说什么呢。同学我送你回去？还是我把伞借给你？怎么说才不显得突兀呢？

上台阶时,他还在搜索枯肠想适合的台词,没注意脚下。结果丢脸地滑了一跤,摔得浑身是水,伞也丢到了一边。等他狼狈万状地抬起头,竟发现那女生就站在他面前,朝着他伸出了手,微微一笑。那挂着雨水的笑靥一直烙在董方的脑海里,无论后来沈兰变成了什么样子,那个笑着拉起他的女孩永远烙在他的脑海里。

那一刻,董方知道,沈兰不会从他的生命中消失,永远不会。没有什么能将他们分开。

董方想着往事,嘴角泛起微笑,打开了家门。妞妞正在沈兰的脚边玩耍,见到他,嘴角弯弯地笑了,有些笨拙地站起身,叫着"爸爸",跌跌撞撞地向他走来。

董方放下公文包,抱起妞妞,把她举得高高,她发出兴奋的尖叫。

小心点,沈兰在一旁嗔道,不要摔了孩子!哪会呢,董方笑着放下了妞妞。沈兰神秘地说,欸,你有没有发现?发现什么?董方问。她会走路了呀!昨天最多还走两三步呢,你看今天她走得多好!

是吗?董方放下妞妞,她马上绕着他们走了起来。她的确会走了,神气活现地给他们表演,不过她的膝盖还不能弯曲,姿势滑稽得就像一只企鹅。走不了几步就摔一跤,好在下面是地垫,摔得不重,她随即爬起来,哼了一声,甩了甩手,继续歪歪扭扭地走着。

沈兰笑得前仰后合,董方也笑了,说,这孩子运动细胞发达,长大了说不定能为国争光。

他们一起给妞妞洗了澡,又一起喂她吃了奶,然后带她上床睡觉。妞妞喝了奶,又跟他们玩了一会儿,一会儿转到爸爸这边,一会儿又去拍拍妈妈,终于慢慢闭上了眼睛,长长的睫毛垂下来,依偎着父母睡着了。沈兰看了一会儿手机,和他说了几句话,也关了灯,闭上了眼睛。只有董方在黑暗中还睁着眼睛,听着沈兰的呼吸从不规律渐渐趋于均匀悠长。

等到沈兰和妞妞都睡着了,他悄悄坐起身,把她们的身子翻成俯卧,打开她们的后脑勺,取出电池,拿去充电,又换上了新电池。母女俩恢复了细细的呼吸声,伴随着她们温馨的气息,董方也惬意地闭上眼睛,进入了梦乡。

模拟人之殇

演唱会上的惨案

2053年4月1日,晚上7点,七十六岁的沈兰女士在孙女薇安的陪伴下,走进了香港银河演出中心的大门,去观看"星之苏醒"演唱会,圆自己一个破碎了五十年的梦。此时的她不会想到,这个理应充满欢乐和怀念的美好夜晚将再次上演一场令她心碎的噩梦。

沈兰是这一天早上专程从美国洛杉矶乘年初刚开通的真空管道列车到上海,又从上海转乘超声速客机来到香港的,四个多小时的跨越太平洋之旅并没有让她感到特别疲惫。为了这一天,她已经等待了至少两年。本来她可以通过三维实景眼镜同步观看演唱会,但沈兰坚持一定要到现场来。"我要亲自看到他,就像五十多年前那样。"她说。

七点半,一个熟悉的身影在演出中心上空的一道虚拟彩虹上出现,缓缓降到舞台上,向观众们挥手致意,掌声雷动,经久不息。在阔别五十年后,沈兰终于再次目睹了昔日偶像的绝世风采,她的泪水潸潸而下。在此后的整个演唱会上,沈兰都像一个小女孩一样打着节拍,挥舞着光子棒,又唱又跳,热泪盈眶,不断用手拭泪。

"我从来没见过奶奶这么激动过,"薇安告诉记者说,"就好像回到了五十年前,我都担心她会撑不住,看了好几次她的健康监测仪,不过显示都是健康状态。"

对此薇安无须过于担心,自二十一世纪三十年代以来,随着纳米机器疗法的普及,老年人的健康状况已大幅改善,对于人均寿命达到120岁的当代人来说,76岁可以说只不过是中年。实际上,当天到场的观众大约有70%都是七十岁以上的人群,他们大都和沈兰一样心潮澎湃。

因为张国荣这个名字,对他们来说是一生中最令人激动的回忆之一。

这次演唱会是在张国荣去世五十年整时举办的,此时他的肖像权和歌曲版权等均已过期,可以无偿商业使用。和之前举办过的几次去世歌手演唱会致力于忠实复现其生前场景不同,这一次主办方"二十世纪"文化娱乐公司大胆地加入了许多新鲜元素,譬如让他演唱了2049年的"网络神曲"《在冥王星上我们坐下来恋爱》，以及使用了一些俏皮的时尚用语。正是因为如此，才招来了一部分人群的反感。之前在网络上和现实中已经出现了零星抗议，认为这是对一代巨星的亵渎，但主办方并未予以理睬。

当天晚上十点，当演唱会进入最后高潮时，一名头发花白的七十多岁男子手捧大束鲜花，从观众席上冲到舞台边，保安试图拦阻，但以为他只是热情的歌迷并未特别警惕。他们被男子用巨大的力量推开（事后得知，他左手装了军用假肢），随后男子冲到张国荣身边，扔掉了鲜花，露出了下面的微型激光枪，向张国荣开火。张国荣的上半身被数千度的激光贯穿，当场被烧出一个大洞，瘫倒在地上。

目睹了这一惨烈场景后，沈兰受不了刺激，当场昏迷过去，同时晕倒的还有十六个人。舞台上的混乱导致部分观众奔跑践踏，又使得二十多个人受了重伤。如果不是医疗技术发达，这些人中的一大部分都可能会死去。

这是今年以来第三起"模拟人格仿生机器人"（简称模拟人）被损毁事件，也是后果最严重的一次。曾多次被热议的模拟人相关法律和伦理争议，也因此再一次成为舆论的焦点。

偶像的死亡与重生

张国荣生于1956年，在二十世纪八十年代的香港成为影视歌三栖明星，在亚洲范围内都享有盛名。1977年生于中国内地的沈兰在九十年代接触到了张国荣的影视作品和歌曲，为之心醉神迷。由此成为所谓"荣迷"的一员。当时，香港和内地之间的往来比较有限，不过沈兰和她的朋友们却学会通过刚刚诞生的互联网交流信息和感受，一起去"追"自己喜爱的明星。在2000年，张国荣在香港举行了著名的"热情"演唱会，刚刚工作不久的沈兰拿出了几个月的积蓄，设法从内地赶到香港观看演唱会，目睹了巨星的风采。"这是我一生中最快乐的一天，"沈兰带着幸福的回忆对记者说，"无论是大陆人还是港台人，或者来自海外，我们的心都在一起，为哥哥而跳动。"（"哥哥"是粉丝们对张国荣的昵称）

三年后，沈兰却不得不面对自己最悲伤的一天。2003年4月1日，张国荣因患抑郁症而跳楼身亡。因为正值愚人节，沈兰等歌迷们一度认为这只是一个拙劣的玩笑，但一切很快获得证实。沈兰泣不成声，后来大病了一场。

沈兰拥有张国荣几乎所有能找到的歌曲和影视作品，然而这无法弥补她的痛苦，如同自古以来人们所知道的那样，死亡会将每一个人带离这个世界，再也不会回来。

但当时的沈兰并未意识到，这一切即将在她有生之年发生改变。

1985年，在张国荣声名鹊起时，由计算机生成图像（CGI）绘制的虚拟演员（synthespian）也刚刚在美国的银幕上出现。当然，此时的技术还相当粗糙，远不能和真人相比。此后CGI技术往往用于制造外星人和怪兽的形象。但在2020年后，随着电脑计算能力的飞跃，一系列可以乱真的"虚拟偶像"（Virtual Idol）应运而生，譬如诞生于2022年的日本虚拟女星黑月彩，2027年的韩国虚拟男星金东俊等至今仍拥有很多崇拜者。此时打造一个虚拟偶像，成本和捧红真人相差无几，更重要的是，演艺公司不必担心这些偶像会索取高额片酬，闹出绯闻和吸毒，自然也不存在衰老的问题。

但在二十一世纪二十年代后期，人们发现虚拟偶像产业有其限制，对它们的热爱仍然不能和真人相比。当人们发现虚拟偶像的设计者往往是毫无形象魅力的"宅男"，对它们的情感也就大打折扣。此时，"复活"昔日偶像巨星的尝试也悄然开始。

早在2025年，美国二十世纪福克斯公司就翻拍了玛丽莲·梦露的著名电影《七年之痒》，"主演"正是通过电脑图像合成的梦露本人，至少形象和声音都完全复原。梦露的裙子被风吹起的经典镜头得到了梦幻般的重现。死于1962年的梦露获得重生，并且受到了许多年轻人的追捧。此后福克斯又制作了多部已故二十世纪著名影星"主演"的影片，大都广受好评。

在2031年，在一部讲述在土星环冒险的三维立体电影《穿越土星环》中，秀兰·邓波儿悄然复活，实际上邓波儿已经在近20年前去世，她主演的电影更是将近一百年前的往事了。但是通过新的三维合成技术，邓波儿的形象不仅再现，而且以前所未有的立体形象出现，就像站在每一个人面前一样。

更为轰动也更具有争议的是随后"猫王"埃尔维斯和约翰·列侬的复出。他们分别去世于1977年和1980年，却仍然拥有大批拥众，在2032年，"蓝色爵士"数码音像公司推出了他们的三维立体演唱会，不仅形象和真人无异，而且完美重现了其声线，由此引起了一股歌坛的怀旧热。但也有许多昔日的忠实粉丝认为，他们的精神不可复制，这种"复活"是对他们的侮辱。

在中国，这一热潮也方兴未艾。2035年的新版《西游记》中采用了相关技术，令六小龄童等演员的经典形象摆脱了二十世纪版本的粗糙技术限制，更为活灵活现地在全新的三维立体电视剧中演绎一个极具真实感的幻想世界。随后，大量已故的二十世纪大中华地区艺人纷纷"重返"影视圈。"二十世纪"文化娱乐公司也是在这一时期成立的。

但是很快新老粉丝们就不再满足于仅仅形象和声音的复现，他们要求看到有血有肉，能和自己互动的偶像。而在这一方面，相关技术也已步入成熟。

模拟人的诞生

2019年，美国麻省理工学院，一名年轻的计算机系助理教授萨姆·斯坦伯格在车祸中失去了至爱的妻子海琳娜。斯坦伯格并没有长久地沉浸在痛苦中，相反，他编制了一个程序，称为"海琳娜二世",输入海琳娜生前的大量资料,就可以模拟海琳娜的口吻进行问答。

斯坦伯格后来在采访中告诉记者,这个程序并没有那么神奇。"最初那只是一个非常简单的程序,根本谈不上智能。譬如,海琳娜经常叫我'小马驹',我就在每句话的最后附上这个称呼。而谈话的内容是从她的许多邮件和网络聊天中摘取的,有时候不免驴唇不对马嘴,但那确实是海琳娜说过的,所以,这还是给我以些许的安慰。"

在接下来的几年中,斯坦伯格致力于改进这一程序的算法,为此他还钻研了大量心理学的著作,他梦想着一种高级程序,可以完全模拟海琳娜的口吻和心思,至少看上去是这样。不过他很快发现,这并非他个人能够驾驭的领域,他找到了一位神经科学的博士生苏珊娜·洛克菲尔德合作。他们搜集了大量海琳娜的资料,从小学时的日记到高中生日晚会的视频,加以详尽的排序和分析,还原了海琳娜的人格发展曲线,并且创造了一种模拟神经元连接的算法,它可以模拟海琳娜的口吻流畅对答,只要不出特定的范围就不会有破绽。

斯坦伯格为此感到十分振奋,不过相信此后他不会有太多机会继续和虚拟的海琳娜对话——他很快和苏珊娜坠入爱河,并于2024年结婚。

婚后,斯坦伯格夫妇继续测试这种新算法,这一次他们输入了斯坦伯格本人的数据,制造了模拟的斯坦伯格,结果是令人惊诧的，在一千次问答中，模拟斯坦伯格的回答只有不到17%是和斯坦伯格本人的回答不相符合的。随着数据库的完善和分析的精密化，一年后的测试中，这一比例降到了9%。

在2026年，斯坦伯格夫妇创立了后来广为人知的"新生"科技公司，主要的业务即为人提供亲人的模拟人格定制服务。只要将足够多的资料上传到重生公司的服务器内，很快就可以和亲人通过网络或手机互动。毫不意外的是，"新生"很快将模拟人格和CGI技术结合起来。用户只需要通过现实增强眼镜，就可以看到去世的亲人坐在自己身边，和自己亲切地谈话。

这一时期，高仿真机器人技术也实现了质的突破。新的智能纳米材料的运用使得人造材料可以精确模仿人体的运动和质感，人类的肉眼已经无法分辨真假。在2030年以后，这些蓬勃发展的新技术开始走向结合。

在这一年，日本EVA机器人公司买下了"国民美少女"千叶梨绘的肖像权和模拟人格资料，并将其输入花了一千万美元打造的千叶的高仿真机器人。2032年的一次演唱会上，千叶和她的化身同时出现并凝望对唱，引起了全世界的轰动。不久网上出现了所谓"虚拟千叶"，每一个人都可以下载一个数据包后和几可乱真的千叶聊天，千叶也由此走进了千家万户。

在这一时期，由于成本的高昂，仿真机器人往往由大公司定制，而极少有个人用户。不过也出现了一些零星的个人消费者。譬如俄国富豪萨尔波夫斯基，在其独子安德烈死于2035年南极的一次滑雪事故后，定制了一个按照儿子形象打造的仿真机器人，并输入了安德烈的模拟人格。2038年，萨尔波夫斯基为去世的安德烈举行了盛大的生日宴会，并让模拟人出来和客人见面。而意大利总理安东里奥·拉费蒂购买了超过一打的各国明星模拟人作为收藏，也成为一时的丑闻。

在2040年后，由于纳米制造技术的飞跃进展，仿真机器人的价位也渐趋低廉。根据统计，该年全世界范围内只有439名模拟人，而在2042年就上升为近2000人，到了2050年，已经有二十万模拟人在世界上活动，许多人认为，实际的数字也许要超过百万。

模拟人当然不仅仅是用于娱乐或者安慰亲人。在这一技术成熟后，它很快被用于非法勾当。2041年出现了第一次利用模拟人的犯罪，至少是第一次被发现的。哈维夫人，一位英国建筑商的妻子，秘密定制了她丈夫的模拟人，在她用一枚等离子刀片杀害丈夫后几小时，让模拟人出现以制造不在场证明，随后加以销毁。不过警方从监控画面中发现了破绽：哈维先生由于近期脚部受伤，走路姿态与模拟人有微妙的不同，而哈维夫人却忽略了这一点。

除去此类明目张胆的犯罪之外，另一些滥用方式也触犯了法律。2043年，一位中国青年因为前女友嫁给了他人，一怒之下花高价以前女友的容貌从黑市定制了仿真机器人，并输入自己搜集资料编制的模拟人格，揽着她去参加婚礼，引起了一场严重的打斗事件。最后,他以侵犯他人肖像权被起诉,模拟人也被没收。

2044年,在慕尼黑,一群新纳粹分子公然制作了希特勒的模拟人,并在街上游行。引起舆论大哗。这一事件后,各国都开始对模拟人技术加以严格限制。

法律与伦理争议

从2044年开始,模拟人数量最多的美国规定,任何模拟人出现在公共场所时都必须有明确的标记——通常是在额头上有一个A字母,表示"人造"(Artificial),但却被讥讽为表示"通奸"(Adultery)的"红字"。不少反叛的青少年在街头纷纷给自己文上同样的字样,以冒充模拟人,使得局面更为混乱。

2045年,美国国会通过了更为严格的限制模拟法案,这一法案要求,在任何自然人生前,无论其是否自愿,都不允许制造其模拟人,以免引起混淆。对于死者,谁拥有模拟权,各州也按照亲属关系进行了各自的规定。许多州还规定,在公共场合,禁止殴打和侮辱模拟人等行为,否则将按照扰乱社会治安进行处罚。这些法律应对措施很快被其他国家跟进。

然而法律上的规定并没有为伦理问题设立规范。人们仍然在激烈地争议,模拟人是否拥有人权,人们是否有权制造模拟人等问题。

依照模拟人格的创始者斯坦伯格的看法,模拟人不可能真正像人一样思考,和人类完全是两回事。"人的大脑有1000亿个计算单元,但模拟人的大脑只有几千万个,这是不可比的。它们可以和你聊天,想出一些没有明显破绽的回答,但仅此而已。一旦你真正让它们做什么需要用脑的事,它们总会搞砸。"

斯坦伯格的观点部分得到了证实。2044年,一位几乎被遗忘的中国作家宝树定制了他自己的模拟人,试图让它代替自己写作。但结果是灾难性的,大段他自己作品中的段落被打乱之后以似是而非的方式结合在一起,不知所谓。

但法国哲学家让·萨波的观点却与之相对。"的确,它们的思考能力比起人类来还非常弱,"他对记者说,"但你要知道,这仅仅是程度的差别,不是质的差别,就像智力残疾者和正常人的智力差别一样。正如拉美特里所说,人也是机器。所以,你不能否认这些模拟人拥有人权,正如你不能否认一个智力残疾者拥有人权一样。"

并且,模拟人的思维能力正在飞快进化,根据萨波的估计,最迟到2100年,最快在2070年左右,第一批思考能力足以和人匹敌的模拟人就会出现了。"世界将会变得完全不同。"

基于同样的前提,在各国许多人群都开始抵制模拟人,并酿成了一场世界性运动。他们认为,模拟人的存在将会打乱人与非人的界限。美国"维护自然人联盟"的领袖之一托马斯·富兰克林表示:"很明显,即便它们真的具有类似人的思维能力,它们也不是人类。不是四十亿年来生命进化的结晶,它们只是某种变态而狡猾的机器，用其感情攻势将人类拖下水，这是撒旦的诱惑。"

富兰克林认为，"感情攻势"对于抵制者来说是最为可恶的。因为模拟人有和人一样的外表，可以用同样的声音说出娓娓动听的话。人类即使理智上知道，但情感上很难不把它们当成同类看。而这却伤害了真正人与人之间的情感纽带。

富兰克林的观点得到了部分案例的支持。在张国荣演唱会事件前不久，一位中国男子（本人要求不公布其姓名）因为不堪妻子多年以来一直将一个幼儿模拟人当成早已在意外中去世的亲生女儿宠溺，与之发生口角。妻子因此而自杀身亡，此后他秘密定制了妻子的模拟人，以抚慰自己的痛苦。类似的案例在各国都有发生。

袭击的背后

据本报调查，用激光枪击毁张国荣的模拟体的犯罪嫌疑人名叫吴烽，事实上，他也长期是一个"荣迷"，在2003年的一次粉丝的纪念活动中，他认识了沈兰，二人交往过一段时间，随后分手，此后再未见面。但在五十年后，二人却不约而同地来到这次演唱会上，抱着不同的目的。

"我对哥哥的情感从来没有变过，"当记者问吴烽他是否憎恨张国荣时，他信誓旦旦地说，"但那个伪造的、忸怩作态的家伙，它根本不是他，一点也不是！它欺骗了所有的人，它明目张胆地取代了哥哥的位置，从大家心里夺走了对哥哥的感情，让那些无良公司牟利！我只是让大家看到这一点而已。"

4月2日，记者在医院采访了刚刚恢复的沈兰，她面容憔悴，但是健康状况还算良好。当沈兰得知破坏者是自己的前男友吴烽时，她几乎不敢相信。记者告诉了她吴烽的观点，但沈兰不以为然。

"当然，在我心中，哥哥永远没有死。但我不会把模拟人和真实的他混为一谈。对我来说这和一张照片或者一段录像没有什么区别，这能让我更好地看到他，但不是代替他。"

"二十世纪"文化娱乐公司总裁林大卫告诉记者，这次事件不会改变公司的长远规划，公司已经定制了新的模拟人张国荣，并将于下个月举行第二次演唱会。"二十世纪是一个群星辈出的时代，"林大卫说，"我们正在设法让许多已故的偶像明星重新以模拟人的形式复活，不过由于肖像权和各种版权问题，目前还只有一部分人能够做到。"

"但是最终，"他充满激情地表示，"可能在几十年后，他们都会重新复生，吸引一代代的粉丝，直到永远。如果说一千年以后还会有人读李白的诗歌，看鲁迅的小说，那么为什么他们不会再听猫王或者张学友的歌呢？为什么不会再看汤姆·克鲁斯或者木村拓哉的新影视呢？偶像们的形象本身就是艺术品，它们将和其他艺术品一起走向不朽。"

4月3日，沈兰在薇安的陪同下启程返回美国。记者问她是否下次还会来听张国荣的演唱会,她犹豫了一下,然后摇了摇头,说这次事件对她的刺激太大了,她不愿再回想起这段经历。

"不过我要来,"薇安却说,"我正在看张国荣那些三维修复的老电影,真是太迷人了!我一定要再见见他!"

【补记:在记者发稿前夕,刚刚得知一条惊人的消息,经法医鉴定,袭击张国荣模拟人的吴烽本人也是模拟人。真实的吴烽在半年前去世,因为没有子女,他委托一位朋友打造了自己的模拟人,以完成自己的计划。警方已经搜查了吴烽的住所,具体情况在进一步核实中,请读者留意本报网站上的更新报道。】

度假周

到达日

小璇觉得，爸爸和妈妈在说谎。

他们说，是带小璇去度假。说谎。飞机飞了大半天，让小璇看了很久舷窗外蔚蓝的大海，出了机场，他们打的车又开了很长时间，经过异国风情的城市和乡村，最后在傍晚抵达了山里的一扇大门。大门上是她看不懂的文字组成的招牌，虽然看不懂，但边上有一个醒目的红色十字。小璇只有六岁，但她知道，这个地方应该叫作医院。之前，她已经去过好几次医院了，每个医院的门口都有这个红十字。虽然这座医院看起来不太一样，但应该还是医院。

像每个孩子一样，小璇害怕医院。而现在比以前更害怕。她觉得自己的身体里面好像有一个看不见的怪物在游荡。幼儿园的其他小朋友，他们不会无缘无故发烧，流鼻血，或者每天刷牙都会牙齿出血，他们不会不想吃饭，身上越来越没力气。这些症状最初很轻微，但越来越频繁和明显。

后来，爸爸妈妈带她去了医院，抽了血，做了很多检查。出来时，他们笑着对她说没事，只是小病而已。但小璇看到，妈妈的眼眶红肿，爸爸的声音沉闷，就像前一阵外公去世的时候一样。小璇问爸爸妈妈自己是什么病，爸爸说是肠胃炎，妈妈说是感冒。

第二天，爸爸妈妈带小璇去了另一家医院，做了更多检查。几天后，他们坐火车去了第三家……一家比一家更大，更森严，更深不可测。她吃药，吃更多的药，住院，又出院，又进医院……最后，是海的另一边，这座大山里的古怪医院。

大门缓缓打开，露出后面一条黑沉沉的隧道。小璇更加害怕了，但车子开进去之后不久，眼前霍然出现一个阳光明媚的山谷，山间坐落着颜色鲜丽、造型卡通的建筑群，看起来像是一簇簇大蘑菇。

"好看吗？"妈妈问小璇。

小璇点点头："可是，我们要在这里住多久呢？"她开始想念自己的几个小朋友，她害怕会很久见不到他们。

爸爸摸着她的头说："度假而已，也就一个星期吧。"妈妈附和:"对呀,等假期结束了,我们的小璇就要上小学了!"

小璇心里还在嘀咕,车辆已经停在一栋球形的大房子跟前,爸妈拉着小璇下车,说去办理一下登记。他们走到入口处,停留了一段时间。一束柔顺的光从天花板照下来,笼罩在小璇身上。小璇知道,这是一种扫描式的身体检查。你被这种光照过一次之后,医院就很清楚你的身体状况了。她前不久刚照过。

小璇终于抽噎起来:"你们在给我办住院,要动手术了,对不对?"她仿佛已经感到无数针管和手术刀在划开自己的皮肤,把自己切成碎片。

"什么呀?"妈妈忙说,"想哪去了,你没病……不是,你的病都快好了,我们是来玩的呀。"但她的声音很不自然,还颤抖着,小璇的哭声更大了。

爸爸也蹲下来,拉着小璇的手,望着她的眼睛说:"爸爸不骗你。绝对不是住院,不会打吊针,更不用做手术,就是以前的药坚持再吃一阵,我们在这里玩一个星期,然后一起回家。"

小璇泪眼蒙眬地看着爸爸的双眼:"你保证?"

爸爸郑重地点头:"我保证,来,我们拉钩!"

小璇和爸爸拉钩,放下心来,破涕为笑,扑入爸爸的怀抱,爸爸抱起了她,他的怀抱温暖而有力,旅行了一整天,无法抵挡的倦意袭来,她一下子就睡着了。

第一天

　　小璇睡到第二天早上才醒来，她发现自己躺在一张温暖柔软的床上，身上盖着舒适的被子。妈妈躺在自己身边，一双含笑的眼睛看着自己。小璇感觉脑子木木的，慢慢才想起昨晚的事情，又开始有点好奇，这是哪里呢？

　　妈妈摸了摸她的头："醒了？来，看看房间怎么样？"扶她坐起来。

　　小璇看到，这是一个比家里卧室宽敞很多的房间，地上铺着木地板，床前有一块花纹鲜丽的地毯，床头柜上摆放着两盆她叫不出名字的鲜花，整个房间明亮又洁净。她左边是一扇明亮的落地窗，阳光从窗外斜斜切进来，窗外依稀可以看到一片波光粼粼的小湖，湖的对面还可以看到远处的雪山。

　　但比湖光山色更引起小璇注意的，是窗台上放着的一个透明笼子，上下两层都铺满了刨花木屑，下层有一架红色的小跑轮，上层摆着一个绒布做的小窝。一个白色的小脑袋似乎听到动静，从窝里微微探出来，带胡须的鼻尖一抽一抽地嗅着。

　　"雪球！"小璇欢叫起来。雪球是她的仓鼠，叫这个名字是因为它白得像一团雪。她生病以后，不能去幼儿园了，在家里病恹恹的，心情也不好，所以有一天，爸爸把它带回来了。那时候雪球很小，但非常活泼好动，小璇立刻喜欢上了它，她特别喜欢看着雪球在跑轮上精神十足地跑步,这能给她安慰。这次出来小璇很想念雪球,想不到爸妈居然把它也带来了!

"雪球怎么来了?"小璇欣喜地问。

爸爸从外面走进来,正好听到,说:"当然是开着鼠鼠飞机来的喽。"

"就知道瞎逗孩子,"妈妈也笑着起身,"是托运来的,手续麻烦得要死。不过爸爸说,要给你一个惊喜。"

"太好了!"小璇说,"雪球能和我们一起度假了,耶!"

但在她心底,一个小小的疑问冒出头来,度假为什么要带雪球?前一阵他们去外地求医,就没带上雪球,只是在笼中给它放了很多食物和清水,回来时雪球也挺好的。

但这个疑惑很快又在喜悦中消散了。因为爸爸妈妈也舍不得雪球呗,她想。

"我们穿上衣服,"爸爸温柔地摸了摸她的头,"出去转转吧!"

小璇跟着爸妈,首先参观了一家人临时住的度假套房。它有好几个房间,除去两个卧室、客厅、饭厅、厨房、卫生间等,还有一个放满了各种玩具的游戏房和一个钢琴房,比自己家还要大几分。

出去后,她发现外面是一个很大的山谷,在翠绿森林的环抱中,有潺潺的溪流和镜子般的小湖,湖边是各种花卉点缀的草坪,湖的对面还可以看到雪山,皑皑雪顶在流动的云雾中半隐半现。

爸妈盛赞这里景色清幽，是人间仙境。小璇对风景还没有太多感觉，但她承认，这里的空气比自己住的城市要清新很多，呼吸起来很舒服。在这里的人不多，基本都是金发碧眼或者黑皮肤的老外，说着小璇完全听不懂的话。

他们往左边走了一阵，妈妈说："那边还有一个游乐场，要不要去玩一下？"

小璇眼睛一亮："游乐场？太好了！"

游乐场在一片树林的中间，地方不大但是设施不少，有些小璇都没有见过。像是会自己升降的滑梯，自动变形的充气城堡，形体仿真的动物摇摆车，等等。虽然没有很多游乐场里那些刺激的项目，小璇还是玩得非常开心，只是这里只有她一个孩子。小璇开始觉得一切仿佛都属于自己，很是开心，但后面又渐渐感到有些寂寞。她想，在幼儿园和别的小朋友抢玩具其实也挺开心的。

他们玩了一上午，中午回到家里，没过多久，饭厅已经摆上了丰盛的午餐，小璇吃完了之后睡了一觉，醒来后吃几块松饼，看了一会儿动画片。下午小璇还想出去玩，但渐渐浑身无力，还有些发冷，凭她已经变得丰富的经验，肯定是又发烧了。

爸妈自然也发现了小璇的异常，爸爸摸了摸她的额头，说："不要紧的。"给她吃了点药。不过他们也没让小璇再出门，只在房子里玩机器娃娃。爸妈不停地跟她说话，讲家里以前的趣事，讲各种小璇都觉得幼稚的故事，话比往常还要多。小璇感觉他们似乎有些异常，但又说不出来是哪里不对。他们好像在等待着什么事情的发生,但那是什么?

到了晚上八点左右,外面有人按铃,小璇紧张起来,不会是医院的人来接她的吧? 她听到有人用外语和爸爸说了几句话,随后,爸爸便拎着一个大盒子进来了! 虽然上面是外国文字,但这盒子的形状和图案,小璇一看就知道是什么。

"蛋糕!"小璇忘了自己还在发烧,欢呼着冲向盒子。爸爸为她打开盒子,她看到那是一个不大但很精致的芝士蛋糕,上面有宫殿、白雪公主和七个小矮人的精致造型。"是谁的生日啊?"小璇问。她能够背出自己的生日,但那还在半年之后呢,她也知道妈妈的生日,上个月已经过完了,但她不记得爸爸的生日是哪天,难道就是今天?

爸爸妈妈对视一眼。爸爸挤出一个笑容:"不是谁的生日,但……正好出来玩嘛,就顺便给你提早过生日了!"妈妈忽然背过身去,捂着脸,发出轻微的抽气和鼻音,随即匆匆离开了房间。

小璇怀疑了几秒钟这个理由,但蛋糕的诱惑让她更多琢磨自己该先吃白雪公主还是小矮人好。妈妈过了一会儿回来,平静如常,陪她一起分了蛋糕吃,又看了会儿电视。九点半,小璇喝了杯牛奶,又困倦起来。

"妈妈,我要跟你睡!"小璇咕哝说,甜腻地依偎在妈妈的怀里。她本来已经开始一个人睡了,但生病之后,每天又和妈妈睡在一起,爸爸则去另一个房间睡觉。

"当然啦,妈妈给你讲个故事……"妈妈说,亲了亲她,小璇觉得她脸上又有点湿漉漉的,那是眼泪吗?小璇没有多想,她听着那个童话故事,还没听到王子出场,就睡着了。

第二天

"小璇?小璇?"半睡半醒间,小璇听到妈妈在呼唤她,声音似乎是从很远的地方传来的,小璇哼哼了两声,不想回答,只想再睡上七八个小时。

"小璇,你怎么了?"妈妈问,声音都有些颤抖,"你醒了吗?怎么睁不开眼睛呢?老丁,要不要叫医生来看看?"

这话让小璇清醒了一点点:"妈妈……我没事……就是还想睡一会儿……"小璇口齿不清地说,但这也正常,自从她得了病以后,一直觉得疲劳和嗜睡。

妈妈似乎放下心来:"差不多了,你已经睡了很长时间;赶紧起来吧,今天……今天我们还要出去玩呢。"

小璇睁开眼睛,看到妈妈正盯着自己。她也看着妈妈,不知怎么,今天的妈妈看起来有点不一样,脸色又憔悴了几分,眼睛红红地端详着她,嘴角微微抽动。小璇想,也许又是和自己的病有关的什么事让她难过了。

"妈妈,你怎么有点……怪怪的啊?"

"我……我不是和以前一样吗,是你还没睡醒吧?"妈妈擦了擦眼睛,说。

"起来吃苹果派喽!"爸爸也进来说,"爸爸刚刚做好,你们闻到香味没有?"爸爸看起来倒还和昨晚差不多。

这话让小璇来了精神,她坐起来,听到旁边有些声响,往边上一看,小雪球正开开心心地蹬着跑轮呢。

十点钟左右,他们又出去玩了一阵。小璇渐渐发现,外面的山谷看起来虽然很大,但真正能走的其实只有湖边的几片地方,也就几百米,稍微远一点就有铁栅栏挡路,虽然边上有一些门,但爸妈似乎也不想带她出去。至于湖对面,就更没法过去了。不过小璇也不太在意,她最想去的还是游乐场。

靠近游乐场时,小璇听到一阵人声。今天的游乐场和昨天不同,多了一个小男孩。他脑门出奇地大,但身材很矮,看起来比小璇还要小一点,正在那里不亦乐乎地玩升降滑梯,每次都操纵滑梯升到最高的地方,再欢呼着冲下来,旁边有一位头发半白的女性,不知是他的妈妈还是奶奶,在叫他小心点,他们讲的都是小璇能听懂的话,大概是小璇的同胞。

小璇最初没有和那个大脑袋男孩交谈,自己去骑熊猫摇摆车玩。不过男孩很快凑过来,很感兴趣地看着她玩。

"你拧一下熊猫的左耳朵,它会对你唱歌!"男孩告诉她。

小璇一试,果然熊猫唱起歌来,嘴巴还一张一合的。"哇,真的! 太好玩了!"

"我跟你说,你拧一下它的右耳朵,它还会给你讲故事⋯⋯"

两个孩子这么认识了,一会儿就坐在同一个摇摆车上聊天。

"我叫陆思文，小名文文，"男孩说，"我六岁了，你呢？"

"我叫丁小璇，我快七岁了。"

"那你上学了吗？"

"我下学期就上小学啦，你呢？"

男孩摇头，声音低沉下来："我应该不会去上学了。"

小璇有点奇怪，难道不是每个小朋友都要上学吗？"为什么啊？"

"妈妈说，我不用去上学了。"

"那个人是你妈妈？"小璇指了一下不远处那个有些年纪的女人，她正在和小璇的父母说话。

"是啊……"

小璇看到文文的妈妈正在激动地说着什么，一边说，一边还用手绢擦眼睛。妈妈揽着她的肩膀，像是在安慰她。

"你妈妈怎么哭了？"小璇问文文。

"她最近老这样，"文文说，脸上露出了一丝迷茫，"大概是因为我要死了吧。"

"什么？"小璇心跳快了一拍。

"我脑袋里有一个瘤子，"文文郑重地说，指了指自己出奇大的额头，"平常也没感觉，就是有时候头晕，想吐。但这个瘤子一直长一直长，停不下来，把脑袋都撑大了。前一阵做了什么放疗，也没什么用，反而搞得比以前还要头疼。后来我妈也不带我去医院了，就来这里玩。可能你也要死了，所以他们才带我们来度假。"

小璇感到一阵恐慌:"可是我妈妈说,我得的是小病,过几天就好了。"

"跟我也这么说,"文文说,"大人都这样,但我知道他们在说谎,我就是知道。"

小璇不由点头,说:"嗯,我也觉得是的。"

"对吧? 我们一起死也挺好的,路上可以结个伴。"

"什么路上啊?"小璇听不懂。

文文望着天边的雪山说:"就是那条上天的路嘛,我们的灵魂要去一个很远的地方,不会再回来了……"

"文文!"他妈妈走过来,好像听到了一点,脸上带着怒意,"别跟姐姐胡说八道! 我们要回去了!"

文文背着他妈妈做了个鬼脸,对小璇说:"明天我们再来玩,不见不散啊!"

小璇不由自主地点了点头。

小璇吃了午饭,睡了一个午觉,下午又在游戏室玩了一会儿积木,看了两集动画片,傍晚爸爸妈妈带她去山谷的另一头散步,景色很美,可以看到一座白围巾般的瀑布从郁郁葱葱的山头落下来,垂到下面一个碧绿的幽潭。

晚上临睡时,小璇才把自己心底的疑问告诉妈妈:"妈妈,我是不是要死了?"

妈妈立刻脸色变了:"你胡说什么!"

"文文跟我说的,他说我们的病都治不好了,所以才来度假——"小璇看到妈妈的脸色,没敢再说下去。

妈妈的脸色苍白:"别信他的,别信……这孩子什么都不知道……你们谁都不会死,我保证……"但两行眼泪已经从眼角流下脸颊。她忍不住揽过小璇,发出一声呜咽,然后是号啕大哭。

爸爸听到声音赶来,问了两句,也红了眼眶,和她们抱在了一起。

看来我真的要死了,小璇想,我会去一个遥远的地方,再也不会回来,那会是什么感觉呢?

第三天和第四天

这一天的上午,小璇在游乐场又见到了文文。两个孩子又一起玩滑梯、充气城堡和动物摇摆车,大人们在一旁继续他们诡异的聊天。

玩了一会儿,小璇和文文都累了,靠在充气城堡深处休息,她想到一个一直好奇的问题,问文文:"你知道这里是什么地方吗?"

"我也说不上来,"文文挠头说,"我想应该是一个疗养院吧。"

"疗养院是什么?"小璇问,虽然文文还比她小一点,但好像知道的比她要多很多。

"就是身体不好的人住的地方。不过不是医院,是一个……空气很好,风景很好,有人照顾你,每天不用上班,可以睡上一整天的地方。"

"那我们真的会死吗?"

"这个,我也是瞎猜的……妈妈让我不要胡思乱想。"文文说,显然已经被他妈妈教育过了。

"如果我死了,爸爸妈妈一定会很伤心的。"小璇说。

"我妈妈也会很难过的。"

"那你爸爸在哪里啊?"

"妈妈说他很忙,这次来不了。不来就不来,反正他平常也一早出门,半夜才回来,我都见不到他……不过我有可可,它和我可亲了,可惜它也不能来。"

"可可是你弟弟?"

"是我养的狗,拉布拉多,"文文比画了一下,"它很聪明的,可以和我一起玩,比如说吧,我假装打它一枪,它就会倒在地上装死,特别逗。"

"我也有雪球,"小璇说,"它虽然没有那么聪明,但我一叫它,它也会出来迎接我,还可以在我手上吃东西。"

"雪球是什么呀,猫?"文文问。

"不是,我的小仓鼠,"小璇说,"它本来有个大房子住,但搬来以后只有一个小笼子了。"

"你是说,你把仓鼠也带到这里来了吗?"文文很惊奇。

小璇点点头。文文眼睛放光:"我可喜欢仓鼠啦,但家里有狗不好养,我能看看你的仓鼠吗?"

"当然可以，明天我把它带来给你看！"小璇说。

第二天，小璇提着雪球住的笼子去游乐场找文文。但不知道为什么，文文没有来，小璇问爸爸妈妈，妈妈给文文的妈妈打了一个电话，然后抱歉地对她说："今天，文文有点不舒服，来不了了。"

小璇的心中掠过一些可怕的念头：文文是病了吗？还是住院了，还是……但她没敢问，她已经感到，这是大人绝不希望她问，也不会真正回答的问题。

小璇只好自己跟雪球玩，她把仓鼠笼放在一个比较高的台子上，打开笼门，让雪球出来透口气。谁料雪球只是踱了几步，在笼子门口嗅了嗅，又钻回窝里睡觉，根本就不想出来，一点也不好玩。

"爸爸，雪球怎么这么懒啊？"小璇问，"它昨天不还到处跑吗？"

"昨天是因为你拿饼干引诱它呀，"爸爸说，"你拿点好吃的给它，它马上就出来了。你看！"

爸爸在笼子外面放了一颗蓝莓，雪球闻了闻，果然慢慢地走了出来。但一口叼走了蓝莓，又快步蹿了回去，躲到木屑底下享受起这顿美餐来，再不露头。小璇有点生气，连雪球都和她不亲。

第五天

小璇梦见了过去，那一次，外公和外婆来家里过年，给她带来了一个漂亮的娃娃和很好吃的地方糕点。她开心地围着他们唱呀跳呀，各种耍宝，逗得他们哈哈大笑……搞不清是一年前还是两年前了，小璇脑海中的时间意识是模糊的，但她也模糊地感觉到，这是永远无法回去的往昔。想到这一点，小璇惆怅地醒来了。

醒来的时候，她依然躺在妈妈怀里，妈妈温柔地望着自己。但妈妈看上去和昨天又有些不一样，她好像变得美丽了几分，应该是化了妆，化得还挺漂亮的。但仔细看，眼角还是生出了一些皱纹，头上也有了好几根被染过的白发。小璇想，妈妈一定是太为自己的病操心了。

小璇有些难过，对妈妈说："妈妈，我想回家。"

"会回家的，"妈妈说，帮她坐起来，"总有一天，会回家的。"

"什么时候啊？"

"怎么也得等度假完了才能回去嘛。"

"我想外婆了，"小璇说，"我们什么时候回老家去看外婆呀？"

妈妈很久没有答话，似乎从喉咙里发出一些含糊的声音，小璇回头，看到她正捂着脸，肩膀抖动着。她问："妈妈，你怎么了啊？"

"没事……"妈妈说，"外婆和外公……他们一直在看着你，在保佑你……"

小璇还是不明白，但这时候爸爸又在卧室门口露出头，叫她："快起床呀，今天的早饭可好吃了！有你最喜欢吃的巧克力鲜奶泡芙！"

小璇吃完饭，又在爸妈的陪伴下，带着雪球去湖边散步。没走几步，就看到文文朝他们跑过来："小璇，你真的把仓鼠带来了！让我好好看看！哇，它真好看！"

小璇一下子变得开心起来，文文没事，她是瞎担心。她问："文文，你昨天怎么没来呀？"

"昨天？昨天我们不是在一起玩吗？你还说要带仓鼠来，这不就带来了吗？"

"你说什么啊，那是前天呀？"

"前……什么呀，就是昨天的事！你是不是把做梦当成真的了？"文文说。

小璇忽然感到一阵恍惚，难道"昨天"只是她在夜里做的另外一个梦？难道她分不清楚梦里的事和真实发生的事吗？小璇不敢相信，去问边上的妈妈："妈妈，昨天文文是不是没有来啊？"

文文也问他的妈妈："妈妈，昨天我们不是在这里和小璇家一起玩吗？"

"啊……哦……"

三个大人交换了一下目光，小璇妈妈说："那个……你们小朋友一会儿在一起玩，一会儿又分开的，我们哪记得清楚！"

"可是——"小璇不信昨天的事妈妈都能忘记。

"好了好了，"爸爸说，"我们大人有重要的事要说，你们自己到一边去玩，好不好？"

文文做了个鬼脸："我就说你记错了嘛！你爸妈都不相信你。"

"我才不会记错!"小璇生起气来,"走开,不理你们了!"

她自己走到一边去,随手把仓鼠笼放在地下,打开笼门:"雪球,我们俩自己玩!"

雪球试探地走出笼子外,好奇地嗅了几下,似乎闻到了外面什么诱惑的气息,忽然一下子蹿出去好几米远。

"哎呀!"小璇赶忙追它。但雪球这回来了劲,来回乱窜,她根本碰不到它的一根毛。

"爸爸,快帮我抓雪球呀!"小璇说,但当爸爸跑过来的时候,雪球已经从栅栏的缝隙里钻出去了。在十来米外有一片树林,如果雪球钻进去,再要找到就难了。

爸爸眼看也越不过两米高的栅栏,他有点犯难。此时文文却说:"看我的吧!"跟一只小猴子一样,爬到了栅栏上。

"文文你当心,快下来!"文文的妈妈也赶来了,见状去拉他的裤腿。她不拉还好,这一拽文文失去重心,几乎要掉下来,伸手乱抓之际,更是惨叫起来,原来他握住了栏杆顶上的铁尖刺,弄得满手是血,顿时跌落下来,还好爸爸抱住了他。

这一下乱作一团,没人关心仓鼠了,大家都围着号啕大哭的文文,看他手上的伤口是不是严重。但小璇百忙之中还看了一眼雪球,发现它并没有逃到让人看不到的地方,而是在栅栏外三米左右位置上直起身体,在空中抓挠着什么,就好像在那里有一堵看不见的墙一样。

不过,小璇还没看清楚,就开过来一台形状古怪的车,或者不如说是一个用轮子移动的机器人，它有一个不断转动的闪着红光的脑袋，离得很远就以闪电般的速度伸出一只机械臂，一下子抓住了还在那里扑腾的雪球，把它扔进后面的一个袋子里，然后开走了。

文文很快被他妈妈带去了医务室，但爸爸说他应该没什么事；而一整天，雪球都没回来。小璇有点担心，求爸爸去找，爸爸打了几个电话，说应该是被放在这个度假区的什么办公室，但办手续需要点时间，也许得明天了。

第六天上午

小璇担心了一夜，但第二天早上，雪球还是出现在了笼子里。爸爸说，那是人家早上六点送回来的。

"我懂了，这一定是风景墙。"文文说。

那天上午，他和小璇又见面了。他手上敷了药物，据说能刺激细胞生长、伤口愈合，一夜之间就好得差不多了，但还包着几层纱布。小璇告诉了他自己的新发现。

"什么叫风景墙？"小璇不懂。

"就是一个巨大的屏幕，"文文比画着说，"我们看到的一切，远处的树林啊，雪山啊，都是它放映出来的，像是一个 VR 游戏……什么，你没玩过吗？可好玩啦。这么跟你说，我们的四面，也许包括头顶的天空，都是在放电影。你看，我们真正能去的地方也就是房子和湖周围的几百米而已。他们怕我们看穿，所以用铁栏杆挡住路，不让我们碰到风景墙。"

小璇好不容易才稍微理解了一点他的意思："你难道是说，我们看到的风景都是假的？那么风景墙外面是什么地方？"

"不知道。可能我们压根就在一个山洞里，也许在地下。"文文神秘兮兮地说。

小璇看着周围，怎么都不敢相信这一切都是屏幕上的电影。"我要去问爸爸妈妈。"她站起身来，想朝不远处的爸妈走去。

"别傻了，他们不会告诉你的，"文文拉住她，小声说，"你没发现，自从我们来到这里，总有什么地方不对劲吗？我昨天问我妈妈，为什么小璇说前天没看到我，但我明明记得我们那天见面了，她也说不清楚，而且我多问几句她就发火。"

"嗯，我爸妈也是……"小璇也回想着，"每一天，他们都好像变得有点不一样，我说不清哪里不一样，但就是不一样……雪球也是，前天还又懒又胆小，昨天忽然就跟抽风似的乱跑，好不容易才抓回来。"

"这背后一定有一件非常重要的秘密，这事和我们有关，但大人绝对绝对不想让我们知道。"文文老成地分析说，"就像格林童话里的那个'蓝胡子'，他的城堡又大又漂亮，好吃的好玩的什么都有，但里面有一个绝对不能打开的秘密房间，房间里都是他杀死的女孩子……"

小璇没有看过蓝胡子的故事，但还是吓得打了个哆嗦："你别说了！我不要听了。"

"不说就不说吧，不过，也许有个办法能搞清楚真相。"文文忽然说。

"是什么啊？"小璇又好奇起来。

"我妈妈每天晚上九点半就要我上床睡觉，还要我吃一片药，吃完就睡着了。"文文说，"有时候特别奇怪，我明明一点不困，甚至很想玩，但吃完后马上就睡着了。我觉得，那个是安眠药。他们一定是在夜里对我们做了些什么，你爸妈也让你吃药吗？"

小璇说："没有，但我每天也差不多就是九点半上床睡着的，这也没什么呀。对了，睡觉前我会喝一杯牛奶，妈妈说喝牛奶对睡眠好……"

"看来也差不多，"文文说，"你也被安眠了，也许在夜里，他们会悄悄给我们打针，或者做手术什么的。"

小璇瞠目结舌，她从来没想到这种可能性，但想来好像也不是不可以。归根结底，他们到这个奇怪的"疗养院"里，到底是为了什么呢？

文文说："我有个好主意，今天晚上你假装喝牛奶，其实悄悄倒掉，然后看看会怎么样？"

小璇犹疑："可是，爸爸妈妈要是发现会生气的。"

"试试看嘛，"文文像魔鬼一样诱惑着她，"你倒在厕所里，他们怎么发现得了？少喝一杯牛奶又没关系，对吧？我们都不要睡着，明天见面的时候，也许就知道发生什么了。"

小璇鬼使神差地点了点头。

"那说好了，拉钩！谁反悔谁是小狗，不，小仓鼠！"文文说。

小璇和他拉钩："要我说，谁反悔谁是小蚂蚁！"不过，她忽然想到，似乎这里的草地上还没有见到任何蚂蚁。那么，这是真的草地吗？小璇仔细看了一眼脚下，但看不出什么问题。

"小璇，文文，我们要回去了！"爸爸妈妈们冲他们喊道。

"马上来了，"文文说，又对小璇说，"要是真看到什么可怕的东西，你就装睡，就跟平常睡觉一样。你会吗？"

小璇有些生气，说："谁不会呀，你看，呼呼呼，我睡着了！"她歪着头，闭上眼睛。

文文笑了起来："好呀，那我们明天见！"

"好呀，明天见！"

小璇不知道，这是她最后一次见到这个和她同龄的小伙伴。

尽管，他们很快还会再见面。

第六天夜里

爸爸妈妈带小璇去餐厅吃了一顿大餐，晚上又和她玩了很久。小璇几乎忘记了和文文的约定，但当爸爸把牛奶端进房间的时候，小璇又想起来这件事，心跳一下子加速了。她犹豫了几秒，但还是决定履行和文文的约定。

小璇说："我去尿尿！待会儿再喝。"说着就拿着杯子往厕所里面走。

爸爸说:"喂喂,你尿尿拿着牛奶干吗?"小璇只好把杯子放在床头。她在厕所里磨蹭了半天,希望爸爸先离开,但出来的时候,爸爸还坐在她的床边,见到她说:"洗手了吗?快把牛奶喝了。"

"好……"小璇拖长了声音说,装作在喝的样子抿了一点点牛奶,然后转过身去,走到仓鼠笼边上,自言自语说:"雪球在干什么?它睡觉了吗?"

"晚上当然要睡觉了,你也快睡吧。"爸爸随口说,没有太在意。

小璇也是灵机一动,说:"不行,我要它起来陪我玩!小雪球,快起床,哇里哇啦邦邦邦……"一边大声嚷嚷,一边借着声音的掩护,把一整杯牛奶倒进了仓鼠笼里,笼子里厚厚的垫料把大部分牛奶都吸了进去,雪球闻到味道,出来津津有味地舔起了表面的牛奶。

"你干什么!"爸爸好像看到了她的动作,"你干吗把牛奶倒给它喝?"

小璇忽然急中生智,说:"我已经喝完了嘛,就剩下几滴分给雪球。"

她拿着杯子转过身,心还在扑通扑通地乱跳。生怕爸爸看破她这个小小的把戏,但爸爸居然相信了,说:"喝完了?那上床睡觉吧!我让妈妈来陪你。"

妈妈进来了,温柔地抱着她,为她讲"睡美人"的童话故事:

从前,在邪恶女巫的诅咒下,一个王国陷入了昏睡,国王、王后、骑士、士兵、仆人,包括猫和鸟儿,都睡着了……小璇本来还有点紧张,但沉浸在了故事里,听着听着,开始觉得眼皮打架,她忘了牛奶不牛奶的事,真的和故事里的人一样,睡着了……

不知过了多久,小璇在一种奇怪的轻微晃动中醒来,有点像是在汽车上,但又不是,眼前柔和的光影变幻不定,身下的床发出咯吱咯吱的声音。小璇一时记不清自己身在哪里,她习惯地转向左边:"妈妈……"

但妈妈不在那里,取而代之的是一个怪物。一个闪着绿光,不停转动的铁皮脑袋,圆筒形的身体上有很多按钮。几米外是墙壁,一扇扇有些古怪的窗口不住地往后退去。

小璇还没有完全清醒,迷惑地转过头,望向另一边,看到了另一个大同小异的机器怪物,脑袋同样在转动着。它们好像正在拉着床往前走,下面的轮子发出轻微的咯吱声。小璇发现,自己躺的也并不是入睡时的双人床,而是一张可移动的单人床。灯光昏暗,她在一条漫长的甬道里,被两个怪物带走……

忽然间,怪物好像看到了她,绿光变成了红光,同时发出"嘟嘟"的报警声和一串小璇听不懂的音节。

"啊——"

小璇寒毛直竖,发出一声几乎可以刺穿天花板的尖叫,前所未有的恐惧攫住了她,让她的心脏狂跳起来。她不知从哪里来了一股力气,从床上跳下来,顿时摔倒在地上。小璇几乎没有感到疼痛，立刻爬起来，跌跌撞撞地往前跑。她看到，这是一条诡异的长廊。两旁隔几米就有一扇金属门，门的上半部分是玻璃窗，每扇玻璃窗里都可以影影绰绰地看到一些一动不动的人影。他们好像就站在门边上，或者悬挂在那里，紧闭着眼睛，毫无生命⋯⋯就像童话里蓝胡子的密室一样！

"蓝胡子！"小璇带着哭腔叫了起来，"蓝胡子来了！妈妈！爸爸！"她也不知道自己在叫什么。

忽然身上一紧，她的身体被提了起来。一个机器怪物用章鱼般长的机械臂从后面抓住了她，小璇挣扎了几下，大哭了起来。一个人影出现在她面前，真正的活人。但那是一个高鼻深目的大胡子外国男人，看起来十分凶恶，说着小璇根本听不懂的语言，小璇哭得更厉害了。

男人不住地跟她说话，狰狞的面孔占据了她的整个视野，丑怪的鹰钩鼻向她逼近，再逼近⋯⋯

这是小璇在失去意识之前，所看到的最后景象。

第七天

接下来是一段难以描述的噩梦，小璇仿佛在一个黑暗的地方躲藏着，又仿佛在黑夜的荒原上奔跑，二者实际上也没有多大的区别。许许多多的妖魔鬼怪想要抓住她，而无论她躲得多久，或者跑得多远，最后还是会被那个机器怪物抓住，然后她只能逃到另一个梦里……

在机器怪物不知道第几次抓住她的时候，小璇哭着醒来，却感到了一股亲切的温暖——她仍然在妈妈的怀抱里。

"怎么了？"她听到妈妈说，"小璇又做噩梦了，是不是？"

"妈妈……有妖怪在追我……"小璇睁开眼睛，梦呓般地说。也许正是拂晓，房间光线朦胧，妈妈的面庞也模模糊糊，只能看到一个轮廓，但应该是妈妈……吧？

"傻孩子，哪有什么妖怪，妈妈不是在这里吗？难道妈妈是妖怪呀？"

确实是妈妈的声音，小璇安心了下来，但随即又感到身上一阵阵寒冷和疼痛，头昏昏沉沉的，想坐起来都困难。

"妈妈……我怎么了……"小璇说。

"你做了一个噩梦而已，你一发烧就容易做噩梦，现在没事了。"

但小璇渐渐想起了当时的一些细节，可能后面一段的确是做梦，但在那走廊里的遭遇……感觉太真实了，现在她闭上眼睛，就好像能看到那个陌生的外国大胡子，这一点也不像是梦境。

但她也开始怀疑自己，怎么可能有这样的事情？她不是在妈妈的怀抱中睡去，又在妈妈身边醒来吗？也许那是一个感觉很真实的梦，但仍然只是个梦……

而且小璇现在也没力气胡思乱想了，病痛这真正的恶魔又回来了，侵袭着她，消耗着她，让她仿佛变回一个婴儿，依偎在妈妈身边哼哼唧唧。生病是难受的，却又是幸福的，爸爸和妈妈无微不至地照顾着她，满足她的各种要求。

小璇的烧时高时低，但过了大半天还没有退，自然也没有办法出门。房间里很少亮起灯或拉开窗帘，她好像一大半时间都在睡觉。清醒一点的时候，她开始想念文文，他怎么样了？一整天看不到自己会不会很着急？他那天晚上是不是也看到了些什么呢？也许他也急着想要告诉自己一些事情。想到这里，她问："妈妈，你给文文的妈妈打个电话好不好？"

妈妈正在给她剥橘子的手停下来了："你想找文文玩吗？"

"对呀，我们约好每天都要去游乐场那边玩的，可是今天去不了了。"

"可你现在不是生着病吗？等病好了再说吧。"

"你能让他妈妈带他来看我吗？"

"你生着病怎么叫人来呀，文文身体也不好，传染给人家怎么办？"妈妈耐心地劝她，"等病好了啊，乖。"

"可我到底什么时候病才能好啊？"小璇沮丧地问，"妈妈，我是不是永远也好不了了？"

"别胡说！"妈妈低声呵斥，声音却又在颤抖，"将来……总有一天，一定会好起来的，将来。"

小璇觉得她的话很怪，但却说不出怪在哪里。

当天下午，或者傍晚，小璇拿不准时间，她从漫长的午睡中蒙眬醒来，听到爸爸和妈妈在门外说话，声音不大，但她能听到一些字句。爸爸说："必须赶紧了……要不然身体条件没法……"

"所以,以后就不能再醒了吗……"

"她身体已经很虚弱了,再这样真的不行了……"

"可我舍不得她呀,我舍不得……呜呜……"妈妈哭了。

"这些日子还能见面……已经很不容易了,我们要知足……"爸爸也哽咽了。

"还好有那两个,要不然我真的熬不过来……"

"唉,以后让那两个多陪陪你,我们也要好好照顾他们……"

小璇不知道"那两个"是什么意思,是外婆和姨婆吗?但她基本听懂了父母的对话。文文说的是对的,我要死了,这个奇怪的度假周,就是为这件事准备的。文文呢?也许他已经死了,不会再来找我。那条永远不会回来的路,我们还能一起走吗?

小璇想不出来死是什么感觉。她模糊地知道,那就是睡过去了,永远不会再醒来。但那又意味着什么呢?也许意味着她再也见不到爸爸妈妈了,但她总觉得这是无法想象的事。从出生到现在,她几乎每天都和他们在一起。他们就像天空和大地,就像空气和白开水,怎么会不见呢?再说死真的是永别吗?奶奶去世的时候,爸爸不是说,她去天上见爷爷了吗?

爸爸妈妈进来的时候,小璇还在想这些注定想不清楚的问题,但她已经学会了不再发问。每次问的时候,爸妈不是拿虚话敷衍她,就是流泪吼叫,小璇已经学会了装成开心的样子,让爸妈也开心一点。

妈妈扶她坐起来，喂她吃了两块可口的小蛋糕。小璇发现雪球不在这里，对一旁的爸爸说："爸爸，把雪球拿过来好不好？我想跟它玩一会儿。"

"你身子虚弱，就看看啊，不要摸它。"

爸爸把笼子拿进房间，放在她的床边，雪球又探头探脑地爬出来。小璇想起来，爸爸曾无意中告诉她，仓鼠只能活两年。她还想过，等自己上小学了，也许就看不到雪球了。但想不到，她会比雪球更早地离开这个世界。

小璇凑近笼子，似乎看到雪球有点不一样。

"爸爸，开下大灯，我想看看雪球。"小璇说。

"开灯对你眼睛不好。"爸爸说。

"哎呀，我就看一下雪球嘛。"

灯开了，亮度不算太高，但总也亮堂多了。雪球抬起前腿，直起小小的身体和她对视。乌黑晶亮的眼睛中充满了对世界的好奇。

但它的肚皮上有一小块黑色的毛，小璇记得，它明明是一只雪白的仓鼠，是什么时候长出黑毛来的呢？

难道它……

"爸爸——"小璇想跟爸爸妈妈报告她的这一发现。但抬起头，忽然发现，爸爸也变得和以前不一样了。

不知什么时候，爸爸的头发掉了一大半，脸上长出了许多皱纹，最可怕的是，他的左手尽管大部分笼在袖子里，露出头的部分却闪着金属的光泽，那竟然是一只机械手臂！

这真的是爸爸吗？还是某个机器怪物？她是不是还没有醒来，又或者还在那个怪异的甬道里？

她求救般地转向妈妈，却发现妈妈也变成了怪物，她脸上涂着厚厚的粉，但已经掩盖不住下面女巫般遍布褶皱的脸；她看起来是一头黑发，但发根处都是白色的了；她曾经丰满的胸脯也变得有些干瘪；她身上有小璇熟悉的气息，但又有一种怪异的陌生感……

爸爸不是爸爸，妈妈也不是妈妈！

两个怪物朝她走近："小璇，你怎么了？你要说什么啊？小璇？"

小璇想说什么，但说不出来，想躲开，又没有力气，她指着妈妈，喉头咯咯作响，然后翻了一下白眼，晕了过去。

返程日清晨

"小璇？小璇？"

小璇睁开眼睛，看到妈妈已经起床了，打扮停当，微笑着看着自己。她叫了声"妈妈"，脑袋还木木的，一时想不起来自己在哪里，睡觉前又发生了什么事情。

"你总算醒了，"妈妈说，"快起床，我们走吧，嗯？"

"我们去哪里呀？"小璇问。

"当然是回家，我们要回家了。"妈妈亲切地说。

"啊？！"

小璇一个激灵，坐起身来，她马上发现了一些奇怪的地方。第一，她的感觉和入睡前完全不同，那时候她身上又灼热又乏力，而现在她身上的烧已经退得干干净净，其他各种不舒服也无影无踪，就好像从未生过任何病一样。这种没有任何不适感的感觉……已经太久没有过了。

第二，妈妈看起来……真好看。她的脸蛋红润光洁，眼睛又大又亮，穿着某种颜色在流动的衣裳，时尚而美丽，几乎像是一个大姐姐。这让她立刻想起入睡前妈妈那几乎像是巫婆的怪样子，看来，那又是自己的幻觉。妈妈还是那个妈妈，甚至变得更年轻美丽……

小璇怔怔地看着妈妈："妈妈，你好漂亮啊。"

"哪有，"妈妈拧了拧她的脸蛋，"你这小家伙真会说话。对了，妈妈要送你一样礼物。"

妈妈从包里拿出一个丝绒盒子，说："打开看看吧！"

小璇好奇地打开盒子，发现里面是一根精致的银项链，上面还有一块心形红宝石的吊坠。那块宝石起码有她半个手掌那么大，色泽鲜艳如火，又幽深得仿佛藏了一个宇宙。小璇几乎立刻就爱上了这根项链。

"好漂亮呀……"小璇赞叹。妈妈又拿来一套新买的童装，让她换上。小璇从内到外都焕然一新，然后妈妈把项链挂在她的脖子上，带她去照镜子。小璇对着镜子照了照，发现自己面色红润,眼睛炯炯有神,华丽的蓝色丝带连衣裙配上亮闪闪的红宝石,看起来可爱极了。

但小璇渐渐想起了昨晚睡着前的情形,这反差也太大了吧?蓦然,一个有些吓人的念头涌上心间,她问:"妈妈,难道我们是在天堂吗?"

"天堂?什么呀!你也太有想象力了,哈哈哈!"妈妈笑了起来,笑得花枝乱颤,看起来不像是哄她。但不知怎么,这笑声又让小璇有一种陌生感。

小璇问:"妈妈,爸爸呢?爸爸在哪里?"

妈妈的笑声戛然而止:"你爸爸?他……哦,他有点事,今天来不了了。"

"那我们自己回家吗?爸爸是不是在家里等我们?"

"嗯……嗯,是吧……"妈妈含含糊糊地说,"起来,吃点早饭,我们就走了。"

小璇走到客厅,吓了一跳,一架像蜘蛛一样的大机器正在伸出许多机械手,将房间各个角落里的生活用品放进自己的嘴巴里。那机器看起来和前几天抓自己的机器怪物也差不多。

小璇往后一缩,问:"那是什么?"

"搬家机。"妈妈简单地说,"有它帮忙,回家就方便多了。"

"怎么来的时候没有用它呀?"小璇问。

"来的时候……没买,这回刚买的。"妈妈说。

小璇满腹狐疑,不过她已经感到了久违的饥饿,先去吃了饭。

早饭已经摆在了桌子上，煎鸡蛋培根卷和巧克力酱浇华夫饼，很好吃，但小璇刚扒拉几口，忽然想起来："哎呀，雪球！"她怕雪球的笼子给扔进那个什么搬家机的大嘴巴里，也许会摔坏它的。

她向客厅跑去，但差点撞到一个男人身上。"爸——"小璇喊了半声，忽然感觉不对，那个男人很高，比爸爸要高一个头左右，五官当然也完全不同，而且明显要年轻一些。

妈妈走上前来，说："这是麦克叔叔，是妈妈的朋友，来送我们回家的。快叫叔叔！"

麦克叔叔朝她俯下身来："你好啊，小璇。"他的声音很深沉，但似乎带着几分紧张。

小璇看着麦克叔叔，不知怎么感觉他好像有点面熟。"麦克叔叔，我好像见过你。"

"哈哈，"麦克叔叔笑了，"没错，我是一个网络节目主持人，可能你在视频上见过我。对了，你看，这是什么！"

他从身后拿出一个形似魔方的大方块，轻轻一拉，它变得透明，里面一只小小的啮齿动物好奇地直起身张望着。

"雪球！"小璇欢呼着，"它怎么在这里啊？笼子呢？"

"以前的笼子坏了，我帮你妈妈买了一个新笼子，高科技的，非常轻。"麦克叔叔说。

小璇看着雪球，发现它洁白如雪，肚子上也没有一根黑毛，一切还是老样子，昨天一定是自己看错了。小璇想。

返程日上午

小璇吃完饭,换好衣服,妈妈和麦克叔叔带她出发了,搬家机在肚子里装着他们的行李跟在后面。小璇一出房门,不禁倒抽一口冷气,门外的风景发生了翻天覆地的变化。山谷、小湖和雪山都不见了,变成了一片蔚蓝色大海,平缓的细浪在阳光中舒卷,小岛在海天线上时隐时现。小璇想起来文文的话,原来这里的风景的确只是一幅立体画。

"妈妈,为什么外面的风景都变了?"

"这……这世界变化很快,你觉得风景美吗?"妈妈答非所问。

小璇放弃了盘根问底,又想起另一个问题:"文文呢?他在哪里?"

"文文?哦,他跟他妈妈回家了。"妈妈说,"他昨天就走了。"

"可是你昨天也没说呀。"

"我昨天还不知道,刚知道的,是……是麦克叔叔跟我说的,对吧?"妈妈拽了一下麦克叔叔。

"啊?嗯嗯,是啊……"麦克叔叔含含糊糊地说。

不知怎么,小璇觉得妈妈和麦克叔叔之间有点奇怪。妈妈以前也没提过这个麦克叔叔呀?

"麦克叔叔,你认识文文的妈妈吗?"

"啊,这个……算认识吧……"麦克叔叔支吾着。

小璇觉得有些奇怪，忽然想到了一点："叔叔，你就是文文的爸爸吗？"

"不是不是，远房亲戚而已。"麦克叔叔忙说。

小璇还要问什么，忽然间，她眼睛亮了："爸爸！爸爸！我在这里！"

她看到了爸爸，他穿着一身休闲装，站在前面几十米外的"海滩"上，双手合抱在胸前，凝望着他们，但好像并没有迎上来的意思。

小璇开心地奔向爸爸，她感觉自己已经完全恢复健康了，小腿说不出的有力。她跑到爸爸面前，用力抱住他的腰："嘿，抓住你啦！"

爸爸没有像往常一样抱起小璇亲吻，而是轻轻推开了她，退开一步。这陌生的身体语言让小璇又觉得不对劲。

"爸爸……"她端详着眼前的男人。爸爸今天看起来年轻而帅气，一头好像是刚长出来的长发在海风中飞扬。这是假发吗？他看着她，神色很复杂，好像有点悲伤，有点好奇，又好像很冷漠。

"你还是来了。"妈妈走到爸爸面前说，但两人也没有很靠近。

"我总得来看看她。"爸爸说，露出了一个讽刺般的笑容，"她不是对我们来说最重要的一个人吗？总得亲眼看看吧。"

"那……你要跟我们回家吗？"妈妈问，"那里也是你的家。"

"不，看一眼就够了。我说过，这不是我的人生，我不想接受。"爸爸说,"小倩你呢?你真的打算和这孩子一起生活吗?你甘心过这样的人生?你也是?"

这些话,小璇一句话也听不懂,麦克叔叔说:"我们已经商量过很多次了,我们是因为她才走到一起的,我们放不下她。"

"傻瓜,"爸爸露出了有些玩世不恭的讥笑,这是小璇从未在他脸上见过的神情,"你们两个都是。算了,人各有志,反正我不奉陪了。"说完,他就转身离去。

"那你上次为什么要打给我那么多钱?"妈妈问,"如果你不关心这孩子……"

"别误会,我只是用来给我自己赎身,"爸爸回过头说,"我活了二十五年都没享受过的自由,现在终于有了!以后我不欠任何人的。"

"爸爸!你怎么了,爸爸!"小璇叫着,但爸爸不理她,反而越走越远。

小璇想,他们一定是吵架了,她回头说:"妈妈,你叫爸爸回——"

她忽然看到,妈妈神情哀伤地依偎在麦克叔叔身边,两只手紧紧地握在一起。虽然小璇还不懂得男人和女人是怎么回事。但她也依稀知道,这种亲密的动作是只有爸爸和妈妈之间才能有的,而不应该发生在妈妈和其他叔叔之间。她一下子明白了是怎么回事:一定是麦克叔叔把妈妈抢走了,所以爸爸才伤心地离开的。这个坏叔叔呀!

"你别碰我妈妈，放开她！"她叫道，用力去掰开麦克叔叔的手，她自然掰不动，但这么一来，麦克叔叔也不得不松手。小璇正要甩开他的手，却发现在手心处，有一道淡淡的疤痕。令她感到莫名的熟悉。

她惊愕地盯着麦克叔叔，从成年男人的五官中，渐渐认出了一个大头男孩稚嫩的面容："你……你是……"

麦克叔叔和妈妈对视了一眼，然后蹲下来，深深地望着她，嘴唇翕动着，终于吐出了几个字："我们终于又见面了，小璇。"

六十五年

"你是文……文文？"

小璇都觉得自己的问题很荒诞，但麦克叔叔竟然点了点头。

小璇呆了很久，忽然又明白了："文文，你吃了神药了吗？一下子变成大人了？"

妈妈插口说："对，陆思文……文文他……他吃了一种药，变成大人了。"

文文，或者应该叫他陆思文，摇头说："小倩，我们没有必要瞒着她，也瞒不了多久，我来说吧。"

他拉着小璇的手，在海滩上找了一个长椅坐下，望着海上那些无穷无尽的波浪起伏，过了一会儿才说："从哪里说起呢？我给你讲个故事吧，很久以前——真的是很久很久以前——有一个小女孩生了治不好的重病,眼看马上就要死掉了。她的爸爸妈妈没有办法救她,于是倾家荡产,把她送到一个地方去,这里有全世界最先进的技术,虽然不能治好她,但能够让她睡着,睡上五十年,一百年,将来的世界会发明出治愈她的办法。"

"就像童话里的睡美人一样吗?"小璇问。

"嗯,就像睡美人一样,睡一百年也不会有什么变化,学名叫作人体冬眠。但是如果她真的过好几十年后才醒来,她的父母肯定已经不在这个世上了。她的父母太爱太爱她了,舍不得离开她,无法忍受没有她的漫长岁月,于是每过三四年唤醒她一次,和父母团聚一天。

"小女孩什么都不知道,以为只是到外国去度假一个星期。但她不知道,每次醒来,都是几年之后了。每次她睡着后,就会被机器助手带去注入药物,放进特定的冬眠舱里,陷入漫长的睡眠……她的爸爸妈妈又要回到暗淡无光的生活中,去过好几年没有她的日子。他们还必须非常辛苦地工作攒钱,因为在这个地方冬眠和苏醒的费用非常非常高,对她的爸爸妈妈来说,在那些年中,他们唯一的幸福就是每过几年来到这里,和女儿在一起度过的一天。所以每次他们都要吃顿大餐来庆祝……"

"第一次苏醒的时候,小女孩在那个地方认识了一个小男孩,他也生了很重的病,也是每过三四年被唤醒一次,和家人团聚。那次,恰好两个人在同一天醒来了,在一起玩得很开心,他们的家长也希望在未来两个孩子能够做个伴,于是商量好了,安排他们每次在同一天苏醒。

"他们确实也成了很好的朋友，不过也出过一些差错，有一次因为男孩的母亲有紧急的事来不了，男孩没有被及时唤醒，女孩空等了他一天，但对男孩来说，这一天根本就不存在。男孩更加敏感一点，渐渐察觉到了不对，开始吵闹和不配合，差点闹出乱子。母亲只好不再唤醒他，让他一直沉睡了二十多年。后来有一天，治疗男孩疾病的新技术问世了。男孩被正式唤醒，接受了新疗法，过了一些日子，他康复了，回到了正常的人生。不过那也已经是他开始断断续续冬眠的四十多年之后了，他妈妈幸运地看到了儿子康复，但那时她已经年纪很大，一年后就去世了，而他爸爸……"

陆思文声音开始哽咽："他爸爸……其实他爸爸早在他冬眠的头几年就走了，只是妈妈一直瞒着他，那时候他什么都不知道，以为爸爸只是工作忙，不能和他一起度假。所以这个男孩从生理上来说还不到七岁，就变成了父母双亡的孤儿，只能一个人去学习适应四十年后本不属于自己的新世界。"

小璇努力地听着，尽管许多内容都听不懂，但她仍然听懂了一点："那个男孩就是文文！也就是你！而那个女孩就是……是……是我？"

"是的，那男孩就是我，女孩就是你。我苏醒后过了几年，当然也明白了一切，很想回到医院，找到当年的你。只有你和我有着一样的命运，也说好过一起做伴，但时机一直没有成熟。最后，我长大了，上了大学，有了工作，成了能够做自己想做的事的大人，回到疗养院——或者说冬眠中心——问到了你的情况，你还在沉睡中。不过这时候已经诞生了新的医疗技术，有很大希望能治愈你的病，等再过几年，技术投入应用，就可以唤醒你了。我也认识了你的家人，和他们成了……成了朋友，所以就一起来接你出院。"

"所以，你和妈妈一起来接我……"小璇说，她当然明白了那个女孩是谁，"但是……但是为什么爸爸走掉了呢？"

"你爸爸其实——你妈妈也——"陆思文欲言又止。

"这是大人的事，"另一边的妈妈温柔地接口，"爸爸和妈妈有些想法不一样，所以他离开了家，但这一切和陆思文叔叔没有关系，你将来就明白了。"

"那，爸爸是不是不爱我了？"小璇说。

"不，你的爸爸永远爱你，你都不知道他有多爱你。"

"那他会回家看我吗？"

"应该会的。不过我们先回家，再一起等他，好不好？"妈妈拉着小璇站起来。

小璇还是有些疑问，但一时也想不到问什么。再说她也想回家了，想回去见到邻居家的那几个小伙伴。

他们走到出口处，某种自动运行的传送带把他们传送出了门口。但小璇没有见到来时的公路，而是发现自己站在高处一个奇怪的平台上，几十架大大小小、形状各异的飞行器在头顶起起落落，就像停车场一样。周围的山峦仍在，但远处比山还高的建筑林立，有的甚至与天空连接，宛如擎天之柱……这是她从未见过的景象。

小璇好奇地观看着。这就是未来的世界，她已经在未来了。

这陌生的景象让小璇想起了那个真正重要的问题："那么，过去多久了呢？自从我那个……'冬眠'以后？"

妈妈和陆思文又对视一眼，妈妈说："小璇，你要有心理准备。那是一段很长很长的时间。"

小璇点了点头，妈妈接着说："从你第一天到这里，到今天离开，已经过去了……六十五年。"

"六十五年。"小璇重复了一遍，"哦，六十五年。"一个念头忽然在她脑海闪现：那些邻居家的小朋友，她可能再也见不到了。因为他们已经变成了大人甚至老人。但是……

"但是妈妈，你和爸爸为什么一点也不老，而且还更年轻了呢？"小璇又问。

妈妈笑了："因为医学进步以后，科学家也发明了新的药物让我们变年轻了呀。怎么样，你觉得妈妈好看吗？"

"好看，"小璇衷心地说，"将来我也想像妈妈一样好看！"

尾声

私人空天机起飞，加速，飞出大气层，跃入太空。下方，二十二世纪的地球流光溢彩，变化万千；上方，宏伟的空间站如传说中的天宫般巍然高悬，甚至在月球上也可以看到人类的几座大型基地的踪影。

女孩看了半天的风景，兴奋了很久，但终于偎依在女人的怀里睡熟了。女人将头倚靠在男人的肩膀上。男人抚摸着她的长发："为什么不告诉她真相？"

"你已经告诉了她足够多的真相，"女人幽幽地说，"但是这个……思文，不要对一个孩子太残忍了，况且这也是爸妈本来的计划。"

"我始终觉得叔叔阿姨的这个主意太冒险了，"陆思文说，"克隆一个自己，再把他们养大，让他们代替自己成为亲生女儿的新父母。他们甚至没有想明白，从小一起长大的兄妹，即便没有血缘关系，也不可能成为夫妇啊！"

"他们只是怕女儿将来成为孤儿，无依无靠，"女人凝视着女孩沉睡的面庞说，"他们以为凭借天生的血缘，父母的爱也会在另外两个个体身上同样持续下去。父母的爱盲目而又深沉，你想，为了不让女儿察觉时间的变迁，他们使尽各种手段掩盖岁月的痕迹，甚至还安排了一只作为道具的仓鼠，每次唤醒女儿，都换一只新的……"

"但在你哥身上，他们失败了，他受不了这样被操纵的人生。"

"我理解哥哥，"女人叹息，"其实我也叛逆了很多年。即使现在，我也不能说是全盘接受他们的安排。但在妈妈临终前，我想明白了，尽管我是因为她真正的女儿而生的，但我知道她也的确很爱我和哥哥，我们并不是单纯的工具，也曾拥有幸福的童年和少年时代，又何必计较那么多呢？这份爱让我理解了妈妈。我既然已经代替小璇得到了她的母爱，现在也是时候将这份爱传递给小璇了。"

陆思文轻轻吻了吻她的脸颊："小倩，你太善良了，所以我才爱上了你。"

丁小倩笑啐："我看未必，如果你多冬眠二十年，和小璇一起长大，也许你会爱上她吧？"

陆思文认真地想了想，说："也许会，但那个陆思文也就不是今天的我了。是我们爱的人，才让我们变成了我们自己。"

丁小倩心中感动，吻了吻丈夫，微笑着说："希望爸妈也能看到我们还有小璇在一起的幸福……"

她擦了擦自己的眼睛，凝视着小璇胸口的项链，殷红的钻石吊坠像是一朵永不熄灭的火焰。丁小倩想，偌大的两个人，骨灰竟然能够熔成小小的一颗钻石，就这样守护在爱女身边。虽然这并不是他们留下的遗嘱，而是陆思文的主意，但这样的安排也实在再妥当不过。

流 年

2036

他们告诉我，冬眠是一个平静的过程。你躺进全封闭的冬眠舱，周围急速灌满液氮，温度在十秒钟内下降到零下二百度，你的一切生理机能在瞬间停止活动。你不需要被麻醉——冰冻比麻醉要迅速得多。事先注射的活性分子液会让你的身体保持柔软，阻止冰晶的形成，保护你的细胞膜不被毁坏。你的身体会完好无损地凝固在时间深处，直到未来苏醒的那一天。

事实上根本不是。液氮一进来，我就感到身上冰冷刺骨，酸麻难当，像一千把冰刀刮着每一根骨头，不知是哪里出了差错。

我想呼救，但身体仿佛已不复存在，只有痛楚在黑暗中绞动。

不知过了多久，眼前出现了光亮，我终于有一丝力气缓缓睁眼。舱盖已经打开，几个晃动的人影从模糊变为清晰，是冬眠中心的金医生和几个护士。母亲坐在我左边的椅子上，满头花白，一双老眼关切地望着我，就像刚才进舱之前那样。

"妈……"我虚弱地喊了一声，"出什么事了？"

她激动地问："小宇，你感觉怎么样？"

"我……还好。"我有气无力地回答，痛苦逐渐消退，但疑惑随之升起。"金医生，出了什么问题？为什么还没开始冬眠？"我问一边站着的白大褂。他并不是真的医生，只是冬眠中心的技术总监，不过有一个医学博士的学位。

"林先生，"金医生低下头，摸了摸我的额头，"一年的冬眠已经完成，今天是2036年10月7日。"

"开什么玩笑？"我有些愠怒。整个过程中我根本没有睡过去，最多是刹那间有点恍惚，睁开眼睛一切也依然如故，怎么可能过去了一年？

"林宇……"

我望向床的另一边，才看到了确凿证据。

我的妻子方薇站在那里，就像一两分钟前的那样，面色惨白，瘦削得像一株细竹。她穿的也是和我进冷冻舱之前一样的衣服，一条白色连衣裙，搭配着橘红色的真丝开衫。她眼角似乎多了几条鱼尾纹，发型好像比刚才长了一点？我不确定。

无可置疑的证据在她怀中。一个小男孩坐在她手臂上，头发浓密，留着微卷的刘海，穿着"灰太狼"童装和浅咖啡色的长裤，脚上套着一双锃亮的黑色小皮鞋。他正一边吃着手指，一边带着好奇盯着我看，眼眸清亮，看起来至少一岁半了。

而五分钟以前——我记忆中的五分钟以前——在她怀里的是一个婴儿，头发稀稀拉拉的，手脚乱动，哇哇大哭，整张脸皱得像个包子。

"轩轩？他……他是轩轩？"

方薇带着泪水点了点头，对男孩说："看，是爸爸，快叫爸爸！"

我想要起身，却坐不起来，母亲和一个护士过来扶住我，让我支起上半身，更清楚地看到眼前的孩子。我从他的脸上依稀认出了轩轩的轮廓。但他没有婴儿的痴肥，而有着更清晰的个人线条：高额头，大眼睛，鼻梁有点塌，嘴巴小巧，三分像方薇，倒有七分像我。他在我这个病恹恹的光头面前有些害怕，哼哼唧唧，挣扎着转向方薇。

虽然从来没有见过这个模样的孩子，但我可以一眼肯定，他就是轩轩。

这是我的骨肉，我的血脉，我一岁半的——本来不可能见到的——儿子。

毫无疑问，我已经抵达了一年后的未来。

2035

"你必须去冬眠中心!"

方薇在身后对我大声喊着,不知道是第几次了。

我的话语在喉头被一阵潮涌般的恶心淹没。我趴在马桶边,胃部歇斯底里地翻涌,吐出一切可以吐的东西,仿佛我的身体也在绝望地自救,要把那些不断增生的肿瘤细胞排出去。但这些日子我已习惯了呕吐,这对我甚至都算不上难受,比起撕扯着五脏六腑的剧痛,只是小小的腹部按摩。

"我已经想清楚了,"等我的呕声稍止后,方薇才继续说,"技术上,人体冬眠虽然刚刚民用,但是应该已经比较保险,不用担心;经济上,公司转让之后,我们家完全能支付得起,还有足够的钱养一家老小。你之前尝试的那些疗法,有几种很有希望,比如逆转录病毒疗法和T细胞免疫疗法,只是还不成熟,需要时间去发展。半个世纪以后,肯定可以……"

"我不是说过了,"我虚弱地按下马桶上的冲水键,"除非你们也一起冬眠,否则我不会去的。"

"别任性了好不好?家里的钱哪供得起大家都冬眠。"方薇低头帮我擦拭嘴角的脏东西,我看到她眼角的皱纹又深了。

"我一个人去有什么意义?"我摇头,"你们所有人都留在2035年,再过五十年,就算我的病能治好,妈肯定已经走了,你也七老八十，就连轩轩也认不出了。"六个月的儿子正被我妈带着在楼上熟睡，我想象着睁开眼睛，就看到一个比自己还大一轮的大叔尴尬或冷漠地站在我面前。

"你以为我想让你去？你去了对我来说和死了有什么区别？但你如果不去，也许下个月就……就会……"她的声音抖得如风中的树叶。

"就会死么，"我帮她补完，"死就死呗，有什么了不起。"

我一头躺倒在床上，方薇默默走回了卫生间，片刻后，里面传出了女人抑制不住的呜咽声。

我的目光停留在头顶的西洋古典画上，那里微笑的天使在云端飞翔，就像我本来的人生，我纳闷自己是怎么掉下来的。

半年前，我还觉得自己生活在云端。我在美国的名校拿了博士，回国后又创办了新兴的智能玩具企业，短短几年，公司已经占领大半个中国市场。妻子方薇是一个文静腼腆的女孩，相识那年刚研究生毕业不久，身上还带着大学生的单纯率真。在我见过的女人中，她不算最美，但气质让我心动。认识半年后我们举办了堪称奢华的婚礼，去欧洲度了蜜月。婚后我全款买了一栋带花园的独栋别墅，把母亲接来和我们一起生活。母亲催促我们要孩子，我也觉得是时候了，努力了几个月大功告成，生了个胖小子，取名林子轩。

轩轩出生时，我的人生几乎是完美的，如果要说有什么缺憾，就是父亲走得早了点。他去世那年我才四岁，只有一点模糊的印象。家里一直摆着他一脸严肃的遗照,我每年也跟着母亲去上坟,但也没什么怀念之情。对我来说,他就和家谱中十几代以前的祖先一样,只是一个名字。

轩轩满月后的第二天早上,一阵来自胃部的剧痛让我明白,父亲从未真正离去,他的阴影一直笼罩在我身上。

父亲死于三十三岁,胃癌,发现时已经是晚期——就和我一样。

我呆呆地望着天花板,想象着下个月或下下个月,自己被推出病房,送进焚化炉,在烈焰中化为青烟。母亲年事已高,我走后恐怕熬不了几年;方薇那么年轻,一定会嫁给其他人,还不知是什么阿猫阿狗;轩轩将来不会对我有任何记忆,我在他心目中怕是比父亲在我心目中还不如。他会在另一个家庭长大,被欺负,被家暴……

我不想这样死掉,我攥住床单,发出无声的呐喊,让我继续陪在家人身边,哪怕区区几年也好。

那一刻,我明白了当年父亲的痛楚。他离开人世时,一定也曾像我一样挣扎过,祈求过,哭喊过,怀着对母亲和我的无限牵挂,但我这个浑蛋儿子,竟一点不知道,也不关心。

比起父亲的时代,医学并没有多少进步,癌症还是不治之症。的确,我们能冬眠了。但冬眠一样是和家人永别,而我只想陪在家人身边,和他们一起共度余下的人生。

"好了,那三十年怎么样?"方薇又出来了,带着几分怨气说。

"三十年？"

"嗯，"她坐在我的床边，眼睛还红红的，"冬眠三十年。那时候我还不是太老，也就六十多岁吧。"她苦涩地笑。

"三十年，三十年……"我掂量着其中时间的分量，思潮翻涌，三十年后，还是一个陌生的世界吧？也许二十年会好一点……不，还是太长了……十年呢？那好像又太短了……那就再冬眠十年，等等——等等——

我脑海深处忽然闪过一个怪诞的念头，初看起来简直是发疯，但我认真思索了一下，好像也没有不可行的地方。我真的能做到吗？

天使从天花板上投下鼓励的笑容，让我一下子做出了决定，我一把抓住方薇的手，她诧异地看着我。

"听我说，"我感受着她手掌的温暖，深深吸了一口气，"我有办法，可以陪你白头到老，看着儿子长大，我保证。"

2036

金医生给我做了简单的体检，发现没什么问题，然后就把时间交给了我的家人。我笑着迎向他们，特别是儿子。

轩轩毕竟是一岁多的幼儿，对我的疏远很快就冰消雪融。一小时后，他坐在我身边，乖乖地听我给他念绘本故事。只是当方薇让他叫爸爸的时候，他傻笑着不开口。方薇塞给我一盒玩具，让我拿给轩轩玩。我看着十分亲切，那是我研发的变形积木。有五种颜色，不同的颜色碰到一起会发生形状变化，有的相互嵌合，有的相互排斥，要费点心思才能玩好。

轩轩一会儿拿起这个，一会儿拿起那个，不知道怎么弄。我笑着给他演示，花了一会儿工夫搭出了一只小狗，小狗完成后，积木自动勾连成固定的结构，发出闪光和乐声，我把它递给轩轩。"狗狗，狗狗！"轩轩拿起小狗，咿咿呀呀地叫起来，还配合着音乐，像跳舞一样笨拙地扭动着小屁股。

"真想不到，"我低声对方薇说，"一转眼——真的一转眼——就那么大了。怎么能这么快呢？一下子就是一年，他第一次爬，第一次站，第一次走路，第一次喊人……我都错过了……我……"我一阵鼻酸，强行忍住了嗓子里涌动的哽咽。

方薇飞快地擦了擦眼睛，笑着摇头："不是，你没有错过。"

"什么？"

她晃了晃手机："这一年中好多好多的重要时刻，我都录下来了，今天你可以看个够！"

"太好了，亏你想得到！"我想马上就看，但是轩轩拿着玩具狗跌跌撞撞冲向我，倒在我怀里，对我露出甜甜的笑靥，我明白他的意思：让我再给他拼一个小动物。我又想看那些视频，又想陪轩轩玩，一时犹豫不定。方薇对我眨了眨眼睛，把手机打开，变成放映模式，轩轩的影像投影在了雪白的墙上，这样我就可以一边看着视频，一边和儿子继续玩耍。

我拼着玩具,看着视频,同时还在和母亲、方薇聊天,想知道这一年发生了什么。一年似乎不长,但外界和周围都发生了很多事:美国遭到了一次大规模恐袭,非洲发生了一场战争,英国王储去世,中国启动太空城项目,轩轩发过一次高烧,烧到四十度,我的下属李海泰创办了一家新公司……我从她们的讲述中汲取着已逝去的时光,却宛如以手掬水,又看水从指缝中流走。

"爸爸!"

轩轩用小手拍我的大腿,不满地叫了一声。大概是嫌我陷入沉思,没给他继续拼小猴子。我愣了一下,难以置信地看着他的眼睛:"轩轩,你叫我什么?轩轩?"

儿子反而有点害怕地缩了回去。"再叫我一声呀,轩轩!"我急切地盯着他的眼睛说。

轩轩也看着我,黑亮的瞳仁骨碌碌地转着,不明白眼前这个气喘吁吁的大人为什么这么激动,犹豫了一会儿,才又轻轻嗫嚅着道:"爸——"

"轩轩!"我激动地想把他抱起来,忽然间觉得喘不上气,一阵恶心从腹部上涌,想去卫生间也来不及,一下子弯下腰,剧烈呕吐起来。

2037

意识再次被从内到外的寒冷所唤醒。眼前出现了晃动的光影,我睁开眼睛,一时不知身处何时何地,自己是何许人。

"轩轩,看,爸爸醒了!"

这声音让我找回了自己。我看到光影凝结成眼前一个抱着孩子的温柔少妇,那是方薇,容貌没有什么变化,但换了一件鹅黄色的小衬衣,微微丰满了一些,怀里抱着一个孩子,自然就是轩轩。

但这又是一个陌生的轩轩。他蹿高了一大截,脸型更显露出来,小胳膊小腿更加健壮,衣服也完全不一样了。

"2037……"一阵难以名状的战栗从我全身流过,"又到2037年了?"

这就是我的冬眠方案:每年苏醒一天,仅仅一天,和家人一起度过。

多次冬眠再解冻比一次性的贵很多,我的积蓄最多能承担三十年,但差不多也够了。三十天,三十年,哪怕没有找到合适的疗法,我也能用剩下的一个月陪伴家人走过漫长的人生。听起来是完美的方案。

但现在,我感到了时间飞逝的可怖。还来不及跟上上一年,一觉醒来,已经又是三百六十四天之后,这违背人最根深蒂固的生命感受。我在心底渴盼方薇告诉我弄错了,我还留在2036年的那天夜里,或者是第二天也好,但她却说:"是啊,2037,你这次解冻时在熟睡中,金医生给你检查了身体以后就先走了。"

我暗叹一声,转向孩子,强笑着:"轩轩,你又来看爸爸了?"

轩轩带着几分茫然和畏惧看着我，想了想，回头认真地对方薇说："他是叔叔，不是爸爸！"他的语言能力突飞猛进，已经可以说出完整的句子，只是发音还奶声奶气的。

"瞎说，这不就是爸爸！"方薇笑骂。

"小坏蛋，你爸爸去年跟你玩得那么开心，你不记得了？"我又听到母亲的声音，转过头，她还是坐在病床边上，头发已经变得完全银白，但看起来精神还矍铄。

但孩子还是噘着嘴说："就不是爸爸。"

我合上眼皮，似乎还能看到昨天那个叫着"爸爸"的小家伙，我花了一天时间和他从陌生到熟悉，分别时他还频频向我回望，口中"爸爸爸爸"叫不绝口。但现在，面前却几乎是另一个孩子。那个我刚刚认识的轩轩呢？他到哪里去了？

我打了个寒战：那个轩轩消失了，再也不会回来。

我环顾着有点陌生的亲人们，这不就是我想要的吗？我能够每年和他们一再相聚，知道他们这一年是怎么过来的，分享他们的喜怒哀愁。但也许我错了，我仍在不断失去他们。刚刚认识，就又远去，化为时间深处的幻影。

轩轩忽然尖叫起来，挣扎着从方薇的怀抱中跳下来，向门外跑去。"不要爸爸，不要妈妈！讨厌！都讨厌！"

方薇追了出去。母亲扶我坐起来，对我说："小宇，你别生孩子的气。"

我苦笑了一下："我跟孩子生什么气？"

"是妈不好,这两年太宠他了,"母亲说,抹了抹眼睛,"方薇还说我来着,可是我一看到他,就好像看到了小时候的你……就想对他好一点……"她开始哽咽。

"我知道。"我不知道说什么好,"我知道的,又一年过去了,辛苦你和方薇了。"

"妈想你啊,"母亲哭得更凶了,"可是一年才能见你一次,妈也没几年好活了,不知道还能见你几次——"

"妈你说这干什么!"我也鼻子发酸,强行打断她说,"你一定能长命百岁的,等哪天癌症攻克了,那时候我们一家要和和美美地生活在一起,我要好好孝敬你呢!"

母亲说不出话,只是擦拭着泪水,头胡乱摇晃着,不知是摇头还是点头。

方薇拉着满脸不高兴的儿子进来了。我挤出一个笑容:"轩轩来,看爸爸给你变个魔术!"不能毁了这一天,我下了决心,每年只有十几个小时,我一定要和家人们开开心心地度过。

轩轩有点好奇地看过来。我对方薇说:"给我一个硬币。"

方薇递给我一个硬币,朝我眨了眨眼睛。她知道我要干什么:这是我和她第一次约会的时候就表演过的节目。

我把硬币抛起,接住,合在手心,打开双手,硬币消失了——被一个简单的障眼法藏在了衣袖里,我怕自己身子虚弱,动作不灵。但轩轩一点没看出来,把小脑袋凑过来端详着,连声问:"它到哪里去了? 哪里去了?"

我又打开手心，硬币又回到了那里。

"咦！"轩轩发出好奇声，"从哪里出来的？"

"轩轩乖，"我狡黠地说，"叫一声爸爸，我就告诉你。"

"不要！"他头摇得跟拨浪鼓一样，"不叫不叫！"

"那你就叫半声嘛，叫声'爸'就行。"我逗他。

轩轩的眼珠转了几圈，似乎觉得这个交易很可行："好吧，ba！"他好像觉得很得意，绕着自己转起了圈圈，一边转一边叫道："ba！ba！ba！"

我开怀大笑，又把闪亮的硬币抛向天花板。轩轩举起双臂，发出尖得可以刺破耳膜的欢呼。

2038

"鹅，鹅，鹅，曲项向天歌，白毛浮绿水，红掌拨清波……"

轩轩摇头晃脑地在我面前背着古诗。两岁半的他刚刚和我熟悉起来，一睁眼又变成了三岁半，他看上去长大了不少，身高超过了一米，模样也成熟了很多，像个小大人。这孩子好像是好多个俄罗斯套娃，一个接一个地装进了更大一号的模子里。

"轩轩乖，是妈妈教你背的吗？"我问他，却望向站在一边的方薇。这次她看上去反而年轻了一些，剪了短发，穿着利落的黑白条纹T恤和短裙。

"幼儿园老师教的，"母亲接口说，"轩轩已经上幼儿园了，还是双语的,现在会了好多英语。"

"轩轩,告诉爸爸,英语怎么叫爸爸?"方薇问儿子。

"Dad!"轩轩响亮地回答,又小声问方薇,"妈妈,他真是爸爸吗?"

"你不是天天说要找爸爸吗,这就是爸爸呀!"

轩轩的脸上绽放开了笑容:"那我也有爸爸了,是不是?以后我可以跟木木、玲玲、艾米丽他们说,我不但有妈妈和奶奶,也有爸爸了!"

"你当然有爸爸,"方薇说,眼睛又红了,"一直都有。"

"那爸爸明天能来幼儿园接我吗?"孩子天真地问。

"爸爸要……"方薇语塞了一下,"去很远的地方,不能来接你。"

"来一次就好嘛,这样我就可以跟他们说,我也有爸爸了呀!"

隔着一层水雾,我眼前的一切开始变得模糊,身后传来了母亲压抑不住的啜泣。"轩轩,你过来。"我对儿子说。

他走到我面前,好奇地打量着我。

"爸爸一直在,"我说,"总有一天,爸爸会来接你,陪在你身边的。"

"那我们拉钩。"他伸出一根手指,和我轻轻拉了一下,笑了。

2039

我在钻心的剧痛中醒来,家人似乎都围在我身边,可形象影影绰绰,声音像是从很远的地方传来的。我听不清,也无法回答,只是大叫、哭喊、呻吟,一定把儿子吓坏了。

金医生给我打了一针,我稍微舒服了一点,但一阵倦意袭来,意识又模糊下去。我告诉自己不要睡去,否则一年白白消失了,但没有用。周围的人像是井壁,我在深井里,不断地下坠,下坠,直到沉入无意识的渊底。

2040

我再次醒来的时候,发现自己在一个陌生的房间里。感觉比以前舒服得多,唤醒过程也没有前几次那么痛苦,仿佛只是从酣畅的睡眠中苏醒。

"林先生,欢迎来到2040年。"金医生对我说,不是真人,而是一个悬浮在空气中的三维图像,忽闪忽闪地,像老科幻电影里的场景,我意识到,又过了两年,这是一种以前没有的技术。

"从今年初开始,冬眠复苏技术已经升级,可以自动操作。您的病痛已经被控制住,这次我和护士就不过来了,祝您和家人度过美好的一天。有问题请随时召唤。"说完简短的欢迎词后,他消失不见。

我看向周围,一个孩子坐在我面前的地板上,盯着光影闪烁的墙壁。这也是一种新科技,整面墙都变成了显示屏,还是立体的,放着一部好像是新出的动画片,一只金光闪闪的机器猴在和一群张牙舞爪的大章鱼打仗。

轩轩的注意力在动画片上,口中还念念有词,并没有发现我醒来了。母亲还是如常坐在我身边,但没有看到方薇。

"小宇,你终于醒了?"母亲把我扶起来,两年不见,我发现她似乎也年轻了几分,甚至头发也黑多白少了。不过方薇呢?

母亲看到我探询的目光,知道我在找什么,说:"方薇去美国出差了,那边刮飓风,航班取消了,她来不了了……不过没关系,一会儿你们可以立体视频通话,和在你面前没什么区别。"

"出差……她出去上班了?"

"家里不能老靠你的积蓄,"母亲的声音沉重起来,"你不知道,前年开始全球金融危机爆发,通货膨胀得很厉害,光幼儿园一年就得五十多万……唉,方薇不让我说……"

我想问一下家里的财务状况,不过想想知道了也没用。"那她在哪家公司?"

"星联网络,"母亲说,我没听过这个名字,她又补充,"就是李海泰办的公司,现在挺火的,好像全国能排到前几。"

我又被一阵晕眩感笼罩,李海泰曾是我的下属——对我来说是几个礼拜以前的事。如今却已经取代了我,我老婆还在为他打工。外面的一切正以我无法理解的速度变得面目全非。

"方薇挺不容易的。"母亲又幽幽地说了一句,不知指什么。我不想谈这个话题,转向儿子。他已经看完了动画片,正在玩一个机器猴的玩具,巴掌大小,样子和屏幕上的差不多,但纤毫毕见，每个组成部分都很清晰，原来是个机械化的孙悟空。它站直了身子，嘴巴一动一动："外星妖怪，俺老孙来也！"然后翻起了筋斗。

去年——不，是六年前了——我曾经想开发过类似的智能玩偶，但是受限于成本的高昂放弃了，但如今这只活生生的机器猴在我面前做着高难度动作，提醒我时代已今非昔比。

"轩轩，这个……孙悟空是妈妈给你买的吗？"我问他。

"海泰叔叔送给我的！"他骄傲地说，"是他们公司的最新产品，还没上市，全世界就我一个人有！"

怎么又是他？我心中一动，望向母亲，她的目光不自然地移到一边，装作在看墙上放的广告。我忽然明白过来，一阵难以置信的愤怒涌上心头。

我的脸色一定很难看。母亲犹疑地开口："小宇，方薇没什么，只是那个李海泰一直到家里来……唉，你也要理解她。"

我愣了一下，才明白妈妈没有说出的潜台词。如果我死在五年前，今天方薇当然是自由之身，如果我冬眠个五十年，按冬眠法规定，很多民事权利与死亡无异，她也会有自己的新生活。但我每一年都会醒来和她见面，就仿佛只是两地分居。这成了方薇头上的一道枷锁，在余生的岁月里，她只能一直守着我这个名存实亡的丈夫，自己把孩子拉扯长大，还要照顾日渐老迈的婆母。

愤怒化为愧疚，又变成了难以名状的悲凉。我知道自己无权要求方薇的忠贞，但还是有一种强烈的荒诞感萦绕心头：几天以前，你们还拉着手山盟海誓，几天之后，她就嫁给了别人。

但我也明白，对方薇来说，这不是几天，而是许多年，我和方薇活在不同的时间里。

"轩轩，妈妈喜欢海泰叔叔吗？"我问儿子，母亲想说什么，但欲言又止，只是叹了一口气。

轩轩有点困惑想了想，然后答非所问地说："我喜欢海泰叔叔。"

这就够了。

"那你想让他当你的爸爸吗？"我又问。

轩轩困惑地眨了眨眼："可我爸爸不是你吗？"

我们已经不再玩"叫爸爸"的游戏了。轩轩开始明白事，也懂得应该叫我爸爸，但"爸爸"这个词在他心中，大概还没有"海泰叔叔"有分量。我已经错过了和他建立亲密情感的最初几年，永远错过了。

但无论如何，我活到了五年以后，还会再撑许多年，我可以看到儿子长大、上学，也许还能见到他成家立业。他会理解我的，等他有了自己的孩子，就像我理解了父亲一样。

腹部不知怎么又疼了起来，好像有一只叫嫉妒的虫子在那里啃啮。我忍着疼，对轩轩挤出一个笑容：

"让爸爸给你一个新爸爸，好不好？"

2041

方薇站在我面前，我打量着她，她身穿一件修长的驼色风衣，里面是火红的打底衫。这些年她没有变老,却变得更成熟,更自信,眉目间带着风霜磨砺出的干练,她不再是几年前那个依偎着我的小女人,而有一种独立洒脱的美。是李海泰成就了她,也可以天天欣赏这样的她,我酸涩地想。

我与她的眼神交碰,她眼神中有一种让我害怕的东西,良久,她慢慢地抓住了我的手。

"林宇,"这次她的手有些僵硬,"我……要跟你说一件事,你……要有心理准备。"

我明白了。去年冬眠之前,我遣开其他人,录了一段留言发给方薇,让她下一次带着离婚协议书来,我随时签字。

"干脆离了吧,"我故作大度地说,"我本来早该化成灰了,现在每年还能见到你们,已经心满意足。你有权利寻找新的幸福,也有义务给孩子一个完整的家庭。"

卑怯的我虽然说了一堆门面话,内心仍然希望这个答案是"不"。但从她的表情中,我已经猜到了她的回答是什么。房中只有我们两个,母亲和轩轩都不见踪影。显然是特意给我们独处的空间。

"我早准备好了,"我勉强维持着男人可笑的尊严,"我还急着去三十年后找下一任呢。文件拿来,给我签字吧。"

"不,"方薇摇头,"不是这件事……"忽然间,她的冷静和干练荡然无存,莫名地哽咽起来,泪花开始出现在眼角。

我开始觉得不对,一个比离婚可怕千百倍的念头跃上心头。

"轩轩，轩轩怎么了？！你说话呀！"

"不是轩轩……"她在嗓子里发出呜咽，"是……是妈……走了……"

眼前一切分明在那里，却又纷纷离我而去，我如同陷入一片看不见的沼泽，无法动弹，甚至无法思想。

"不……不会……"我过了一会儿才发出一点呻吟，"你胡说……胡说的……我……我要去找妈……"

方薇轻轻抱住我，好像抱住轩轩一样。不知怎么，这动作让我安静下来。"林宇，你听我说。"

方薇告诉我，这几年母亲虽然身体不好，但要再撑几年本来是没问题的，可她总怕我醒来见不到她，所以偷偷进行了一种据说能永葆青春的疗法，把全身的血换了一遍。一开始的确立竿见影，让她变年轻了一阵子，但那其实是靠透支身体的骗局。去年年底，母亲在几天中忽然老得不成样子，被救护车拉到医院，从此再也没出来过。

母亲苦熬了大半年，想和我再见上一面，但最后还是撑不住了，一个月前溘然长逝。方薇在李海泰的帮忙下，料理了她的后事。

我哭得昏天黑地，直到剧痛发作才把我从悲痛中暂时拯救出来。但这一晚，当我再次进入冬眠舱时，我想到了小时候母亲把我拉扯长大的许许多多事，失去母亲的痛楚还将持续很多日子，或者说很多年。间断冬眠是多么奇怪的事，欢乐的时光暂如梦幻泡影，而痛苦却跨越漫长岁月，如影随形。

2045

我站在一个雅致的庭院中间,脚下的青草在空心地砖间生长得郁郁葱葱,正前方有一个小喷泉,清澈的泉水从池中央希腊式的少女雕塑手捧的花瓶里涌出,又飞落在她脚下的池子里。头顶是葡萄架,一串串的深紫色的葡萄从头顶垂下来,透过葡萄藤的空隙可以看到蓝如宝石的天空。

那是我很熟悉的地方:我以前那栋别墅的庭院,是方薇亲自设计的,我们曾在这里度过好几年的欢乐时光。但为了治疗和冬眠的费用早已把它卖掉了。实际上,我还是在新冬眠中心三十层的楼上,只是戴着一副最新款的隐形VR眼镜,这些年来,虚拟实境技术的进步几可乱真,通过对以前照片和视频的复原和模拟,让我重返昔日的家。

我站了很久,看着葡萄架下的一把藤椅发怔,以前妈妈最喜欢在这里打毛衣,轩轩最初的几件小衣服就是她在这里织出来的。但现在这里只有一把空椅子。

方薇好像也发现了我的心情又低落下去,捅了捅我,向前一指说:"你记得吗?上次有个女孩要摆一个造型,结果没站稳掉进了喷泉里,浑身湿透了。"

我嘴角也泛起微笑。我怎能不记得?那是轩轩满月那天,可能是我一生中最后一个无忧无虑的日子。我们摆了满月酒,把很多亲戚朋友都请到家里来，整整一个下午，就在院子里喝茶，吃点心，聊天，消磨午后的悠长时光，畅想着未来。

第二天，胃疼就把我送进了医院。

我摇了摇头，让自己不去想那些不开心的事，说："当然记得，不就是小姜么。"

"哦，对，是小江……你们公司的职员。"

"不，那个是江海的江，这个是生姜的姜，是迈克带来的女朋友。"

"哪个迈克？"方薇露出更加茫然的神情。

"迈克啊，就是发型很搞笑的那个男生，你不记得了？"

方薇摇了摇头。我告诉她："迈克是我以前留学时的师弟，来过我家好几次呢。这才多久，你就——"

我忽然说不下去了。我明白过来，对我来说那次聚会只过去了半年多，但对于方薇，一切已经是十年前的陈年旧事，十年里发生了那么多的事情，她自然会忘掉十年前几个不熟的客人。

我们已经不在同一条时间线里。对方薇来说，我冬眠后的日子已经比当年的恋爱结婚还要长得多，但我本质上仍活在2035年，时间感受甚至还没有越过一个月。

我只是一个来自过去的影子，和周围的景物一样。

我又想到了我们那名存实亡的婚姻。过去几天（年）因为母亲过世，我一直心绪低落，方薇也就没提这事。我潜意识里也想当它不存在，但终究是避不开的。

尴尬的沉默持续了半分钟，我终于开口："都十年了，还说这些旧事干什么？那份离婚协议早点签了吧。"

我想过她会答应或拒绝，但她的回答却超出了我的想象："其实不需要签那个。它对我……没什么束缚。"

我有些惊诧地望着她，她也平静地和我对视，眼神让我无法看透。"林宇，这十来年社会观念发生了很多变化，包括对婚姻的看法也完全不同了。我们都被时代裹挟着，到达以前想不到的地方。"

这几天偶尔看到的几个词在我脑海闪现：人工伴侣，双性交际，多向婚姻，性别置换……我不太明白是什么意思，也不想问，但我知道世界在急剧转变，方薇是一个有血有肉，没有丈夫的年轻女人，当然会跟着往前走。我脑海中出现了许多刺激的画面，我强行把它们驱散。

"可你和李海泰，你们不需要——"

"李海泰？早就分手了。"她利落地挥了挥手，"现在我是星联的 CEO 了，放心吧，我会安排好自己的生活。"

方薇的表情有着可以把控一切的自信，我发现已经无法再去理解她的生活，甚至无法揣度她在想什么。

"我不是想干涉你的私生活，"我还是忍不住说，"但是轩轩怎么办？他需要一个稳定的家庭啊。"

轩轩已经没有奶奶，方薇工作又忙，现在主要靠一个智能家庭网络（也就是一台电脑）照顾。此时他在上一个什么人机互动课程，授课的是机器人，一天都见不到几个人。

"轩轩很好，"方薇打断我，"我下载了最新版本的教育学助理，并上传每一天的数据到教育中心，进行大数据分析和人格建模，他们会给出世界上最好的教育指导。"

我听得云里雾里，但忍不住抗议："方薇，孩子还是需要你去关心，我总觉得靠什么大数据来教育孩子，不太保险。"

"你不懂，时代变化很快，现在的人都是这样养育孩子的，你和我们一起生活就不会有这些问题了。"

我无言以对，放弃了插手孩子教育的努力，摇摇头，望向虚拟实境中远处的城市，那还是十年前的旧模样，据说现在已经出现了全新的建筑技术，比如有一栋千层高的"未来大厦"，是用纳米智能材料在三个月内建成。即使脖子仰得发酸，也看不到它的顶端，正如这日新月异的新时代。

"你说得对，"我黯然说，"我这样每年醒来一次，根本就不明白外面发生了什么。这些年我自以为在陪着你们，其实只是一种拖累。我真不知道还继续往前走干什么，还不如……不如……"

我说不下去，转身走向房门，也许是下意识里想走回美好的旧日时光，可没走几步就碰到了真实的墙壁。旧日的家门看起来就在两米开外，里面似乎还能看到妈妈忙碌的背影，但我再也回不去了。

我烦躁地猛踢了一脚墙："假的！都是假的！"然后一下子

崩溃了，泪水奔涌而出。

方薇从我身后抱住了我，我感到贴在背上的柔软，再次僵住了。

"你不能走，"她在我耳边呢喃，"我和轩轩需要你，现在，未来，还是和以前一样。一年又一年，每年这一天，我都会带轩轩回到你身边。不管未来把我们带到什么地方，你都是我们永久的家。"

我明白了我们的关系所在：我是她不忍失落的过去，她是我无法经历的未来。我们既早已远离，又仍唇齿相依，不离不弃。

我转身，长长地拥吻她。热烈而绝望，宛如初见，宛如别离，宛如时间本身。

2050

他站在我面前，一个高大俊朗的青年，面目依稀是我年轻时的样子，眼中的神采也像是二十岁上下的我，咄咄逼人，自以为是。但他赤裸着全身，露出发达的肌肉团块，皮肤上有精致绚丽的花纹在流动。这一切让我感到既熟悉，又极度陌生。

他是轩轩，童年如风般飞走，少年亦如水般流逝。在我面前的，是倏忽迈入成年的儿子。

但还是不对，即使我已经习惯了轩轩每天都飞速长大，可今天是冬眠后的第15天，轩轩只有十五岁，怎么可能长得这么快？我怀疑冬眠中心出了什么故障，让我多沉睡了五六年。但墙壁上的时间区域却清楚无疑地显示着"2050"几个数字。

我向方薇投去询问的眼神,她已经年过四十,但看起来只是稍微成熟了一点,和前两年也没有什么区别。

"他使用了加速生长技术,"方薇无奈地摇头,"就是用一种什么酶加快身体成长的步骤。他偷偷去的医院,那几天我在太空城开会,没有发现……不过你放心,这种技术是安全的,对他的身体也不会有什么损害。"

"这……这不是身体的问题!你怎么把孩子弄成了……这样?"每天,我忍受着一个又一个人生不同阶段的儿子离我而去,可是现在的什么鬼技术,直接塞给我一个成年的儿子,而且还光着屁股,文着会动的文身,这是个什么世界?!

方薇有点心虚地低下头。轩轩——或者应该叫林子轩了——却抗议起来:"爸,我已经不是小孩了,"他的喉结已经发育,说话也是陌生的成年男子声音,"教育中心说,我有权选择自己的生活。"

我不知道怎么和几乎是个成年人的儿子打交道。这些日子,虽然他每一天(年)都来看我,但和当年我给父亲上坟一样,只是例行公事。在他面前,我没有任何父亲的权威,如今也只能呆呆地瞪着他赤裸的肌肤。

"没事,"儿子看出了我的困惑,"现在裸体是时尚,没什么不好意思的,何况我也不是没穿衣服,这叫智能变形服,你看——"

他在身上什么地方按了几下，那些流动的彩色花纹开始凹凸变化，很快变成了一件红色的T恤和牛仔短裤，看起来顺眼多了。

"那，"我好不容易找到几句话，"那你急着长大干什么？"

"我正要跟你说，"方薇带着愠怒开口，"他想去当宇航员！今天我们一家人必须一起做个决定。"

"这是我自己的事，"林子轩嘟囔道，"再说教育中心也给了许可证，你们应该尊重我的意见！"

我花了好久才弄明白，子轩要报名当一名宇航员，而且是参加"红色巨眼"计划：一个打算去木卫二勘探矿藏的商业宇航项目，飞船会花两年时间从地球飞到木星，在那里停留一年，然后再花两年返回。

"那么危险的一个项目，"方薇怒气冲冲，"还要花上五年时间！你以为是玩VR游戏吗？林宇，你看看你儿子！"

方薇几天前还在跟我吹嘘那些大数据、电脑管理之类的教育理念，如今却焦头烂额。我有点啼笑皆非。不过还是不明白情况："他还没成年，宇航局会让他去？"

"是一家私人宇航公司，他们现在喜欢招募这种不懂事的孩子去当苦力，简直就是诱拐，国家怎么会允许这种事！"

"好了，妈，"子轩不耐地打断她，"我能不能单独和爸爸谈谈？就一会儿。"

"爸，"等只有我们两个人的时候，子轩说，"你能同意我去吗？我希望你能站在我这边。"

他解释了一下,我总算明白了,现在的法律变化得很快,十五岁以上的孩子都可以选择在一夜间拥有大人的外貌(还可以变成异性,半人半兽或者半机械体),鉴于成人速度的加快,他们的选择权也被放宽,但有些决定仍然至少需要监护人之一同意,比如去太空。方薇那边不用想了,我是子轩唯一的指望。

我的确考虑了一下,儿子和我越来越疏远了,虽然年年都能见面,但绝不会比我当年对老爸的感情更深,这也许是我能博取他好感的唯一机会。

但这个念头只是一闪而过,这种事我怎么可能同意。

"你妈是对的,"我决然说,"你哪也不能去,要去也得等你真正长大以后,读完大学再说。"

"我早就长大了!"他愤然道,"我有权选择自己的未来!你不知道吗,飞船上也可以远程上大学!"

"爸爸是为你好!"我说,半个月以前我还在给他换尿布,现在已经用上了这种台词,这让我感到晕眩,"你如果有什么事,我和你妈怎么办?"

"有什么怎么办?你回那个冬眠舱里再睡个一两百年好了,"林子轩阴阳怪气地说,"至于我妈,反正她根本不管我,她那还有一堆男朋友要轮流——"

"行了,"我阻止他说出更难听的话,"你妈怎么不管你?她只是不想你出事。木星那种地方多危险,那个什么大……什么斑,听说是个大旋风,能吹走整个地球……"

"您别跟我科普了,"儿子打断我,"危险我比您清楚,可我不怕,我喜欢冒险生活。反正从小到大您也没管过我,这次也别管了行吗?"

"是我不管你? 我那是……"我气得不知从何说起,"算了,你还小,你不明白生活是怎样的。爸爸可以告诉你,人活着不容易,我们要珍惜自己的生命,要爱自己的家人,不要随便——"我想把这段日子内心的感悟告诉他,但能说出来的却俗不可耐。

"我就是不想像您一样活着!"儿子脱口而出。

"你…… 你说什么?"我不敢相信自己的耳朵。

"您还不知道吧,"他冷笑一声,"您这个冬眠先驱可出名了,记者一直都想来采访您,不过都被我妈和奶奶拦住了…… 但我的同学没一个不知道的,有个每年醒一天的老爸我很光彩么?"

"你……"

"说句不好听的,您每年这么折腾自己也折腾家里人,说什么想陪伴家人,其实只是怕死罢了。我从小就想,像您这样活着有什么意思? 我一定要干出点名堂来,要不然我三十岁再得癌症,不还是一个死吗? 我就算死在木星上,也比您这样活着痛快!"

我怔怔地看着眼前陌生的林子轩,一股寒意从我背后升起,他真的是我的儿子吗?

"不管你怎么说,"我竭力让自己冷冷地说,"我都是你爸,我说不许就不许,你必须听我的!"

"听个屁!"子轩冷笑着,一个转身,冲到窗边,一个起落,身影就消失在窗外。这可是三十多层高的楼上。我的心惊得要从嗓子里跳出来，正要叫出声，却见他又冲天而起，智能变形服从他背后伸出了一对膜翼，带着他翱翔天际，消失在同样飞翔往来的人流中。

我眼前一黑，晕了过去。

2055

我又发病了，好几天都昏昏沉沉，总算一些新药物起了作用，我才没有死掉，继续在睡与醒之间消磨无情的流年。

子轩再也没来看过我。他的木星之旅被阻止，但一扭头去了新建的太空城，三年后年满十八岁，他报名参加了更遥远的土星计划，这次他去得更远，时间更长，起码十年之后才能回来——如果会回来的话。

现在只有方薇还每年都回来看我。她很少说自己的事，也不太谈及外面的世界，最多跟我说一些子轩的近况。当子轩在宇宙飞船上也陷入了长达四年的冬眠，没什么可说的时候，我们就一起看当年录制的视频，说着往事，轩轩在一眨眼间就长成了大人，有太多事我还来不及去了解。方薇指着三维影像中那个跑来跑去的小不点，一一告诉我那些沉没在时光深处的点滴。那些我未及经历的时光并没有完全消失，还有很多碎片等着我潜入时间的深处，去发现，去拾取，这让我感到惊喜。

有时候，我们也回忆更早的往事，譬如我们的恋爱时代，这些主要就是我帮方薇回忆了，对她来说已经过去了整整二十年，但我仍记忆犹新。逝去的时光在这个房间里一次次地复活，碰撞，缠绕，交汇，化为会心一笑，或幽幽的叹息。

2058

金医生又出现了，是他本人。我已经好些日子没看到他。此时他已经升任冬眠中心的负责人，胖了不少，脸上也多了几道皱纹，但其他的变化不大。

我看了一眼显示在墙壁上的时间数字，2058年4月19日，奇怪，距离上一次苏醒只过了半年。

"林先生，我这次是来告诉您一个好消息的。"他说。从他的表情中，我已经猜到了三分，心脏狂跳起来。

果然，他点点头："人类已基本攻克癌症，您等待已久的抗癌灵药已经问世了。"

当天晚一些时候，我在方薇的陪伴下回到了早已更新换代的肿瘤医院，开始新的治疗。等我睡去又醒来，仍然在2058年，第三天也还是2058年，时间忽然从奔腾的激流变成宁静的一潭死水，我都有点不习惯。有时会怀疑这一切都只是冬眠间隙的梦幻，也许冬眠舱出了什么问题，也许是整个世界，在我自以为还是2058年的时候，无数年月已经消逝，人类已经灭亡，海洋也已干涸，大地变为荒漠，一切生命都已灭绝，只有我还在地下的冬眠舱里做着荒诞的梦。

但错乱的时间感终于稳定下来，我不但好好地活着，而且一天天恢复了久违的健康。一种聪明的"智能细胞"在我身上将癌变细胞一个个收拾干净，强大的人造血液将过人的生命活力输送到身体的每块组织，一周以后我就可以出院，又过了一个月，我一点病痛也没有了，健壮得像头牛。

出院后，我搬到了方薇那里——还能去哪儿呢？最初那几周，我们仿佛回到了刚刚在一起的日子，通宵达旦地欢爱，贪婪地索取着时光曾从我们身上夺走的欢乐。方薇已经年过五旬，但生物科技的发展让她的容颜和生理没有太大的下跌，而我只有三十出头，几乎还算是个年轻人。除去远走的儿子，整件事几乎只是一个半年的噩梦。如今我仍然年轻，健康，前途无量。

但当激情退去后，我发现这一切只是幻觉。

我和方薇的第二次蜜月期很快就告结束。不是生理差距的问题，二十年的人生阅历已经打造出了一个我几乎不认识的方薇，拥有我无法插手的社交圈和个人生活。我曾是她无法舍弃的过去，这是一直以来维持着我们的纽带，当我和她回到同一条时间线后，我们的关系也走到了尽头。

经济上也出了问题，多次经济变幻后，我剩下的积蓄充其量只是普通人的水平。当然，方薇有钱，但那是她自己赚的，我不能吃软饭。方薇替我在公司里找了一个技术职位。最初我还摩拳擦掌，打算重拾起业务，但很快发现当年的知识早已落伍，在这个时代，研发工作大部分交给了人工智能。而我这个博士不但读不懂研发报告，甚至连电脑都不会使用——现在的电脑键盘都以完全不同的方式排列。

我和同事的关系也好不到哪里去，他们大都是精英。我的工作能力自然不会博得他们的好感，他们虽然因为我和老板的关系不会明说，但蔑视写在眼睛里。他们的聊天中经常出现我听不懂的词汇和根本不知道笑点在哪里的笑话，我虚心请教过几次，他们一边解释一边流露出毫不掩饰的惊讶表情，就像看着一个从清朝穿越来的怪人。后来，我也不再问了。

甚至上个街都不自在，智能网络已经渗透到生活的方方面面，不了解就寸步难行。有一次，我在一家餐厅外面转了半天都没找到门，还是一个路人告诉我，这里的墙就是门，只要你走过去，它就会自动分开。还有一次，我只是想去两三个街区开外的市场，但迷了路，莫名其妙地走进了一列看上去有点奇怪的地铁，进了车厢后，我忽然被自动跳出来的安全带反扣在座位上，几分钟后，列车从一个发射井里以疯狂的加速度射入太空，等它到达一万多公里外的太空城，我已经吐得满地都是⋯⋯

不过也不能说全无好事。就在那次误打误撞的太空之旅中，我认识了一个女作家。她对我有点兴趣，几天后约我出来采访，说她想写一本关于冬眠生活的书。我们去了一家酒吧，我一五一十地告诉她自己的经历，不知不觉越说越多，越说越醉。第二天早上，我发现她一丝不挂地睡在我身边，而方薇正在外面吃早餐。

方薇好像不在意这事，但这却令我更无法接受。我搬出了她的家，女作家又找了我几次，但我没再理会她。后来我也懒得去上班了，向政府申请了低保福利，分到了一间斗室，每天抽着烟，喝着酒，在那里看二十年前的影视节目解闷。

"你应该去心理矫正中心接受治疗，"几个月后，方薇找到我，对我说，"冬眠者不适应社会变迁是常见的问题，他们会有办法的。"

"我没病，"我叼着一根香烟说，"去什么矫正中心？我就是不想去上班而已。"

方薇皱了皱眉头，似乎在勉强抑制着怒火："那你回学校去再学习两年吧，至少掌握一些实用的生活技能。"

我讨厌她替我做决定的样子："方薇，咱们已经没关系了。这是我的人生，不需要你安排。"

"是你的人生，可你过成了什么样子？你想过没有，等过几年轩轩回来，看到爸爸回来了就是这副模样，会怎么看你？"

"你就很讨他喜欢么？"我冷笑一声，"他为什么宁愿去土星也不愿意待在你身边？你心里没点数？是谁把孩子教成了仇人一样？"

"你浑蛋！这些年该教育孩子的时候你在哪里？"

"我至少没像你一样到处鬼混!"

我们相互攻击,谩骂,撕咬,明知道不可能吵出结果,却还是忍不住要伤害对方,自己也遍体鳞伤。最后方薇夺门而出,我也坐倒在地上,对着一堆酒瓶和烟头发愣。

这就是我要的结局吗?我想,为了穿越时光陪伴家人,我间接害死了母亲,让儿子离家出走,和妻子也反目成仇,多么反讽!我早该在2035年按部就班地死去,在亲人朋友的环绕和爱戴中闭上眼睛,那样的人生才是完美的,至少会有一场完美的葬礼……

我想得出神,但骤然间,身体里一阵熟悉的感觉把我带回到2035年。下一刻,我发现自己又躺在地上,疼得抽搐。

这不可能,癌症已经治好了啊!我勉强爬起来,想开启家庭智能网络呼救,因为不会使用这种最新版本的家庭网络,我平常一直关着它,一时竟不知怎么打开。胡乱在墙壁按了几下后,就再次倒在地上,身子不停地痉挛着。身上的每一处都在刺痛,这些疼痛点还以自己为中心,向全身各处放射,叠加起来的痛感此起彼伏,无穷无尽,癌症发作时都没那么疼过。我呻吟着,叫喊着,诅咒自己和世上的一切,但很快连声音都发不出来了。

"我的包放在——"不知过了多久,我看到方薇的脚出现在面前,我勉力向她伸出手,从喉咙中发出"咯咯"的声音。方薇发现了我,俯下身,惊惶地问:"林宇,你怎么了?你说话啊!"

我却终于昏了过去。

等我恢复了一点意识，发现自己回到了冬眠中心那间熟悉的房间里，金医生和其他工作人员围在我身边。

"林先生，非常非常抱歉，"金医生表情凝重地说，"我们发现新疗法有一些隐秘的缺陷，不是对所有人都有用。智能细胞清除掉癌细胞后，还是在您身上不断地复制，无差别地杀戮着您的身体细胞，速度非常快，目前您的身体情况十分危急。"

这么说，我等于用一种癌症换了另一种癌症。我想骂他，但说不出口，身上还是疼得厉害。

"这个问题我们现在无力解决，只有留待将来，因为这次将您唤醒是我们中心的责任，我们将会负责您以后的冬眠费用，没有限期。您将再次进入冬眠，但因为情况危急，无法每年醒来，只有到确定可以解决这个问题之后，您才会再次被唤醒。"

我将再次睡去，不知何时醒来，也许是五十年后，也许是一百年，这么说来，我和这个世界或许是永别了。我抬起眼皮，习惯性地寻找着方薇，发现她站在房间的另一角，关切地望着我，宛如每一次进入冬眠时的样子。

"方……"我想叫她，但几乎没有开口的力气，只吐出了一个微弱的音节，方薇却听到了，走上前来，抓住我的手。

"对……不……不……"我想说"对不起"，却怎么也说不完。

方薇摇了摇头："放心，我会等你醒来，就像以前那样。"

我感到两行泪水从眼角沿着脸边淌下，我错过了和方薇之间重新开始的机会，永远错过了。

"不能再耽搁了，"我听到金医生说，"他的情况每一秒钟都在恶化，必须马上冬眠。"

黑暗再次笼罩下来，我沉入没有时间的深渊里，但方薇的手仿佛一直在握着我的，一直，没有分开。

2085

我好像做了一个很长的梦，梦见自己穿越时间，回到了2035年的春天。我没有生病，和方薇相爱如初，妈妈也仍然健在。轩轩变回了婴儿车中的宝宝，我们一起推着他，欢声笑语，在有葡萄架和喷泉的美丽庭院中散步。

然后我睁开眼睛，宛如某天早上酣睡后的自然苏醒，神志清晰，精神饱满，发现自己真的回到了自家的老房间里，眼前是装饰着古典壁画的天花板，华美的水晶吊灯从顶上垂下来，在早晨的阳光中闪着迷人的光彩。

我渐渐完全清醒过来，自嘲地一笑：这不过是虚拟实境的效果。我把目光投到床边。又看到了年轻时的方薇，她抱着婴儿时的轩轩，看起来只有半岁左右，显然，他们也是虚拟实境中的幻象。

但方薇脸上绽放出笑容："你醒了？"

我又擦了擦眼睛，看清了她的面容，的确完全是记忆中三十岁时的模样,和后来几次见到的全然不同。只是目光中有和容貌不相符的沧桑感。

"现在是2085年,"方薇为我解惑,"也就是最初五十年计划中你醒来的那一年。你身上的病情已经得到了根治,现在的你比任何时候都要健康。"

"等等,你是谁?是一个程序吗?"

"连你老婆都不认识了?"方薇笑了笑,"也难怪,八十岁的老太婆了。"

"可你看上去比昨……比2058年还年轻啊!"

"我做了器官再造的手术,更换了大部分身体部件,不要以为只有你们冬眠人才能青春永驻。"

"这么说你是真的?不是虚拟实境中的幻象?"我四下环顾起来。

"当然是真的,"方薇微笑着说,"不过,只是一个人格体。"

"什么……体?"

"十年前,意识上传的技术成为现实。大部分人选择了意识上传,进入数字世界,我也面临这个选择,但我还有一件事必须要做,要等你醒来。所以我把自己分成了两个人格体,一个上传,一个留下来……你不用这么看着我,留下来的,当然是比较爱你的那一半。"

我不知怎么接受这一切,这已经超出了我最极端的想象,她是方薇,抑或不是?

"对了，这也是我们的老房子，我买下来了，也不需要多少钱，现在最不值钱的就是房子了。"

"那这孩子……"我把目光投向她怀中，那孩子看上去和轩轩一模一样，如果不是影像，他又是谁？

方薇的笑容隐去不见，微微摇头，对我说："有件事得告诉你，轩轩他……已经走了。"

走了？那是什么意思？去了别的什么星球，还是也意识上传——

蓦然间，我领悟了她的意思，呼吸变得困难。

"他……怎么……难道也和我一样……"

方薇微微摇头："那是二十七年前的事，就是你上次冬眠后不久。他们的飞船在穿越土星环的时候遇险，发动机受损，轩轩执行修补任务，土星环中的一颗陨石穿透了他的太空服，他没有来得及回到舱内，就停止了呼吸，但他拯救了飞船上的三百八十五个人。"方薇的语气很平静，甚至有几分骄傲，对她来讲这已经是二十七年前的事了。

我没有悲恸欲绝，也没有歇斯底里，实际上我不知道怎么接受这件事。成年的儿子我只见过一次，闹得很不愉快，后来就音信全无，如今又过了二十多年，妻子——还是妻子的一半——告诉我，他早已死了。

死去的是那个对我咆哮的裸体青年，还是那个对我甜甜笑着的小家伙，又或者是那个襁褓中啼哭的婴儿？我不知道。对我来说，这五十年中的事发生得太快，快到我没有办法真正理解它们的意义。

"那……那这个孩子是……"

方薇却没有正面回答："轩轩去世后，我收到了两封电子邮件。"

"两封……电子邮件？"

"2058年，他去世前夕写的，一封给你，一封给我。给你的那封信，二十多年来我都没有打开过。我想应该尊重轩轩的遗愿，你应该是第一个读到它的人。"

我的呼吸开始急促："那邮件在哪里？"

方薇伸出手指，在空中虚点了几下，大概是在现实增强界面中调出邮件，我以为会出现一些悬浮的文字之类，但下一刹那，我看到了一个似曾相识的青年悬浮在自己面前，忧伤地望着我。

"轩轩？"我颤抖着问，伸出手，手掌摸了个空，只从他半透明的身上划过，带起一圈圈波纹，宛如魂灵。

他点点头，好像听到了我的呼唤："爸，我是轩轩。"

他的身体慢慢旋转着，如同在无重力的环境中，我明白过来，这一定是他在飞船上最后录制的视频。

他望向我，目光变得成熟了很多，说：

当您看到这样的我的时候，我已经离开了世界，结束了短暂的一生。

说来我人生最早的记忆之一，就是去冬眠中心看您，妈妈让我叫您爸爸，然后您跟我一起玩或者讲故事。那是四岁或者五岁的时候。更早的那几年，听妈妈说我也是每年和您共度一天，但很遗憾，我不记得了。不过想必您还记得很清楚吧。对您来说，那也不过是不久前的事。

我想到那一个又一个叫或者拒绝叫"爸爸"的孩子套娃，一切还宛如昨日，不自主地点头，眼眶开始湿润。

  我每年都会跟妈妈去看您，也曾有过美好的回忆。但后来，我越来越不喜欢去了。我跟您说的东西，您都不知道，新的玩具，您也不会玩，玩不到一起去。您也不能像我那些同学的爸爸那样，送给他们漂亮的飞车，还经常不是呕吐就是晕倒，每年去看您有什么意思呢？要不是每次妈妈好说歹说，许诺给我这个那个，我才不去呢。

  我不爱您，甚至曾经恨您。妈妈骗我说您是太空猴王，有一天会从沉睡中醒来，拯救世界。我一度信以为真，还把这个拿去四处吹牛，结果同学们知道真相后，纷纷讥笑我，说我有个睡美人爸爸。最后我明白了，您就是个奄奄一息的绝症患者，还花了家里一大笔钱。我知道这不是您的错，可对您的厌恶却与日俱增。

  我也讨厌妈妈，她要么压根不管我，要么就是疾言厉色地训斥，烦透了。她有钱，但她名声也不好，有人说她为了做生意,跟很多人睡过觉……整个家里,我感受不到温暖,所以一有机会,我就想离开这个家,那次和您的冲突后不久,我就去了太空城。

最后一次见到您的时候,我是多么刻薄地嘲讽您啊,最近我才明白自己的幼稚可笑,但已经太晚了。也许现在,就是我的报应到了。

"不,"我忍不住说,"是爸爸没有尽到责任,你说得都对,爸爸答应过会去幼儿园接你,让同学们都知道你也有爸爸,但从来没去过……"

轩轩当然没有听到我的话,他继续说下去:

在太空城的时候,我认识了一个女孩,感情很快升温,虽然根本没有条件,我们还是偷偷在一起了,结果她意外有了我的孩子。为此我们承担了太大的压力,最后她生下了一个女儿,可因为太空城条件简陋,她竟因为产后大出血而去世了。

孩子当然只有靠我。我给她取名叫林多,意思是多出来的孩子,小名多多。经济压力就让我喘不过气,我还要工作,也没有时间照顾她。当然,我想过回地球找妈妈帮忙解决,但总觉得太丢人了,我这才明白,当一个好父亲不是那么容易。勉强养了多多半年后,我决定让她进入冬眠,后来我参加了土星任务，其实也是为了钱。我想，十年后等我回来会有很多钱，到时候就唤醒女儿，和她一起过好日子。可现在想来，也不过是把责任推到未来罢了。

后来很多年中，我没有太想念多多，但此刻，她的面容却清晰地浮现在我面前，特别是她甜笑的样子，让我魂牵梦萦。我真想看到她长大以后有多漂亮，但我也许再也见不到她了。

飞船在穿过土星环时受到撞击，发动机上的关键部件破损，我要去舱外进行修理作业，那里到处都是小石头和冰块，非常危险。我曾幻想自己是盖世英雄，但事到临头，却发现根本不是。已经死了两个宇航员，我不想为救别人去死，我只想平平安安地回到地球，和多多在一起。

但总需要有一个人去执行这个任务，要不然所有人都会在这里送命。而算来算去，我是最合适的人选。多多也许再也见不到我，我对她的爱与愧疚，她也许永远不会明白。

此时，此刻，在离家乡十几亿公里之外，我明白了您的心境。每一代人都理解不了父母，直到自己也身为父母的那一天。有的人可以弥补，有的人却没有了机会。我总算有幸成为一个父亲，也像其他父亲一样希望看到自己的孩子长大成人，但也许做不到了。

如果我不能活着回来——飞船的电脑系统判断可能性高达56.7%——我有一个请求，虽然我相信，不用说你们也会去做，但作为一个不孝的儿子，也是一个不称职的父亲，我还是想要正式地请求您和妈妈在未来的恰当时机唤醒多多，抚养她长大。她就沉睡在澳大利亚墨尔本的第三冬眠中心，冬眠舱号码是GX5763。

当然，我更希望您不会看到这封信。那样的话，几年后我会抱着多多回来，和您相聚，向您认错，希望能和已经痊愈了的您共享三代人的天伦之乐。

但愿有那么一天……

说到最后，我的视线已在泪水中模糊一片。轩轩也哭了，对我深深鞠了一躬，年轻的身影在一团朦胧中消失。我无法抑制地痛哭出声，不光是为轩轩，也是为了多多，为了方薇，为了我自己，为了母亲，为了早逝的父亲。

泪水也从方薇的眼角滚落，她擦了擦眼泪说："我知道，你一定很想亲自把这个孩子养大。我又等了二十多年……留下了一个自己不去意识上传，就是等着有一天你会醒来，我们能弥补一切，像五十年前那样，一起把多多养大成人。"

多多被我们的声音吵醒，还不明白发生了什么，一撇嘴也哭了起来。方薇泣不成声，我也颤抖着，拥住了妻子和小孙女。我们尽情地哭泣着，又尽情地欢笑着。

多少岁月流去无踪，但终会归来，终会归来——

在一个叫作"家"的地方。

中元节

1

老魏醒来,发现自己悬浮在黑色大理石的墓碑之前,对着自己那张熟悉的遗像。

在那张慈祥微笑的照片下方,是竖着镌刻的两行隶书文字:

慈父 魏光明(1968年6月20日—2042年9月14日)
慈母 沈 月(1970年4月13日—)

两行字的颜色一黄一红,他的是黄色的,沈月的是红色的;

一旁还有两行白色小字：

儿 魏佳杰 媳 齐小冰
携孙女 魏若宸 泣立

这块墓碑，老魏早已看得熟了。他知道，自己通常是清晨在这里被唤醒，准备上午或下午和亲人的见面，一般是在自己的墓地上，但有时候也会去墓园专设的会客室（需要另外付费）。但他很快发现，此时并非清晨，而是黄昏，太阳刚刚落下，西边天上还带着晚霞的深红，并不是往常苏醒的时辰。老魏环顾四周，发现左邻右舍也都同时醒来了。老傅、李姐、王哥、小刘……似乎所有的游魂都醒来了，以半透明的形态悬浮在自己的墓碑前，有几分迷惘地看着彼此。

这是清明还是冬至？一般只有在这两个节日，大部分墓主的亲属都来祭扫，才会有游魂们都被唤醒的场面，但现在却又不像。老魏感受不到气温，但看绿化带里植物的郁郁葱葱，分明是在夏季。

这时，老魏的视野上方冒出了一则推送，告诉他收到一条信息。老魏伸手，做了一个点击的动作，他看到，其他游魂也在做同样的动作，说明大家都收到了这条群发的信息。

那是一条简短的通知，告诉他们为什么在此时此刻醒来：

"您好，今天是2052年8月9日星期五。农历七月十五日，中元节,按照我国今年刚刚通过的《数字人格复制体权益保护法》第七条第十二款,您作为数字人格,享有半天的合法假期,因此被唤醒,并可以在法定范围内自由活动12个小时,更多信息请点击……"

老魏还没回过神,一旁的老傅转向他,笑着说:"老魏,你没想到吧?现在的社会还挺尊重传统文化,连中元节都给咱们过上了。听说以后每年都会有好几个节日可以苏醒……"

但令老魏愕然的,却是其中另一个信息:"2052?怎么会到2052年了?我、我上次醒来不还是2045年吗?怎么再一醒来已经过了七年?!"他求助地望向老傅。

老傅似乎不知如何启齿,良久才说:"看开点吧老魏,时间对咱们还有什么意义可言呢?多几年少几年的,都一样。"

老魏颤声问:"所以,他们……我家人……这些年一直都没来看过我么?"

"这个……我也不清楚,我也不是每天都醒来的啊……"老傅含糊地说。

老魏忽然想起来,自己作为和这块墓地(准确来讲,是这块储存有他全部数据的墓碑)绑定的数字体,可以查看扫墓的记录,他点击了自己视野右上角的一个隐匿图标,很快跳出一堆选项,虽然已经是数字化的存在,但老魏还是花了点时间才找到家人的扫墓记录:其实这几年家人也还来过几次,最近一次是在去年年底,但再未唤醒过他。

老魏心中感到一阵苦涩,或许这么说也不妥当,他已没有了"心",但一股纠缠郁结的感受渗透了他的整个感应场,让整个世界都变得灰暗,黏稠。

老傅安慰他说:"毕竟你家人还是来过了么,你看李姐家,十来年都没人来拜祭过⋯⋯这年头有几个真孝顺的儿孙啊,能来看看就不错了。"

但是来扫墓而不唤醒自己,比完全不来更加令老魏伤心。他摇摇头:"多半是我那婆娘不让,这女人固执得很⋯⋯唉!"

是的,老魏很清楚,问题的症结就在于沈月。她这些年一直恨着自己,确切地讲,是恨自己这个魏光明的"数字人格复制体"。

2

在老魏的感知里,死亡并不是十年前的事,而几乎就在几个月以前。他在医院中最后一次昏迷后似乎没多久,就又醒来了。

说"醒来"不是很确切,因为并没有一个从蒙眬到清醒的渐进过程,而是刹那间,整个广阔清晰的外部视野一下子跳了出来,无数光影和声音向他涌来。老魏吓了一跳,本能地闭上眼睛,等到再睁开,他发现自己站在一块黑色的墓碑前,仔细一看上面的字迹,竟然是他和沈月的墓碑!他恍惚间以为是在做梦,想去掐自己的大腿,却哪里掐得到——他发现自己浑身上下只是一个半透明的虚影,甚至脚都是悬浮在地面上的。

"魏先生,不要紧张,请听我说!"

老魏这时发现,身边还站着一个年轻女孩子,穿着印有"永恒墓园"字样的工作服。她告诉老魏,他是用了最新的扫描和建模技术,在魏光明死去时的瞬间,复制他大脑皮层中的海量数据而形成的数字虚拟人。尽管他觉得自己就是魏光明,但严格来讲,只是魏光明的数字复制体。现在,他的本体就在这个内置有强大处理器和储存器的墓碑里,但又结合了一个和生前相似的三维形象,以增强现实也就是所谓 AR 的形式,被投射到现实空间中。他的感知——当然,基本只有视觉和听觉——来自周围环境中遍布的微型传感器,这是这些年来智慧城市建立的基础,足以支撑起一个覆盖整个城市的智能感知场域。这些技术已经成熟好几年了,特别在中国这样一个讲究"事死如事生"的孝道社会,为死者制造数字体——俗称"游魂"——正在越来越受到欢迎。

老魏是个工人,没念过多少书,加上生命中最后几年一大半时间在医院度过,对于社会上很多新事物已经很隔阂了。但毕竟在二十一世纪度过了后半生,他很快也就明白了"数字人格体"的大致意思。他当然一时也难以接受自己竟变成这副"鬼模样",但等到平静下来,又感到自己还算是幸运:不管怎么讲,本来他重病缠身,只剩下喘气的力道,但如今病痛都已无影无踪,他还能留在亲人身边,陪老伴走完余生,看着自己的孙女长大。还有什么奢求呢?

老魏巴不得马上回家,但是对方告诉他,政府规定,死者的数字人格体只能留在墓园里，不得离开这里，进入社会，甚至进行网络通信都不允许。这很好理解，比如，过世的领导和老板，其数字体要是继续霸占要职指手画脚，那社会可就乱套了；即便留在家庭内部，也容易造成个人生活和人际关系的隐患，例如遗产分配和配偶再婚，等等，所以让数字体们留在墓园，应该说是最好的方案。老魏不得不接受这个现实，只要能再见到妻子和孩子们，这都是可以接受的代价。

第二天，老魏再次被唤醒了，那是家人在他下葬后第一次来扫墓（老魏有点遗憾，当他的骨灰下葬时，数字体还没有完全制成，所以没法在自己的葬礼上当面答谢亲友）。一家人都来了，远远地就飞奔过来，围在他身边，哭着，笑着，诉说着，特别是沈月，泪眼滂沱，几乎要瘫倒在他的怀里——只可惜他无法抱住她。九岁的孙女宸宸也蹦蹦跳跳，缠着爷爷不放，给他看自己画的一幅蜡笔画。老魏清楚地记得，画的是爷爷拉着她的小手走在硕大的太阳下，两个人都笑嘻嘻的。在她心目中大概根本没有死亡的概念，爷爷只是换了一个地方住而已。

后来有一段时间，家人常常来看他，当然儿子媳妇要上班，孙女要上学，只有在周末才能来，老伴沈月却天天风雨无阻，在他坟头一坐就是几个小时，商量家里的琐事，告诉他邻居朋友的近况，就像生前那样依赖他。那是一段美妙的时光，实在比生前最后两年病魔缠身的日子要舒心太多。

但这种死后的美好生活并没有维持多久，是从什么时候开始的？对了，就是那一天。他和沈月当年认识的纪念日，沈月随口跟他提起，但他竟然不记得了，好像记忆中有一个巨大的空洞。

"1988年的今天……在你表姐的婚礼上？我……我想不起来啊，奇怪，真是奇怪。"老魏疑惑地说，他的确记得有几次和沈月在一起庆祝这个日子，但这一天本身发生了什么，他一点印象也没有。他有点担心，自己是不是老年痴呆了？但再一想，怎么可能，他分明已经没有了肉身，哪里会有什么老年痴呆！

"那我们第二次见面，去看《高山下的花环》，你还记得么？你都看哭了，我还笑话你来着……"老伴小心翼翼地问。

老魏摇摇头。高山下的花环，是什么花环？有什么好看的？

沈月的眉心越发紧蹙："那我们结婚那年，去杭州度蜜月……"

新婚宴尔的甜蜜，再不记得就不像话了，老魏想说自己记得，但又说不出口，他惊恐地发现，和沈月在一起的前几年几乎都是空白，但同时期的事也不是全不知道，甚至包括和工友吵架、借给表弟钱之类的琐事都还有印象。他的记忆就好像是一本被撕去了最重要几页的书，怎么会这样呢？

沈月缓缓向后退了两步，眸中透出陌生的眼神。好像眼前不是和她相濡以沫五十年的老公，而是一个打扮成他的骗子。

"假的，"她喃喃说，"你不是……不是我家老魏……他从来不会忘记的……"

"我……我是啊，我没忘记，我肯定记得，只是一时想不起——"老魏毫无底气地说，自己都听得出来自己的心虚。

"假的假的假的……"沈月不去看他，只是不住重复这两个字，仿佛是以此来说服自己，拒绝再和他有任何交流。很快，她颤抖着转过身，踉踉跄跄地走了。老魏既然心里没底，也不敢追上去，只是木然站着，喃喃说："怎么会这样的……"

"有些记忆没拷贝上，很常见的现象，别担心。"一个声音在他身边说。确切讲，也不是真正的物理声波，而是游魂之间的一种信息交流。

老魏回头，看到一个四十来岁，身形高瘦的中年男子对他微微一笑。虽然对方看起来比自己小很多，但不知怎么，他有一种见到老大哥的感觉。

那就是老傅，他认识的第一个邻居。

3

永恒墓园是人格数字复制技术投入商用后新建的，所有墓主都有一个数字人格复制体，或称游魂。游魂的物理存在依附于内置芯片的墓碑本身，但他们的形象都是 AR 系统中生成的影像，可以彼此看到对方，也可以相互交流。

在法理上，数字体是对本体进行复制的产物，其所有权归属于本体的继承者，何时苏醒由继承者决定。当然一般来讲，继承者会尊重游魂苏醒的意愿，不过大部分游魂也并不想经常醒来，在墓园中过形同坐牢的无聊生活，而常选择只是在和亲人相见的日子苏醒。

但老傅是个例外。老傅比老魏大好几岁，也早走几年，是国内最早诞生的数字体之一。他妻子早逝，无儿无女，一辈子活得洒脱，临终前把房子卖了，委托一个殡葬公司复制了自己的数字体，根据协议，他可以自由选择在何时苏醒。老傅一年到头会醒来很多天，经常在墓园里转悠，找人聊天和下棋（AR 界面能实现这个功能），因此认识绝大部分游魂，可以说最是见多识广。

老魏从老傅口中知道，原来并不是每一个数字体都能实现本体100%的记忆复制，这依赖于临终时大脑状态的不同而有很大差异。老魏开始复制时大脑已经坏死了一小部分，所以大约只有魏光明本人八成的记忆，因此许多年轻时的珍贵回忆，都已不复存在。

后来，老魏又苏醒过若干次，但沈月再也没来过，儿子来得也不怎么勤快，唯一的安慰是小孙女宸宸还很依恋爷爷，每次来看他，都在他耳边叽叽喳喳地讲述生活和学校里的趣事，排遣了老魏不少的苦闷。然而到了第二年，宸宸也来得越来越少，似乎她也发现，停留在过去时光里的爷爷，渐渐已经不能理解她越来越丰富有趣的生活，跟他也说不到一起去了。第三年，老魏更是只在清明节苏醒过一次，和儿子孙女匆匆见一面，后面就一直沉睡到了今天。

老傅也曾告诉他，像他这样的情况并不罕见，对许多人来说，已故亲人的数字体只是一个廉价的慰藉，并不是亲人本身；随着人们走出悲痛期，许多人在心理上也渐渐拉开和数字体的距离，甚至反感"假冒"其亲人的数字体。据说，有三分之一的家属最终会选择销毁数字体，还有三分之一不愿销毁但也不会再唤醒他们。看来，老魏的家人也进入了这一行列。

想到这里，老魏哭丧着脸说："这么活着——不，死着——还有什么意思，沈月既然不想再看到我，干脆让他们销毁我得了。"

"你还不知道吧，"老傅说，"前几年国家通过了数字人格体的权利法案，保护我们的'准生命权'，从此以后就不允许销毁我们了。今年又通过了新的法案，我们每年还有几天苏醒的法定假期，还可以选择何时苏醒。"

老魏苦笑说："想不到政府对我们这些孤魂野鬼还能这么好，比我老婆还强。"

老傅却说："别怪她，也许可能恰是因为她和你——和魏光明——的感情最深。所以如果她觉得你不是魏光明，反而会产生强烈的排斥心理。"

"那我该怎么办？"老魏哭丧着脸说，"就这么被所有亲人遗忘，孤零零地在这个破墓地里住下去？"

老傅却笑了："你别急啊，你看——"他指了指前方。

老魏顺着他指的方向一看，看到一对拉着手游荡的游魂，不由微微吃惊："那不是王哥？他身边怎么多了个女的？"

老傅说:"这是他老婆!去年刚去世的,如今也成了数字体,夫妻两个在这里团聚了,现在整天形影不离。"

老魏心中一动,明白了老傅的意思。其实他自己也不是没想过,等到老伴百年归天,多半也会成为数字体来陪伴自己,到那时候,夫妻俩同是游魂之身,还会有什么排斥芥蒂?他们可以在这里相依相偎,就像生前……

老魏不禁想,要是这一天能快点到来就好了。但转念又觉得自己过于自私,不管怎么说,也不能因此就盼望沈月快点亡故吧?

"对了,"老傅说,"刚才不是通知了么,今天咱们可以去外面。你如果想家里人的话,可以回家看看。"

"真的可以?"老魏精神一振。

"嗯,没问题的,不过你知道,这需要……他们的 AR 系统能够识别你。"说到这里,老傅有些吞吞吐吐。

老魏心一沉,他明白老傅的意思。既然家里人好多年都没唤醒他,也未必会欢迎他的归来,也许在 AR 系统中早就删去了他的信息,也就无法再看到自己。不过见到家人的渴望仍然压倒了一切。他眼前不禁浮现起多年前的某个记忆碎片:他从外地回来,推开家门,家里充满了欢声笑语,儿子媳妇做满了一桌菜等着他,沈月迎上前嘘寒问暖,小宸宸更是大叫"爷爷爷爷"扑到他的怀里——那是久违的家的感觉。

老魏感觉自己眼角湿润了,当然那只是幻觉。他问老傅:"那我该怎么去？"

老傅说："很简单，根本不用走路。在我们视野右上角有一个图标，可以下拉一个菜单，点击地图，就可以到达想去的地点了。不过好像要先去登记一下，我带你过去。"

4

游魂的移动方式和人的肉身不同，是以虚拟大脑中的指令驱使影像在 AR 场域中平移位置，看起来便如同飘移，当然也可以采用行走或奔跑的表面动作，但没有实质意义。老魏跟着老傅在墓园中飘着，向出口移动。左顾右盼间，发现这几年公墓里多了不少新邻居，绝大部分都是耄耋老人。虽然理论上数字人格体可以是任何模样，但家人一般还是习惯于定制死者晚年的形象作为皮肤，否则中年人对着小伙子大姑娘叫爹妈，未免太过硌硬。当然，老傅是个例外，他虽然是快八十岁去世的，但却按自己意愿设置成四十来岁的形象，眉目修过，比本人真正年轻的时候还俊朗几分，更不用说还 P 瘦了一大圈。

老魏的目光忽然定在一个小小的身影上。那是一个穿白裙子的小女孩，只有六七岁，头发长长的，抱膝坐在墓碑后的阴影下，不仔细看几乎看不出来。她身上发出淡淡的白光，表示她也同样是一个游魂，而非人类。

"老傅，那是——"他停下问。

老傅看了一眼，说："这孩子啊，她叫林莎，死于飞来横祸：好好在小区里玩，谁知一辆自动驾驶的汽车失控撞过来……她进墓园也有五六年了，但你一直没醒，所以不知道。"

老魏看了这孩子几眼，想起了幼时受了委屈躲起来哭的宸宸，心下一软，朝向她移过去："孩子，你怎么了？"

看到有陌生人飘过来，女孩流露出恐惧的眼神，更加瑟缩。"爸爸，妈妈！"她稚气地喊。

"莎莎别怕，"老傅上前安抚说，"这是魏爷爷，我是傅爷爷，你还记得么？我们前几……前几天还见过的。"

莎莎似乎认得老傅，犹豫地点点头，叫了声："傅爷爷！"

老魏问："她爸妈也在这里？"

老傅低声告诉他："当然没有，不过当年林莎的头部几乎被车轧碎了，大脑受损严重，导致数字体复制的时候错误太多，一大半记忆没了，智力也明显低于同龄孩子，她到现在可能还不知道发生了什么……"

老魏的感应场又是一阵压抑。可怜的孩子，他想，要是我的宸宸也这样，那真是比我自己死了还难过。

老傅说："她父母前一两年倒是常来，后来可能嫌她不像自己的真女儿，也不来了。这孩子好像设置了自动苏醒，每年还会苏醒几天，找不到家里人就自己躲在这里，也不说话。我们别打扰她了，先出去再说。"

但莎莎听到了他最后一句话，忽然眨巴着眼睛，问："傅爷爷,我也可以出去吗?"

老傅一怔,随口说:"嗯,对,今天是中元节……"

莎莎一下子站起来,带着哭腔说:"妈妈!我要去找妈妈……呜呜……"

老傅和老魏面面相觑,老傅问她:"你要找你爸爸妈妈?"

莎莎点了点头。

老魏问:"那你知道你妈妈在哪里吗?"

"知道,东海市南川区江东二路296号仁爱小区C座506室……"莎莎背出一串详细的地址。

老傅说:"应该是生前她父母教她背的,以防走失。"

老魏说:"对,我也教孙女背过。老傅,既然有地址,不如我们带她去找她父母?"

老傅面有难色:"这个……我……其实……"

"永哥~~~"

老傅还没说完,忽然传来一个嗲嗲的女声。伴着这声音,一个绛紫色旗袍打扮的丽影飘来,竟是一位颇具风韵的熟女:"永哥,我一直在找你呢,你怎么还在这里,到底还走不走啊?"

老傅顿时眉开眼笑:"这不是碰到老魏了吗,聊了几句……走,马上走!"

"是魏哥啊,好几年不见了!"旗袍女对他甜甜一笑。

"哦,小田啊,你好……"老魏也有些尴尬地打招呼。

小田是位"00后",比他们都小很多,四十出头因为癌症走的。她去世后，丈夫很快便再娶，再不来祭扫，不过倒也放她自由。小田也蛮看得开，既然丈夫另寻新欢，她在墓园里也开始了第二春，到处招蜂引蝶，换了好几个"男朋友"。虽然游魂之间无法有真正的肉体关系，但虚凤假凰，彼此倒也有一些相互感应的满足方式。

有段时间，她和一位英年早逝的歌唱家走得很近。在月光下，歌唱家曼声高歌，小田翩翩起舞，郎才女貌，颇为浪漫。谁知歌唱家的妻子查看记录，发现丈夫的数字体频频在夜里苏醒，不觉心生疑窦，一天亲自跑来墓园查看，发现后大吵大闹，上演了一出"捉奸"大戏。这场"人正房大战鬼小三"成为冷清的公墓里好几年中最大的八卦。后来，那妻子一气之下，将歌唱家的骨灰和数据体都移走了，小田才又寂寞了下来。

这几年老魏没有苏醒，也不知道发生了什么，但看来，老傅也已经被她拿下了。老魏想，本来小田只找同代人，看不上他们这些比自己大几十岁的老头子，但在墓地里一住这么多年，这些差距慢慢也就无所谓了。

老傅把他拉到一边，有些歉意地说："老魏，刚才没跟你说清楚，其实我跟小田约好了，今天要去超元宙玩一圈的……"

"超元宙？是什么？"

"这两年的新玩意，就是一个赛博空间，大到无边无际，里面各种奇观都有，飞在天上的鲸鱼，翡翠造的城市，千奇百怪的外星人……你可以想象成一万个——不，一百万个——幻想世界的总和。现在每天都有几亿人在里面玩,几乎都不愿意出来了。"

"嗐,不就和以前那个什么元宇宙差不多么,骗人的花头。"老魏不以为然。儿子魏佳杰二十年代搞过创业,投资了什么"元宇宙工业",结果赔得一塌糊涂,大部分债都是他帮着还的。

"不一样!这次是真的。你进来就知道了,那是一个根本想象不到的神奇世界……一般不对数字体开放,但今天是个难得的机会。有人说,将来也没有什么人类和数字体的区别了,所有人都会住到那个世界里。据说在里面,我们也可以有真实肉体的感觉,可以……嘿嘿……"他冲老魏挤眉弄眼。

老魏说:"行吧,那你和小田去玩吧,我不当电灯泡,带莎莎去找她爸妈好了。"

老傅想了想,说:"你也不一定好找,要不,还是我们带莎莎去超元宙吧,那里的游乐场特别带劲,小朋友一定喜欢。"

莎莎好像听懂了,固执地摇头,说:"妈妈!我要找妈妈!"她着急之下,居然主动抓住了刚才还是陌生人的老魏的手。

老魏心一软,说:"放心,莎莎,我带你去。"

5

和老傅以及小田分开后,莎莎紧握着老魏的手不放,好像生怕他跑掉一样。数字体感受不到触觉,但在不同数字体的影像有意接触时，工程师仍然设计出一种难以名状的刺激，勉强说的话，类似于黏附感。它和数字体虚拟大脑中一些深邃的区域相连接，可以在感应场中激发出各种各样的情感涟漪。对老魏来说，他好像回到了很多年前，自己身体还硬朗的时候，拉着孙女去幼儿园时的情景。

完成简单的登记之后，老魏和莎莎的地图被激活了，一张可以随意放大缩小的三维地图展现在他们面前，上面标出了AR影像的可传送点，在东海市里有几百个，基本在马路、广场、公园、购物中心等公共空间。老魏先是找到莎莎家的地点，然后找到距离她家最近的一个传送点，按下了传送按钮。下一个瞬间，一老一小两个游魂就出现在那里了。

那是一个街心的小公园，离老魏家也不算远，周围的建筑和街道都似曾相识。但老魏仍然一下子感觉到了十年的时代变迁：光屏墙、扫地垃圾桶等智能设备变多了，有不少少年男女穿着时髦的飞行衣在天上飞来飞去，还有一些合金的或陶瓷的机器人在路上行走，运送外卖或者快递，这些在老魏生前还很少见。

莎莎左顾右盼了一会儿，忽然发出一声欢呼，抽出小手，朝着公园里一个灯火辉煌的儿童游乐场跑去。老魏不禁莞尔，孩子就是孩子，玩性太大，这就忘了回家的事了。不过数字体孩子怎么能够在人的游乐场里玩呢？老魏一边想一边跟了过去。

谁料，莎莎跑到游乐场门口，却并不往里走，而是扑进一个中年女子的怀里："妈妈！ 妈妈！"

但她整个身体竟从女子的下半身穿过,女子漫不经心地看着一个投射在她面前的 AR 视频,根本没有注意到脚下有这么一个发着白光,满面渴盼的小女孩。

"妈妈!我回来了呀,妈妈!"莎莎尖叫着,试图抓住她的衣角。女子却打了个哈欠,用手一拨,又换了一个搞笑的猫狗视频。

老魏的心沉了下去,他也走到女子身边,试探地问:"你好,请问你……"

女子没有任何反应,继续漠然调弄着视频。

老魏明白了,就像老傅说的,只有在对方内置的 AR 系统授权的情况下,游魂才可能出现在其视野中,被对方看到。莎莎的母亲大概早已更新了 AR 系统,删除了有关她的信息,所以根本看不到她。当然,更看不到老魏。

"妈妈,妈妈,你怎么不理我,我是莎莎呀……呜呜……"莎莎在她面前哭了起来,虽然流不出眼泪,但鼻子一抽,小嘴一撇,却同样令老魏的心都要碎了。

"别哭了,莎莎乖,别哭了……"他徒劳地劝道,却不知如何是好。

但这时,女子好像听到了什么,抬起头,脸上忽然绽放出温柔甜美的笑容。莎莎也怔了一下,以为母亲看到了自己,急切地说:"妈妈,我在这里,妈——"

"小诺!"女子却叫了起来,"来,妈妈在这里!"

一个三四岁的小男孩从游乐场出来,穿过莎莎半透明的身躯,真实扑进了女子的怀里,骄傲地叫道:"妈妈!我刚才从最高的变形滑梯上滑下来啦!"

"真厉害!玩累了吧,满头大汗的……"女子说,"你爸呢?也不看着你一点。"

"我跟着他跑了半天,"一个男子走过来,也笑着说,"你在一边休息,还说风凉话。"

"爸爸!"莎莎叫了起来,老魏感到的分贝比刚才还高,"爸爸呀!"

但男子同样没有听到分毫声响,而对男孩说:"小诺,我们去吃冰淇淋好不好?就我们俩,不给你妈吃。"

小诺却说:"我跟妈妈吃,不给你吃,哼!"

"看到没有,"母亲扬扬得意地说,"儿子向着我,少挑拨离间了,走,妈妈给你买分子冰淇淋……"

一家人说说笑笑地走开了。莎莎在后头追了两步,却又有些犹豫,但还是哭着叫"爸爸妈妈",想跟上去。

老魏心中酸楚,拉住她说:"别哭了,莎莎,他们……他们听不见你的……"

莎莎停住了脚步,又哭了一阵,然后问他:"魏爷爷,爸爸妈妈不要我了吗……"

"不是不要……"老魏不知该怎么说,"怎么会呢?他们只是……只是……"

算算时间自然明白，在莎莎去世后，她的父母很快又有了第二个孩子——如今人人都有冷冻生殖细胞在生育银行，想生几个孩子都轻而易举。新的小生命疗愈了他们的伤口，给了他们的人生新的希望。或许他们不会忘记莎莎，但也不愿再直面这内心的伤疤，所以多年没有再唤醒莎莎的数字体，甚至从自己的信息管理系统中删掉了女儿的一切信息。但你怎么能让一个心智只有三四岁的孩子明白这些呢？她甚至不清楚自己已经死了。

何况，即便能见到莎莎，她的父母又会怎样？也许他们会痛哭流涕，抱住这个苦命的女儿，又或许，他们不愿承认这个残缺的、不具备许多基本记忆的数字体是自己的女儿，甚至不承认她有人的意识，认为只是一段拙劣的错误程序，置之不理。人心的深邃与偏执，外人无法蠡测。

"……只是技术故障，你明白么……所以他们看不到你……"最后老魏勉强说。

"那个小孩……是谁？"莎莎又问。老魏知道她指的是那个小男孩。

"小诺么，他……应该是你的弟弟……"

"我不要弟弟！不要！我要我的爸爸妈妈！"莎莎仿佛忽然意识到是谁夺去了自己的父母，愤恨地鼓着腮甩开他，朝父母离去的方向移去。这次她的念动力很强劲，瞬间就像箭一样射出几十步远。老魏忙追上去，但忽然一群贴地飞行的小青年从他眼前冲过，逼得老魏退了几步。老魏过了好一阵才想到，他无须躲避，就算开来的是二十吨的大卡车,也伤不到他。但此时,对面又跑过来一群打打闹闹的小学生,挡住了视线,人群散开后,老魏已看不到莎莎的身影了。

6

老魏找了半天也找不到莎莎,只好先告放弃。反正莎莎这状态应该也不可能被坏人拐跑。临走时,老傅跟他说过,十二个小时后,不论游魂身在哪里都会被强制关闭,下一次苏醒——如果有的话——还是会在自己的本体墓碑之前,所以不可能走失。但想到莎莎此时不知会在什么角落里哭得昏天黑地,也没有人来安慰,还是让老魏的感应场一阵阵难受。

老魏只好让自己不去想这些糟心事,只想着自己的家人,向家的方向飘去。距离还有两三公里,他本来可以传送到更近的地点。但老魏想看几眼家附近的街景有什么变化:当年,隔了两条马路的百货大楼本来要改成一个艺术展览馆,旁边的小巷也有改造成智能街区的计划,他去世的时候正在动工,现在不知道怎么样了……

其实老魏也知道,这些都是自欺欺人的托词,他只是不敢马上面对家人,也许他们和莎莎的父母一样,早已删去了自己的信息,也无法再看到自己,又或许他们已经搬走了,数字体在未经授权之下,无法通过网络主动联系人类,老魏更不可能找到他们。

他只希望走得慢点，让或许非常残忍可怕的真相更慢更迟一点到来。

老魏在路上又看到了不少游魂，有些是和活着的亲人在一起的，但还有许多大概都是和他类似的情况，他们苍老孤单，灰暗惨白，若隐若现，或飘或行，魂不守舍。其他人类都看不到他们。尽管路上有些中元节主题的表演和cosplay，但似乎没多少人知道今天是他们这些游魂返家的日子。毕竟人鬼殊途，老魏想，但也许再过几十年，生人会越来越少，就像老傅说的，人们都搬去什么超元宙了，这座城市将被越来越多的游魂淹没，埋葬在过去的记忆里。

在离家不远的一条街上，老魏看到四五对男女，或者男男，女女，打扮得花花绿绿，在离地不远的空中飞着，他们不是游魂，而是穿着飞行衣的年轻人。他们笑着闹着，相互亲吻，抚摸，交换伴侣，同时做出各种高难度飞行动作，天知道彼此是什么关系。这大概又是年轻人喜欢玩的什么时髦游戏。

他们一个个从老魏头顶掠过，老魏只是略看了几眼，又沉浸到自己的心事中，对这些造型古怪的小青年没任何兴趣。但在队伍末尾，一个女郎似乎看到了他，好奇地看了他几眼，忽然发出惊讶的低呼，一时没把握住平衡，在空中画出歪歪扭扭的曲线，差点摔下来。

女郎停止飞行，缓缓落地，眼神中都是惊讶。这女郎的身姿前凸后翘，性感到夸张，大概是注射了什么智能纳米液编辑了身材。她的衣着暴露得不能再暴露,下面露到大腿根,上面露出大半个胸脯,绿色的长发像是飘动的海草。脸上和身上不知涂了什么,发出某种五颜六色的荧光。

老魏有些诧异,为什么这个浑身抹得跟山魈屁股一样的女郎盯着他看,难道他的样子看上去很恐怖?还是她从未见过一个老人的游魂?

但忽然间,他想到了一点,整个感应场战栗起来。

这个飞天女郎既然能够看到他,这说明……难道……

他紧张地望向那女郎,渐渐地,他发现她其实很年轻,并从那张浓妆艳抹的面孔深处认出了一张熟悉的小脸的痕迹,但这怎么可能啊……

"若宸,你下来干吗!跟见了鬼似的!"她身后,一个辫发文身的青年男子也跳到地上,不满地叫道。显然没有看到他。

没错了,老魏的感应场一阵紧缩。眼前这个一身非主流打扮的女妖精,正是记忆中活泼可爱的宸宸,他从摇篮里一直带到八九岁的小孙女。

算起来,今年的宸宸的确也有二十左右了。老魏也想过,她应该出落成一个亭亭玉立的大姑娘。但怎么也想不到,孙女是这副模样。

"你……宸宸……魏若宸?"他试探地叫道,朝前走了两步。

魏若宸紧张兮兮地动了动嘴唇,想说什么,却又没说出口。

她尴尬地抬了下手,好像打算遮挡下自己性感暴露的身躯,又发现实在欲盖弥彰,想了想,只好更尴尬地放下手臂,两只手拧在了一起。

"若宸!我跟你说话呢!"辫发男有些猥琐地搂住她的腰肢。

"×!"魏若宸骂出一个脏字,略放低一点声音说,"滚开,我爷爷来了!"

"你爷爷?你跟我说过的那个什么数字体吗?"

"闭嘴!"魏若宸说,在一个老魏看不到的界面上操作了几下,大概是共享了 AR 界面,男青年忽然也能看到他了,一时呆了,然后傻兮兮地鞠了一个躬:"叔叔——啊呸——爷爷好!"

"爷爷……"魏若宸稍微镇定了一点,迎上前说,"你……你怎么来了呀?也不打个招呼……"

"宸……宸,你已经长这么大了……"老魏说,稍微移开目光,不便正视孙女丰满的酥胸。一阵时光的悲凉从心底升起,那个娇憨可爱的小女孩永远也回不来了。"一晃都七八年了,爷爷一直很牵挂你……"

魏若宸也不好意思看他,低着头,干巴巴地说:"爷爷,我也想你……你在那边还好吗?"

老魏不知道怎么回答,只能说:"孤魂野鬼的,有什么好不好的,你们也不来看爷爷,只有爷爷来看你们了……"

"对了!"辫发男插口说,"我今天看到新闻,说数字体可以在中元节放假回家!我还寻思你爷爷会不会来呢。"

"那你怎么不告诉我？"魏若宸瞪了他一眼，又对老魏说，"其实我一直想去看您，就是奶奶不让，说您不是……那个……"

她不知该怎么表达，但老魏也知道她的意思，摇头说："我真不懂，你奶奶为什么这样，就算我……可我对你们……我……"他也说不下去了。

魏若宸赶紧换了一个话题："对了，爷爷，我爸就在家里呢，我带你去看他吧。老K，你在下面等我一会儿。"

辫发男不情愿地答应了，一老一少有些僵硬地转过一条马路，走进一座公寓大楼，这里一切倒基本还是老样子，只是更破旧了几分。魏若宸按了指纹，走进电梯，电梯识别了她的身份，自动带她上到三十五楼。

电梯里，两人相对无语。尴尬的气氛又笼罩下来，老魏打破沉默，问："宸宸，刚才那个人……是你男朋友？"

"也不算吧……"魏若宸含含糊糊地说，"就一朋友……"

老魏想提醒她几句注意检点，但多少年没见了，自然也拿不出长辈的权威，只好说："那个，你爸妈都在家吗？"

"我爸在，我妈嘛，哼，他俩早离了。"

"什么？！"老魏大吃一惊，"这好好的，怎么忽然就离了呢？"

"都离了七八年了……"说到父母的事，魏若宸说话顺畅了许多，"您老人家在世的时候他们也没少吵，您又不是不知道。后面更是过不下去了。我妈倒好，现在找了一个外籍华人，去加国了！"

"加拿大？"

"不是，加利福尼亚共和国……刚独立几年吧。自从美国闹两党战争以后，好几个州都——"

老魏也没心思管外国的政局变化："对了，那你奶奶现在——"

这时电梯"叮"的一声，门打开了，正对着的就是他的家门。魏若宸打断他："那个……对不起，爷爷，我和朋友约好了还有点事，今晚就不陪您了啊，过几天，过几天我专门去那边看您！"

"可是——"

"对了，您别跟我爸说在楼下见到我和——就说只看到我一个人就行了！"

魏若宸快步走到门口，用指纹锁打开了门，里面似乎有一股气味传来，她皱着眉头嘟囔了一声"又喝酒了"，然后喊了一声"爸，爷爷回来了！"就溜之大吉。

7

老魏缓缓飘进房中，这套房子是他去世前三年全家五口一起搬进来的，装修还是他亲自监工的。如今依稀仍是记忆中的样子，但也残旧了许多，家具隐隐都有了包浆，地板上脏兮兮的，掉了许多纸巾和食物碎屑，显然好多天都没打扫了。他看到儿子魏佳杰坐在餐桌边自斟自饮,头上明显有了不少白发,脸上也苍老了几分,一脸的酒气,面前有好几个空了的啤酒瓶。

老魏心疼地叫了一声:"佳杰!"

总算儿子没有把他删掉,一瞥眼也看到了他,立刻酒醒了一半:"爸?!"手一抖,碰倒了边上的酒瓶,啤酒"哗哗"地流到地上。

老魏一时气上心头,皱眉说:"你怎么一个人又喝上了,以前就跟你说要戒酒戒酒,还是喝个没完!怪不得小冰要和你离婚呢!"

"爸,你、你怎么来了?你不是在——"

"我不来还不知道你把家都给搞散了!"老魏越说越气,"你知不知道若宸现在在做什么?和不知道从哪里来的小混混在一起鬼混……她小时候成绩那么好,难道没上大学?"

魏佳杰摇摇头,结结巴巴地说:"离最、最低分数线还差、差一百多分呢,去酒、酒吧里上班了。"

"你……你小子怎么把我的小孙女教成这样了!"

"我有什么办法,"魏佳杰嘟囔着说,"丫头大了,不听我的,她妈又跑了……"

"老婆老婆你管不住,女儿女儿你教不好,老子在坟里等了好些年也没见你来看过我,每天就知道喝酒……废物!早知道老子当初就不生你了!"老魏教训起儿子,很快就进入了状态,说个没完没了,没注意到儿子的神态变化。

砰!

忽然间，一个酒瓶砸到地上，酒水和玻璃片四溅，好几片碎玻璃甚至穿过老魏的身体。魏佳杰扶着墙站起来，指着他，喘息着说："你、你他妈什么时候生过我？你是我爸么？凭什么管、管我？"

老魏蒙了："我怎么不是你爸？"

"拉倒吧！你就是我爸的一个低级复制品，还没复制全！当年我妈就说，你根本不是我爸，让我们把你销毁了，我不忍心，让你活到现在，你居然还教训起我来了，早知道就该听我妈的，把你给……"

老魏气得要发疯："你妈呢？让她出来，今天老子要跟她说个清楚！"

魏佳杰却怪笑起来："怎么，你在那边没见到她啊？"

"我在哪边没见到她？"老魏想，难道沈月今天去那边看自己了？但也没人通知啊？

"在游魂那边啊……她都走了大半年了。"

老魏一怔，随后一股寒气仿佛笼罩了他的感应场，他明白了儿子的意思："你是说，你妈她……她已经……怎么会……"

魏佳杰颓然坐倒在地上，语气也和缓了下来："肠癌，折腾了一年多，受了不知多少罪……去年冬天，总算解脱了，唉……"

老魏只觉得心绪纷乱，相伴一生的妻子死了，他不能不感到难过。但是他自己都早已不在人世，去哀悼一个比自己走得晚得多的人，也未免奇怪……

忽然间,他想到那件事,伤感与希冀同时在感应场中搅动起来。他小心翼翼地问:"对了,你妈有没有……那个复制……"

儿子摇了摇头:"没有,什么都没有。"

老魏感到了一阵数字体应该不可能感到的晕眩,仿佛整个感应场都在无底深渊中下坠,分解。妻子是真的死了,不仅肉身死了,而且一切信息都消失了,变成了虚无,不会存在于宇宙中的任何一个角落。虽然他一时还不明白,这到底意味着什么。

魏佳杰的话似乎还在从远处飘来:"其实她一直很想你……哦不,应该说是想魏光明……她后来信了教,天天去教堂念经……她说你的灵魂应该上了天堂,而不是在那个墓园里……她死的时候斩钉截铁,说绝不要复制数字体……她说那个墓园是魔鬼聚会的场所,她临终时,甚至决定移走你的骨灰,另外找一个教友的墓地合葬……我也拦不住,只好一切顺着她……"

"移走我的骨灰……另外合葬……"老魏感觉,这无比荒谬,简直连语法都不通。原来,他的骨灰都不在自己的墓地里了,而被葬到了别的地方!那还在那里的他算什么?闹了半天,他不但不是人,连个正经的鬼都算不上!

"哈哈哈哈哈……"老魏听到一阵怪异的笑声,又发现原来是他自己发出来的。

"我懂了,我懂了!"老魏一边笑,一边说,"我也太傻了,真相是,魏光明早就死了,这十年来,根本就没存在过。我他妈的根本什么都不是!所以魏家这一切破事和我一点关系也没有。

老婆、儿子、孙女,都和我没有一点关系!我还活着干什么,不,我还死着干什么啊!把我销毁了吧,快点!"他语无伦次地嚷嚷着。

魏佳杰反而有点害怕了:"爸,你别激动你,你——"

"爸?谁是你爸?你爸和你妈已经在天堂团聚了吧!我只是一串毫无意义的数据,一个根本谈不上有生命的程序,压根不是你爸!"

老魏骂着,但不知怎么,儿子从牙牙学语到工作结婚的一系列画面在老魏眼前闪现,仿佛告诉他这些话都不是真的。但老魏挥挥手,把这一切都抹掉。他既然根本什么都不是,这些记忆和他又有什么关系?老魏只想赶紧离开这里,他调出地图界面,随便找了一个传送点,按了一下。

8

魏佳杰和整个客厅都消失了,眼前一下子暗了下来。

老魏发现,自己被传送到了一条河边。他花了一点时间认出来,这是一条城中的河流,距离他家也不远。河面上有几点萤火虫般的光晕闪动,花朵形的纸船上插着蜡烛,却是如今已经很少见了的河灯,用来超度亡魂的。老魏飘近前去,看到一个看上去差不多有一百岁的老婆婆在河边上一边放着河灯,一边口中喃喃念诵着佛经:

"无常大鬼,不期而到。冥冥游神,未知罪福。七七日内,如痴如聋。或在诸司，辩论业果，审定之后，据业受生。未测之间，千万愁苦……"

放河灯本来是中元节的旧俗，但到了这个时代早已寥寥无几了。老魏记得自己小时候，二十世纪八十年代，虽然已经是移风易俗的新社会，但中元节还见到过许多河灯在小河中漂荡，仿佛是天上的星河流淌下来。想来在那时候，还是有许多老一辈的人在以此怀念自己的亲人吧。如今他们也都故去了，成了亡魂，无人怀念，无人知晓。就连他自己，也有不知多少年没有想到早已去世的父母了。人类啊，尝试用记忆抵挡遗忘，最终归于徒劳……

老魏又想，这位老婆婆是在超度谁呢，多半是她的丈夫。她丈夫应该走得很早，也没有数字体留下来。所以她只有这样来寄托对丈夫的思念。忽然间，老婆婆的背影仿佛幻化成了沈月，老魏好像看到她在教堂里，在家中一遍遍念经，祈祷着能在另一个世界和自己团圆。一股悲怆击倒了他。

原来这一切的背后只是爱，无法再寻回的爱。如今已化为虚无的爱。

沈月恨自己，这其实也并不要紧，因为沈月至死不渝地爱着魏光明，这就够了。恰因为沈月爱着魏光明，才会恨他老魏。作为魏光明残留的一部分，或者说魏光明的一个影子，他没有理由生气，而应该为此而高兴，这是他的救赎，他的荣耀。一切问题的根源，都只在于他违反了自从有生命以来的自然规律而出现，他本不应该存在。如今，沈月和魏光明在另一个世界团聚了，他就应该平静地化为虚无，那也没有什么不好。佛经怎么说来着，四大皆空，涅槃寂静。

在这个中元节，没人会超度他，但也许他能够超度他自己。老魏知道，虽然他无法被合法销毁，但他现在不是有了"人权"么？可以向园方申请，从此以后永不被唤醒，结果是一样的。如果他爱沈月，爱自己的家人，他早应该这么做。除了这么做来减少他们的苦恼，他也不可能再帮到家人什么了。

老魏决定，一回到墓园就这么办。但漂浮的河灯唤起了他一点遥远的回忆，他打算在这个悲伤的夜晚，再在这座城市里四处转转，和家乡做最后的告别。

老魏让自己御风而行，飘过一条条熟悉的街道，这些地方曾留下了他从小到大的许多人生回忆，不过其中有不少他的记忆也被抹去了，想不起来发生过什么，只觉得那些名字熟悉而亲切：建设南路、新丰路、江东一路、江东二路、天和小区、兰德斯小区、仁爱小区——

等等，仁爱小区？

老魏忽然想到了一件事，一件他早该想到的事。

他迅速穿过大门，沿着主路进入这个不大的小区，夜色深沉，行人不多，绿化带中掩映着一座座灯火通明的小楼房，A 座，B 座，C 座——对了，是 C 座。

他在楼梯间中飘升，来到五楼上，果然看到一团淡淡的白光照亮了昏暗的楼梯。一个小小的身影蜷缩在门口，就像一只流浪小猫一样孤单无助。

老魏缓缓平移过去。他猜想的不错,刚才莎莎跟着父母走回到自己家门口,但她无法入内。住宅之内是私人领域,既然她的父母已经删除了与她的联系,她也就无法进入房间内的AR场域,甚至看不到里面的任何东西,只有一片黑暗。可怜的莎莎不知怎么办是好,只有待在门外面,像在墓园里一样,蜷缩成一团。

老魏俯下身,生怕吓着她,轻声说:"莎莎,你在这里啊。"

莎莎抬起头,虽然没有泪痕,但表情显然已经哭过很久了。看到他,眼中闪现出一丝犹豫的光亮:"魏爷爷……"

老魏说:"莎莎,我们走吧。"

"可是,这是我家啊……"

老魏尽量柔声细语地说:"其实,你爸爸妈妈刚才跟我说了,让我先带你回去,他们……现在还有一些技术问题,看不到你,但过几天就会来接你的。"

"真的吗?"莎莎的眼中放出光彩,"他们真的会接我回家吗?"

老魏说:"对,我……我保证会有人接你回家的。"

但也许,是另一个人,接你回到另一个家,老魏想。

莎莎犹豫地伸出手,老魏拉住她的手,转身下楼。他想起第一天送宸宸上幼儿园时的场景,一切历历宛在面前。如今,仿佛又有了新的义不容辞的责任召唤了他。爱与温柔在他心底复活。

老魏想,如果善良了一辈子的沈月能见到莎莎,肯定也不会再去想什么数字体和人的区别,什么谁是魔鬼了。那样柔弱的一个孩子,需要照顾和安慰,这是超越人和游魂的区别,超越任何教义的简单事实。沈月一定会比自己更加热情和细心地照顾好这个孩子,让她脸上露出笑容。如果沈月能见到莎莎,说不定也就能理解我了……

老魏又想,虽然沈月已经不可能见到莎莎了,但还有他。如果今后他能够去照顾莎莎,如果能够让她重新幸福快乐起来,找到家的感觉,如果将来他能带她去老傅说的那个超元宙里生活,能够见到千千万万个神奇的世界,如果在未来,新的科技能让莎莎再次长大……

这些"如果",这些让一个孩子幸福的可能,虽然还不能说是确凿存在的,但已经不是虚无,它们在有无之间闪现,它们是有意义的指引,它们的名字,叫作——未来。未来,让时间成为时间。

纵然他并没有真正的生命,但他仍然、仍然被另一颗小小的心灵需要着,所以,他也仍然要活着,仍然不能去选择走入那最后的良夜。仍然要拥抱那个渺茫的未来。

谢谢你,莎莎,挽救了我这个老东西的存在。老魏暗自想。

"嗯,莎莎,我给你讲个故事,想听吗?"

"想听。"

"从前有一座山,叫作花果山,山上有一块仙石……"

"这个故事我听过了。"

"那好……我再想想啊……从前有个小男孩,额头上有一道闪电一样的疤痕,他叫……"

尾声

最漫长的一夜过去了,天色已经微明,游魂们半日的假期也将要结束了。

老魏和莎莎早已回来,在墓园里讲了很久的故事,又做了一会儿游戏,然后又讲了一会儿故事。莎莎有些困倦,躺在自己的墓碑下面,闭上眼睛睡了——数字体既然模仿人脑的构造,便仍然有一些睡眠的需要。老魏坐在她身边很久,直到听到老傅和小田回来的欢声笑语。

老傅一回来就高谈阔论:"老魏啊,你没去太可惜了,超元宙,太了不起了!我去了都觉得这辈子白活了!我告诉你,那一定是人类的未来,也是我们的未来……"

游魂们渐渐都围过来倾听。老魏听他讲了一会儿,也神往不已。但这时,一条推送提示他,刚刚又收到了一条信息,来自一个老魏没有印象的私人号码。

老魏有些诧异地走到一边,打开信息,发现是一幅非常简单稚嫩的蜡笔画:太阳高照,一个老人拉着一个小女孩,走在马路上。老人和小女孩脸上都在微笑,虽然笔法简陋,却颇为传神。

"魏爷爷,这上面画的是谁呀。"莎莎不知什么时候也醒来了,看到了问。

老魏不知怎么说才好，于是笑了笑，拉着她说："是魏爷爷和莎莎呀，你看像不像呢……"

"可是是谁画的呢？"

"是一个姐姐，一个很好很好的姐姐……"

老魏永远不会忘记这幅画，那是多年前他刚去世的时候，宸宸画的，那一年，她还曾专门拿来墓园给他看过，告诉他，自己很想爷爷，所以画了这幅画。

如今这幅画，当然是魏若宸发送给他的。想不到她还一直保留着这幅小画，也许是她翻了一夜才找出来的，又或许，是她在一夜狂欢之后，午夜梦回忽然又想了起来。虽然早已物是人非，但无疑，宸宸的心里仍然记得爷爷，记得童年那些相伴的美好。不仅是在魏光明生前，还包括那些在墓园中和老魏爷孙欢聚的日子……这一切都是有意义的。宸宸也仍然关心着他，需要着他。

纵然人生不如意事十常八九，也许有这些，也就足够。

随着这幅画一起发给他的，还有一段长长的语音留言。老魏不知道魏若宸会对他说什么，但已经被一股期待中的幸福感所充满。他一边握紧了莎莎的手，一边在感应场的微微颤抖中，点下了播放按钮。

透过黑色墓碑群的间隙，第一缕阳光照亮了他们。

未来故事

楔子

"你已生活在未来"。当我坐在马门溪龙宽大糙硬的背上,穿越蕨类丛林的无边绿海时,忽然想到了这句《未来故事》封面上的话。它说,未来,不一定就是满街的机器人飞车,而可能是你想象的任何样子,或者超出你想象的任何样子。比如说,未来可能会发明时间机器,让你回到中生代和恐龙为伍。

骑在马门溪龙背上能够避免不少麻烦,可以躲开蛰伏在雨林中的诸多中小型杀手:恐爪龙、异特龙、陆行鳄和食肉花,还不知有多少怪物。过去半天里,那些神出鬼没的家伙三次让我丧命丛林。我好不容易才找到这条大地上的方舟，但也并不是绝对安全。比如说一些类似狐猴的巨爬兽就仍然可能从树冠上袭击我，当然，还有更棘手的对手。

刺耳的尖唳声在头顶响起，我抬头看去。三头翼龙从低低的云层中冒出来，俯冲而下，每头翼展都有七八米，宛如小型飞机。裸露在龙背上的我显然成了它们渴盼的午餐。

我抬起手，露出装在手臂上的连弩，有效射程二十米，这是目前我所拥有的最高级的武器，也只剩下了不到十发，必须等到它们足够接近。我冷静地等待着翼龙的身影变大。我看到它们长长的红色头冠，翼膜上黑黄相间的纹路交错，甚至可以看到翼展上点缀的手爪。当它们张开嘴发出难听的鸣叫时，可以看到口中白森森的上下獠牙。

时机到了！我按动机关，射出弩箭，正射入正前方一头翼龙的口中，贯穿了它的身体，它发出一声呜咽，身体摇摆起来，从我头顶掠过。我立刻又左右开弓，将从侧翼接近的两头翼龙的翅膀射穿。它们也哀鸣着坠向下方的雨林。这些掠食者的战术相当老练，但终究被我统统干掉。一股自得之情油然而生。

这时我想到了什么，猛然回身，果然看到最后一头翼龙借着树冠的掩护，从马门溪龙摆动的尾巴下出现，向我疾飞而来。我慌忙射出弩箭，但它左右闪避，让我几发连射都落了空。转瞬间它重重撞到我身上，力道不小，让我倒在马门溪龙的脖弯处。我还待射出弩箭，但手臂已经被恶龙牢牢踩在爪下。它露出长满白牙的嘴巴，喷出让人难以忍受的腥臭，向我咬来——

我不禁闭上了眼睛，心中怒骂，我到底是怎么困在这种倒霉境地的？

都是那本《未来故事》惹的祸。

一　贝米

二十年后，我又见到了那本《未来故事》。当时，搬家机正从储藏间深处抬起一个大纸箱，那个箱子自从上次搬家以后，这么多年一直待在这个角落。里头应该都是些小时候的旧物。我想了一下，要不要看看还有什么能用的。但很快又打消了念头，眼不见心不烦，吩咐脑伴直接处理掉它。脑伴随即将从脑机接口接收到的命令传达给搬家机，它伸长机械臂，将箱子托向另一面的墙壁，那里同步打开了垃圾管道。进入那条管道的东西，会即刻被传送到楼底的垃圾站，然后被智能机器仔细地分类、分解和回收。我永远不会再见到其中的任何一件。

但这个纸箱过于陈旧，在空中忽然裂开了，里面的东西洒落一地：几个缺胳膊断腿的玩具机器人、废旧学习电脑、二手儿童头显、动画镭射卡片，还有十几本发黄的纸质书，其中一本直接滑到我的脚下，封面映入眼帘，看起来有些古远的熟悉。

圆滚滚的扫地机器人转过来把它拖走，要送回垃圾管道。我吩咐："等一下，给我看看。"

扫地机器人殷勤地伸长机械臂，把它向上托起，送到我手上。沾染咖啡色污渍的封面上是一幅简约的抽象画：一个人影站在某条走廊尽头，一扇半打开的门中透出淹没他的白光。上方印着字体纤细的标题："未来故事：Future Stories"，下面是作者的名字：谢望舒。不知怎么，这个名字让我感到一种难以名状的似曾相识，真正的既视感。

封面下方的空白处，写着我的名字"贝米"。字迹幼稚，显然出自我自己的手笔，边上还画着一个猫头。

我想起来了，这是一本科幻小说集。小时候我还翻过好几次。它是怎么到我手上的？我习惯性地想问脑伴，但很快意识到它没有那个时候的数据。最近几年，脑伴才取代了形形色色的AI系统，整合了方方面面的数据，依靠主脑划时代的信息处理能力，成为统一的个人智能助理。但巧妇难为无米之炊，我只好用人类的大脑去回想，却怎么也想不起来，毕竟是小时候的事了。可能是从同学那里拿来的，或者是在街头买的。后者的可能比较大，那时候我经常驻足那些如今已经绝迹的旧书摊，花几块零花钱买上几本破旧的纸质书。这本书应该也是其中之一。

我翻了一下，前几页不知何时脱落了，扉页和目录都不复存在。但翻到某一页上，还能想起大概的内容，虽然只剩下一点很浅的印象：基因测序差劲的男人相亲，谁知遇到了基因更差劲的女人；学生在高考中吃了提升智力的药物，变成了天才后又变成了白痴，还有一个小女孩每天晚上睡觉都在"冬眠"，但她并不知道,就这么不知不觉到了未来……诸如此类的蹩脚故事。对了,最后一篇小说。这篇我印象最深,讲一个作家被 AI 写作搞得失业,在未来挣扎求生。倒不是因为这篇写得最好,也不只是因为这篇最写实,而是没过几年,年少的我也体会到了这种痛苦。

我苦笑着,想起那些幼稚的往事。小学时,我常被老师夸赞作文写得好,有文笔,有灵气,在作文比赛中经常得奖。虽然最多只是市里的奖,但我感觉自己距离诺贝尔文学奖已经迈出了决定性的一步。

可上初中后,一切都变了样,周围同学的作文水平肉眼可见地直线上升——上升的幅度和所用智能助理的价位成正比。虽然老师三令五申不许用 AI 代笔,但其实也管不过来,而且 AI 写出的文字也越来越难以识别,它们甚至可以模仿出偶尔的笔误和病句。

那些年,还有一些面向中学生的作文比赛,要求不携带任何电子设备,在考场写完,保证是百分之百的人类创作。现在想来,那只是旧世界毫无意义的自欺欺人,就像在床上用被子蒙着头,让自己相信黎明还没有到来。我的一篇作文得了一等奖,在报纸上发表了。老师把报纸那一版贴在墙上,号召同学们向我学习。大家好奇地凑过来围观——主要是很多同学都没见过报纸,这东西和作文比赛一样是活化石。当看清楚写的是什么之后,一个因为不会用"的地得"被老师训斥过好几次的男生,随手就在他的智能手表上生成了一篇同样主题的文章。

他对我挤眉弄眼,问我:"大作家,你看这篇写得咋样,能拿几等奖？"

"又不是你自己写的，算什么本事！"我反击说。

"你写的又咋样？这种酸词儿，我的手表一秒钟能给你写八百篇。"

我和他胡乱吵了一通。但我清楚，他说的没有错。不仅速度快，而且这篇 AI 生成的短文，无论是语言的精炼还是布局的沉稳，都碾压我那些笨拙稚嫩的笔触，像车轮碾过一只螳螂。

我噙着泪水，想去找欣赏我的老师谈谈，走进办公室，看到老师趴在桌子上打盹。我刚想走开，却发现她的电脑上，一行行字正在自己冒出来。我好奇地瞅了几眼，发现那是一篇关于语文教育的论文。老师这时候醒了，看到我，脸一下子红了。

我不知道怎么回到家里的。不知怎么，又想起几年前的那本《未来故事》，从书架上找到，翻到最后一篇去看那个关于 AI 创作的故事，我还记得最后的结局，那个执着写作的作家疯了。读到这里，我的眼泪潸然而下。

后面的事情，我记得不太清楚。应该是从此以后就埋葬了幼稚的文学梦，再也没在这方面下过功夫。《未来故事》也被我扔进了杂物箱底。当然，文学也好，科幻也好，至少是人类创作的那部分，在我成年后不久也彻底死了。人全靠自己写出一个故事、一些感悟、一串胡乱分行的句子，还有其他人来看，甚至能够卖钱，在今天看来就像是古人用泥巴和茅草造房子一样，凑合能住，但生产力太低下。

我百感丛生,又翻了翻《未来故事》,想花几分钟重温一下那个曾让我泪流满面的悲剧故事。但仅仅看了两三行,文字的粗糙和简陋让我马上打消了这个念头:即便其中还有一点营养,但现代人怎么也没法再去像野蛮人一样茹毛饮血。

忽然,一个好奇的念头闪现:这个叫谢望舒的作家,他怎么样了?他曾经畅想过那么多个未来,当未来真正到来之后,特别是当否定了他这个职业存在意义的未来到来之后,他如何去接受这个事实?他又将怎样活下去——或者他已经死了?

不知为何,我忽然很想知道答案。而且这确实是一个可以发掘的方向,我看了一眼勒口(纸质书时代的术语:指封面延长内折的部分,通常会印刷一些作家和作品的信息),根据那里的几句介绍,谢望舒生于二十世纪末,《未来故事》出版于二三十年前,算来如今也就七十岁上下,当然很可能还在世。再说,即便他死了,如果把这个科幻小说家后半生的事迹找出来,做一篇深度报道,还是有点看头。

是的,许多年后,阴差阳错中,我,贝米,还是成了一个"作家",一个非虚构作者,或者说一个独立记者。非虚构可能是人类唯一还能起一点作用的文类。我们自己设计选题,搜集资料,调查走访,形成一篇基于事实的文字。当然,不必再去一个个码字,最后的加工成文,一大半也是 AI 代劳的。不过无论如何,主要的想法还是我的原创,也是我亲自去采访和探究。人们总算还承认,这是一个自然人的作品。

我让脑伴评估了一下这个选题的综合价值，比如根据市场上有没有类似的选题，结合当下大众关心的议题等等，它给出了一个让我有点失落的结果：B-，勉强合格，我以为至少能有个 A-呢，看来人们比我料想的更不关心这些过时的老古董。这意味着，大概率只有极少数人会花钱去购买最后生成的深度报道，经济回报聊胜于无。我犹豫了一下，还是决定去做。反正目前也没有更好的题目。

我在网络上进行了搜索。脑伴在 0.01 秒或者 0.001 秒之内，帮我搜集了互联网上关于谢望舒的所有信息，又花了差不多同样长的时间，生成了一份详尽的报告。不过 90% 的内容是关于谢望舒的前半生，是哪里人，在哪里上大学，出过什么书，得过什么奖，有哪几部作品曾经影视化之类。宣传吹得天花乱坠，仔细看来也无甚稀奇。谢望舒曾是计算机专业的大学生，在大学期间开始写作，毕业后当过几年程序员，但三十岁那年，写了一篇小说获得了一个重要科幻奖项，拿到了十万元奖金，让他从此走上了职业作家之路，先后出版了五部长篇小说和四部作品集，最后一本就是《未来故事》。比较特别的，是他的妻子曾是一个比他更有名的漫画家，叫作沈琪。网上有些明显夸大其词的爱情故事。比较可靠的版本，是他们是校友，在一次聚会上认识后恋爱结婚，婚后生了一个女儿。

和绝大部分作家一样，谢望舒在二十多年前停止了传统意义上的写作。后面的事迹便比较简略了，只能查到他先后在小说网站"八狗网"进行过人机共创,又在"银河潮"当过技术顾问,还在文学非遗馆进行过写作表演。但最近十来年中毫无消息,彻底离开了公众视野。这也不奇怪,当这个社会不再需要作家,作家也就停止在社会层面的存在。

我开启了脑伴的高级会员权限,让它进行深度搜索。这种功能是整合网络上的海量数据来追踪特定目标。比如,如果某人几年前曾经和谢望舒有过合影并且发表在自己的社交媒体上,即便没说明照片中人物的身份,脑伴也可以根据外形特征等指标查找到他。又或者如果某个社交媒体上账号的语言风格与谢望舒有某些关键契合,也会被列为重点怀疑对象进一步比对……按这种搜查方式,八九成的人都无所遁形。

但还是没有结果,至少没有可信的结果,无论是在现实世界还是超元宙。难道谢望舒已经去世?似乎不太可能,谢望舒这样的老作家,即便过气了,至少也有几个故交在网络的角落缅怀一下,那就不可能逃过脑伴的追踪。这也许意味着谢望舒在刻意隐藏自己的踪迹,虽然很难,但作为程序员的他或许有这样的技术?事情变得有趣了,我想。如果写出文章来也会更好看。非虚构和虚构一样,需要给读者一些悬念。

二　马锐

这是一座破败凋敝的北方城市。到处是灰蒙蒙的,主要的街道上已经灰土扑面，后面的胡同更加不堪。行走在光线阴暗的墙壁之间，满地的垃圾、砖瓦和狗屎，以及冲进鼻端的刺鼻气味顿时让我皱起眉头。墙皮剥落，水管凸出，没有盖子的窨井散发出熏天臭气，还有一只腐烂的死鸟躺在粪水里。我想起来之前查到的资料，这座北方小城财政破产之后，连清洁修理机器人之类的基本公卫设备都买不起了。

我实在忍无可忍，让脑伴给我打开混合现实滤镜，屏蔽这一切现实的不适。顿时，小巷变得亮堂起来，满目的垃圾不翼而飞，地面上铺着古朴的石板，石缝间冒出可爱的绿草，墙壁上有色彩斑斓的壁画，而难闻的气味也因为鼻腔深处传感器制造的中和分子而化为淡淡的芬芳。但地下还是有一条发光的虚线，提示你避开那些看不见的污水和窨井。

今天，像这样的小城，可能有一半居民都搬进了超元宙，肉身在什么冬眠设备里，靠脑机接口寻欢作乐去了，不必再担心环境问题；留下来的也必备混合现实滤镜，所以环境无论多么糟糕都可以忍受，甚至视若无睹。不过并不是没有代价，美化环境，即便只是在视网膜上，也需要有人出钱。

我尽量低头走路，不看那些壁画，它们虽然色泽鲜丽，但场景和人物朦朦胧胧，若有若无，但如果稍加端详，壁画便如魔镜被激活，让一切清晰起来，幻化成绝美的山水，曼妙的男女和引人入胜的文字，如塞壬的歌谣魅惑着我。

其实大部分壁画倒还好，只是当下生成式广告。虽然我早就已经关闭了个性化推荐，不允许主脑调用我的个人数据，但如果在任何形象上多看几眼，主脑还是会捕捉到我的喜好和倾向性，然后生成一段符合我口味的文字或者短视频，里面植入一个或几个投入潜意识的模因。这也没什么大不了，无非是花一两分钟随便看看，然后在几天或几个月后在某种外界刺激下，忽然想要买许多用不着的东西。但其中保不定会有深不可测的故事洞。它们会吞噬一个人的全部，让他无法自拔。虽说随意在街头开启故事洞引诱路人是法律所明令禁止的，但这种地方，法律能有多少约束可不好说。

我几度想关闭混合现实界面，但还是忍住了，我可不想回到那个污秽满地的现实小巷中。再坚持几步，马上到了。我对自己说，就快见到马锐了。

三天前，我让脑伴帮我筛选出和谢望舒可能有联系的人，脑伴根据既有资料，给了我七个人选，但提示我，有几个是早年的亲友，访谈价值不大。其中比较重要的是谢望舒的女儿谢斯人、朋友马锐、前老板楚清川和最后阶段的同事顾润年。

不过，谢斯人能找到的资料极少。脑伴的分析显示，十二年前，她母亲沈琪坠楼身亡，极可能是自杀。谢望舒办理了妻子的后事，但随后谢斯人有离家出走的记录，谢望舒曾经报案，似乎父女之间也不那么和睦。谢斯人已经成年，后来改名换姓搬走了，受到法律保护，和谢望舒应该是断绝了往来。

我隐隐觉得不安：看来这件事的线索比我之前想象的要复杂

许多。或许现在放弃还来得及？但我想了想，打算暂且抛开复杂纠结的家庭关系，先从外围入手：马锐曾是一位小有名气的科幻作家，和谢望舒是多年的老友。对谢望舒理应有比较深入的了解，何况他也能从另一个侧面满足我的兴趣：了解被时代抛弃的科幻作家们在"未来"的生活。

脑伴帮我找到了马锐的联系方式，我和他简单联络了一下，请求登门拜访，并且提及可以有一笔采访费用，马锐同意了。虽然我猜到马锐可能生活也不如意，但也想不到，他竟住在这种陋巷里。

我拐了一个弯，经过一间墙角的房屋，在滤镜的加工下，它如古希腊神庙般悠远神秘——实际上多半是一间老式公厕。似乎预判到我就快到达目的地，墙上的动画也变得越发奇诡莫测，散发出不可名状的刺激。我看到有好几个孩子在前头驻足观看一面墙壁，不由顺着他们的目光看去，多看了一两秒钟，便看到云气在宇宙伸展，一艘如城市大小的宇宙飞船在涌动的星云中穿梭，竭力逃出星云下隐藏的远古怪兽的袭击……下一刹那，飞船终于陨落，在星云兽的巨口中化为火焰和铁水，但弹出一个逃生舱，带着其中的少男少女落到星云深处一颗神秘的冰冷星球上……

有人拽了我一把。我略微一惊，恍惚扭头，看到一个身材笔挺高大的中年男人。面容俊朗，但看起来有点熟悉。

"你站了十分钟了，没事吧？"他问。

"十分钟？"我有点吃惊，再看那几个孩子，早已不见了。

我忽然明白过来，这八成是混合现实中制造的幻影"托"。这种手法屡见不鲜。

"看来这个故事挺对你胃口。"他说。

"也不知怎么就中招了……"我尴笑，这时候才想起来，得赶紧关闭混合现实滤镜，我不能再冒险。顿时，眼前的巷子恢复了肮脏破败的本相，我看到一个肥胖的秃顶老头穿着背心和大裤衩站在我面前。

"您是……马……马老师？"我认出了他，之前在资料上我查过他的真容。显然，那个英俊男人不过是他的滤镜美化版。

"你就是电话里说要采访我的小贝吧，"马锐说，"你喜欢我的《星际浪子传》吗？"

我看了看已经变成一片灰白的墙壁，苦笑着说："开头是挺好看的。"

小贝，你原来是为了谢望舒来的啊，我还以为你是为了访谈我呢？不不，不用解释，老谢的确和我不一样，这我承认。就跟你讲讲他的事吧。我和他是在第三届华语科幻星空奖颁奖典礼上第一次见面的，当时我们都是得奖的新锐作者，我是中篇，他是短篇，大家都是二十来岁的年轻人，意气风发，在一起吃饭的时候从文学聊到科技，从电影聊到游戏，可以说一见如故。那时，他跟我提起 AI 创作的问题，还说在构思一篇这方面的小说，我还不以为意。但十来年后，一切就天翻地覆了。

人工智能写作出现后,有一些作家率先掌握了商机。在其他作家还不会或者不屑借助机器的时候,他们已经偷偷摸摸地让电脑代劳。当然,直接让机器跑出来一部长篇小说一开始还不现实,作家得扔出几个比较详细的大纲,让电脑去生成具体的细节,最好还是按照自己的语言风格,再花一些工夫修改。要弄好也得花几个礼拜,但已经比自己写快上好几倍了。那几年,有好些作家不声不响,忽然间创作井喷,一年整出七八部长篇,迅速卖版权变现,大发横财——但这是人类作家最后的商机了。

当初,我和老谢对此都不以为然。那年,我的《银河浪子传》一炮而红,销量百万,赚了一大笔钱,我以为已经功成名就,没必要搞那些歪门邪道;老谢虽然察觉到了这个趋势,但也不喜欢这种方式。那时候他跑去李杜文学院进修了半年,说是刷新了文学理念,摩拳擦掌,要撰写一部未来主义的科幻史诗——我一直没搞明白那是什么东西。总之,等我们意识到发生了什么的时候,已经太晚了。大家纷纷用 AI 内卷,你一年写二十部,我就写五十部,他写一百部……没多久,小说就跟当年的津巴布韦币一样不值钱了。

前后也就三五年吧,我,老谢,还有一大批别的作家从如日中天变成无人问津。不过后来,我们还是设法找到了新工作,叫什么人机创作师,本质上就是小说修订工。我们在网文大站八狗网上去修订 AI 写的小说,并挂上自己的名字,算是人机联合创作。按工作量给报酬——千字五块,这还是因为我们算是有点名的作家给的高价。不过，因为AI的写作已经越来越纯熟，问题不多，我们的工作也就是剔除一些明显的BUG、病句、废话之类的，干熟了一小时可以修订三四万字。算下来勤快点一个月也有两三万块钱，算是不错了。那几年，AI技术的迅猛发展让不知几亿人失了业，全球陷入经济危机，这种工作好多人都求不来。

不过，老谢对文字的要求比较高，修改也比较细，一个小时只能修订不到一万字，不比自己写快多少。这样下来一个月也就几千块钱。老谢还喜欢用tag对情节和人物做一些深度的修订和再创作，甚至还自己调整了大语言模型，这也让他经手的故事有更多个人的风格。他还有一批死忠读者，人也不多，大概几百个吧，但经常在他小说下留言，和他互动和打赏什么的。老谢常说，不能让他们对署名"谢望舒"的作品失望。

他没想明白，这些故事早就不是"他的"了。网站主编很不满，因为老谢把故事改动太多，公司用AI进行的情节测评上打分偏低，读者少了不少。那个时期，制造网络小说——实际上是所有的小说——已经非常廉价，各种竞争网站冒出来一大批，斗得你死我活，八狗网的压力很大。主编让他不要瞎折腾，就算一个字不动，纯挂个名白拿钱，也比他改来改去的效果好。这让老谢很恼火，他和主编大吵一架，后来辞职了。我好心去劝他不要冲动，他反而跟我也吵了一架。这家伙口不择言，说《银河浪子传》和AI写得差不多，所以我根本体会不到他的创作理念。

这叫什么话？气得我立刻拉黑了他的所有联系方式。

不过所谓塞翁失马焉知非福，不久后，我听说老谢被最大的网络文学网站"银河潮"请去当了什么顾问还是总监。原来，他的粉丝虽然不多，但银河潮的老板楚清川正好是其中之一。听说他的事，就把他请去了。在银河潮当高管，收入可比在八狗网高多了。我主动和他修好，不怕你笑话，其实想让他带我也去银河潮。但他始终没办成，还跟我说银河潮也不怎么样，工作很郁闷，和文学一点关系也没有……拿着百万年薪跟我说这话？后来，我就彻底和他断绝了往来。

话说回来，后来AIGC的电影出现了，阴差阳错，我拍了部自传性的电影居然火了，卖了不少，甚至发了笔财。我当机立断，马上把所有的钱都投入下一个风口：小说的AI游戏化，也就是用AI让小说生成虚拟实景，读者在小说中同时以形象和文本的方式和人物互动，实时生成各种故事线……这个东西后来成为AI创作的一个新主流。但那时候技术不成熟，做出来的东西是个四不像，也毫无反响。我赔得倾家荡产，还欠了一屁股债，只得和老婆离了婚，把大城市的房子卖了，回到老家。

后来我又升级我的《银河浪子传》，当然也不用再自己写，而是免费授权给了一家公司，他们用AI演绎成了长几十倍的故事，而且——我不能不承认——其中反而是我自己写的前两部最烂。《银河浪子传》成了一个真正的故事洞，一旦被故事勾上了，就能让读者疯狂氪金，去购买自己喜欢又自成逻辑的结尾。

这个项目小火了一把，让我又赚了点钱……不过我自己也被几个故事洞给勾住了，这些该死的故事，不花钱就没有办法解锁高级的故事线，没法进入下一个故事环节。那些故事线都是主脑用量子超算法解析出来的，比我自己用个人电脑跑出来的结果精彩多了，但黑心资本越收越贵，我赚的钱也都花在这上头了。其实，我早就想进超元宙去享受更高级的故事，但是没钱啊！对了，这次采访说过要给我一笔钱，对吧？

"这个您放心，马老师。"我说，"说好的，1000元的酬劳，一分不少。另外我还想请问您，你们科幻作家是如何看待当年自己的这个未来的？这是一个好未来还是坏未来？"

马锐沉默了一会儿才开口："这还真不好说，好也有，坏也有。像我们写小说的彻底完蛋了，很多人的工作也消失了，看起来当然是坏事。但我穷是穷，社会福利还是可以供给充分的基本食物，环境是差，但打开混合现实滤镜，也就眼不见为净。而且AI创作进一步发展后，几乎有无穷无尽的文化产品。那些由多媒体建构的故事洞，每一个你进去之后，都几乎可以消磨一辈子。有时候我想到我们小时候，几乎没什么书看，有时候，借一本小说只能借到下册，都能囫囵吞枣地看下去，那时候怎么能够想到现在？地球上的那些敌对国家现在也很少打仗了，要打大家在超元宙里去打就好了嘛！而且当一个人进入自己的故事洞，他和周围的现实世界也没有了关系，那是唯独属于他的宇宙，谁还去为那些身外之物争来争去……所以，应该说是一个奇妙的未来吧。嗯，真奇妙啊！"

三 楚清川

楚清川相貌的英俊令人惊诧。当然，在二十一世纪中叶，谁都可以利用滤镜技术让自己看起来青春年少，比如我刚见过的马锐。但楚清川还不一样，他应该是用纳米机器进行的智能整形，面容的精致和光洁在质感上无懈可击，对肉体的控制已经到了分子层面。资料显示，实际上他已经有六十多岁，但看起来顶多三十左右。即便在这个科技发达的时代，也需要很大的财力才能做到。

另一件证明他财力的事实，是我们此刻所处的位置。我悬浮在一个纯白色的、直径有十多米的球形空间内，其中装点着风格素雅的、带有推进装置的悬浮家具，这是楚清川在太空城的会客厅——之一。作为曾经是全国最大的阅读网站银河潮的创始人，他在十多年间获得了天文数字的收入，足以在太空城这种地方拥有豪宅。

楚清川一身随意的休闲T恤短裤，倚靠在一个发出蔚蓝色光芒的圆环沙发上。周围环绕着四个飞天般装束的女子，每个人的面容都娇艳无伦，翱翔舞动，裙带飘飞，反弹琵琶，吟唱清歌。应该是顶级的仿生机器人。但如果是真人也不为奇。

我想起关于楚清川那些酒池肉林的传闻，略感局促，但他并没有什么淫靡的表现，而是在翻阅一本书。我一眼就认出来，那本书正是《未来故事》。

其实，我没有想到能够这么顺利就约到楚清川接受采访。作为一代文学网站的掌门人，单是能采访到楚清川本人，就能让这篇报道的价值从 B- 上升为 A。我也查到，即便当银河潮已成为过往，楚清川退休了十来年，还是有很多学者和记者想要采访他，但都被拒之门外。不过，楚清川慨然接受了我的采访。当然我没好意思提给他什么酬劳。这里随便一件摆设可能都超过我的全部家当。

我被一个飞天女郎带着，从门口飘向楚清川。楚清川抬眼看到我，把书随手一扔，让飞天们去收走。对我抬了抬眉毛，说："你迟到了三分钟。"

"对不起，楚先生。"我忙解释，"我本来早到了，不过我很少来太空城，不熟悉这里的流程，在安检处耽误了一个小时。"实际情况是，我因为不习惯太空旅行，在空天机上晕眩而吐了半天……

"没关系，"楚清川说，"你叫贝米，对吧？喝点什么？"

一个飞天推着一个器皿朝我飞来，里面有十来种不同的酒水，装在球形的透明容器里，上面有吸管。但我怕不会用，没敢喝。

"楚先生，很荣幸您能接受我的采访。"我说，"我知道采访到您很不容易。"

"你很特别。"楚清川颔首,"所以我想见见你。"

"我特别?"我有些诧异。

楚清川笑了:"这么多年来,你是第一个为了谢望舒来采访我的人。现在记得他的人都不多了。我想知道,你为什么对他感兴趣?"

实际上,我给他的邮件里已经说明了我的采访缘由。但楚清川不知道是忘记了还是希望我再说一遍。我便又介绍了一下自己想做的选题。

"有点意思。"他微微点头,"有点意思。想不到几十年后,还有人关心这个人的事。这个人嘛,也的确有点意思。"

其实我算不上谢老师的粉丝,他当年是一个有点名的作家,我读大学的时候听过他的讲座,他也提到 AI 写作什么的,对我颇有启发。但没怎么看过他的作品。后来,我创办了银河潮,借着风口赚了点钱,但不久后,AI 写作进入成熟期,各个网络文学站点作为内容提供方,都可以零成本提供无限的作品,但也陷入了激烈的同质化竞争。大家无非是比谁的大语言模型更加先进。银河潮并没有什么优势,我急需找一个突破口。这时候偶然和谢老师在一个饭局上重逢,聊天之下,给了我不少新的思路。

我的想法是预测市场的流行趋势,先发制人。比如说,如果我们预料到历史悬疑会在下一个时段流行,那么要做的就是在别人之前推出几部这类作品的扛鼎之作，来抢占市场，引领方向。在人类执笔的时代，这受限于内容供给方面，因为不一定有合适的作者能写出我们需要的类型和水准的作品，但在AI时代就易如反掌了，只需要你能预料到读者阅读口味和方向的变化，可以立刻生成这方面的成熟作品。一旦生成后，让一批读者入坑，就会形成马太效应，即便竞争对手几天后反应过来，生成十倍的类似作品，也不可能和我们争夺市场了。

问题在于，真要预测非常困难。流行是一个非线性的混沌系统，一点细微的改变就可能导致全局的变化，需要考虑政治、经济、社会、时尚等数不胜数的参数。谢老师来了之后，利用他专业的能力，设计了一个算法，主要思路是用社交媒体数据的历史关联来训练预测模型，推算概率最大的演变方向，在这个方向上有了质的突破，算出来准确率高达70%以上，这已经足够了。

AI写作时代，阅读浪潮变化也加速了，每种题材也只能流行几个月。而且文学不只是上面说的那几种，可以细分为三千多个子类型。每一个时期的流行，其实是几十种子类型相互之间的组合互动，而流行演变的动力学趋势，也和不同类型之间的作用有关……诸如此类。总之，谢老师让我们看清了一个隐藏在亿万数据背后的隐藏领域。潮起潮落，此起彼伏，妙不可言。谢老师帮助我们成为这个领域的弄潮儿。

我很佩服谢望舒在这方面的研究，和他一度走得很近。有一次我问他，这些算法从哪里来的，他说是来自阿西莫夫的"心理史学"，一部科幻小说里的设想。不过如今可以成为现实了。我还去翻了翻他推荐的《基地》，感觉颇有启发。

但我渐渐感到，谢老师只是把这当成饭碗，他自己有一些完全不同的想法。公司上市的时候举行庆功宴，他喝得醉醺醺的，对我说，我们干这些有什么意义？电脑计算出来，下周将可能流行A-52类主题，B-37类文笔和C-45类人物关系。然后我们把这些要素组合起来，让电脑生成这样的一批作品，投放给大众。当然，还要搭配另外三四种互补的类型，确保流量最大化……简直是在给养猪场调配饲料来保证出肉率。这和文学，和艺术，和创造力有他妈的什么关系？

我不能说完全不认同他的想法，但我觉得他多少有点太理想主义。数字化管理是现代社会运行的关键。在这个新时代，它只是进一步彻底掌控了文化层面。其实当年的作家，追逐市场流行的趋势，又好到哪里去了？乡村题材火就一窝蜂写乡村，女性题材热了又写大女主，科幻火了又去写AI觉醒……谢老师也哑口无言，闷头喝酒。

不过前后也就两三年时间，这一套也过时了。AI写作又进入了新的阶段：也就是"贴身"创作。

这个理论认为，既然AI能够几乎零成本创作出符合读者需求的各种作品，那么关键是搞清楚每一个读者的需求到底是什么，具体生成只属于他，令他心醉神迷，总之是甘心掏钱的作品。阅读网站开始尝试侧写出每一个用户的画像，最初是通过注册时进行简单的心理测试，填写MBTI问卷之类的方法，然后由AI进行分析。然后事情变得更简单了一些，只需要获取用户自愿分享给我们的个人隐私数据，由AI整合就可以了。你问为什么会自愿分享？那可容易了。银河潮注册协议在第一百多条规定注册即等于授权银河潮读取其社交媒体账号、购物网站订单等大量数据，但谁会认真看呢？

这些数据能够把一个人从头到脚都分析清楚。读者纷纷反映，为他们贴身创作的小说就是他们想要的，和之前的体验相比提升太多，甚至一度超过了AI电影的热度！不到三个月，银河潮的注册用户暴涨。我们又修改了好几次银河潮的用户协议，最后基本就是明说了，要求用户分享所有的个人数据，否则不予注册。大部分人都接受了，反正就算不注册，数据还不是到处泄露……

但谢望舒一直没有跟上这个潮流，甚至更顽固地反对。我不明白他坚持的点在哪里。我告诉他，这种点对点式的AI贴身写作能生成比之前更吸引读者十倍的神作。但他说，这会让读者永远无法走出自己，和外界断绝往来。我说不会的，这其实是以更贴切的方式让读者去认识世界。为了举例，我给他讲了一个AI新编的故事，一个根据格林童话改编的故事。但他似乎完全没听明白。我忽然意识到，这个原版故事是我小时候最爱听的，所以我才对它有特别的感觉，但谢望舒并没有这样的体验。

他对我说，你看，这就是AI创作最恐怖的地方，它让我们无法给别人讲故事了。然后他说了很多，比如说分享故事是人类共同体存在的方式什么的，不住上价值。我承认他有点道理，但在这个时代，说这些又有什么意义呢？如果银河潮不去这么做，唯一结果就是八狗网或者终点网什么的去做，银河潮关门大吉。

不过我还是吸收了一些他的意见。将贴身创作和经典 IP 结合起来。比如，我们仍然可以去讲述《西游记》《指环王》之类脍炙人口的故事，但被 AI 贴身修改到适合每个人心智、趣味和审美的水平。这样人们仍然能够就一些大众作品进行交流，只是可能在很多基本方面会有重要的差异。比如你所看到的《西游记》里，孙悟空可能是一个女孩子，而我的《西游记》里，唐僧是一个花花公子……

即便是这样，谢望舒还是唱反调。他说，故事有超越个人的共通性，不能让修改故事去适应每一个人，特别是经典……但我没有再理会这些陈腔滥调。我还有更大的布局。根据其他员工的提议，我拍板让银河潮开始实施新政策：计算出每部小说的最佳"截断点"，也就是说，最精彩的，令读者欲罢不能的地方，通常来说是在作品二分之一到三分之二的位置出现。截断点之前能够免费阅读，截断点之后的作品就需要付费生成。还可以根据会员的档次调动不同水平的算力，生成白银、黄金、白金等内容。这个想法后来又被修改和细化，比如说让 AI 去计算出利益最大化的收费方式，分出三四个截断点，按层层升级标准收费，甚至对不同读者采取不同收费标准……这些政策实行后，银河潮的收入又翻了好几番。

这一时期，后来被称为"故事洞"或者"故事黑洞"的概念逐渐成形。这是为每一个人贴身打造的故事系统簇，它不再是一部小说或者系列小说的概念，而是一个可以无限扩展的世界观，也可以随时转变成影像、游戏、虚拟空间等等。人们一旦进入这个"黑洞"，基本上会终生待在里面。后来甚至利用了医学方面的一些新发明，比如记忆增删术，来加强人们的沉浸感，让人觉得自己就是故事洞的主角！这是一个难以想象的巨大市场，银河潮需要掌握先机，打通产业链。

谢老师的反对越来越激烈，他甚至咒骂我们是生产电子毒品，是非法拘禁读者，什么难听话都有。这让他在公司逐渐边缘化。虽然如此，但作为曾经的功臣，本来银河潮继续养着他也没问题。但这时候他自己出了事。

我收到一封邮件，有人实名举报谢老师，说他利用高级管理人员的权限，偷偷下载了公司的大量机密数据，包括所有的用户资料，和AI语言模型中的一些核心代码，可能是卖给了银河潮的竞争对手。本来我也不相信他能做出这种事，但证据确凿，由不得我不信。联想到他最近对于公司的一系列强烈不满的言行，出于怨愤这么做也不奇怪。我找他来对质，他一开始并不承认，后来才羞羞答答招认。他把储存数据的硬盘还给了我，说没有把数据给竞争公司。这话是真是假，我也无法分辨。

但我不想闹大，一方面认识多年总有点情分，另一方面这事对公司的声誉也不好，让别人看笑话。我保留了证据作为后手，让他走人。后来我一直留意哪家公司会异军突起，对银河潮不利，但一直也没有什么明确征兆，这事也就过去了。或许他的确没有把数据给别人，又或许是技术革新得太快。谢望舒带走的那些数据，很快也就没什么用了。又或许另有隐情……我还挺好奇的，也许你能告诉我答案。

我摇了摇头，说："我完全不知道这件事。不过我觉得这有点说不通。如果谢望舒是因为理念不合而和银河潮有矛盾，那么他窃取这些资料卖给别人，只不过是让银河潮倒霉，但也无法阻止时代的趋势。他为什么要这么做？"

"人性本来是自相矛盾的，"楚清川低沉地说，"出于怨恨和贪婪干蠢事也正常。不过我想不通的是，他为什么后来去了文学非遗馆。你听说过这事吗？"

"脑伴提供的资料上有。"我说。

"银河潮并没有罚没他这几年的工资和奖金，他即便从此退休，也足够舒舒服服过上几十年了。为什么要去那里搞什么写作直播？是行为艺术？我偷偷看过他的直播，他现场写的那些小说——如果还能算小说的话——速度既慢，内容也很怪诞。我还看到过一个刻薄的评论，说这些直播直观地证明了 AI 取代人类作家的必要性。"

"或许，是因为他的妻子沈琪也在那里工作？"我想起资料上的信息。

"那也不是很能说通……但也许他不去还能好点，沈琪不一定会死。"

我略感诧异："楚总，看来您对谢先生的情况也很了解。"

"我也一直关注他，"楚清川说，"其实谢老师人挺好，他有一个叫马什么的作家朋友，人很穷，谢老师暗中花钱帮他推送了他拍的AI电影，让他赚了笔钱，但好像从来没跟他提起过……所以我觉得他做事应该有自己的理由。这些年来我一直在想他的话。AI写作、故事洞、超元宙……一环扣一环，让世界变成了现在的样子。如今世界上的几十亿人，大部分时间都在超元宙里待着，在为自己打造的故事洞里醉生梦死……这真的对吗？这就是人类的未来？也许谢老师是对的，我们走错了路。"他的目光中透出老人才有的沧桑。这时候我才真切感到，这是一个年过六旬的老者。

"既然您一直关注他，那您知道他的下落吗？"我问。

"不知道，实际上我后来也找过他，但没找到。我找到一些蛛丝马迹，他好像购买了一些装备，我想他应该在超元宙里。"

"但是我的脑伴直连超元宙的主脑，并没有发现他在超元宙的踪迹。"

"他是一个程序员，伪造一个身份进入超元宙并不难，特别是超元宙早期，管理还不规范。"

"可他在超元宙能干什么？难道他也迷失在一个故事洞里

了吗？"

"我不知道，我等着你告诉我呢。那地方我从来没去过。"

"您从来没体验过超元宙？"我有点诧异，"我记得银河潮后来是和超元宙签署了协议吧，所有的故事洞都转变为超元宙里的平行空间……"

"这不代表我也要去。也许你不会相信，但是……跟谢老师谈过后，我甚至没有再体验过贴身AI创作之类的玩意了。"

"为什么？"

"想到它们是怎么出现的，我觉得……恶心。这些年，我住在太空城就是为了远离那个无底洞。在没有任何故事的真实宇宙里，我才能感到平静。"楚清川凝望着舷窗外缓缓转动的银河，低声说。

四　顾润年

文学非遗馆位于一座古雅幽深的中式园林里。我走进月洞门，通过一条曲折的回廊，穿过假山中的小径，又经过木头栏杆的曲桥，来到池塘中的一座亭榭。这中间我打开增强现实滤镜看了一下，确定没有任何影像投射，甚至连建筑说明和道路导航都被禁止。我仿佛是回到了五十年前的世界。当然，这也只是错觉。非遗馆并非真的传统园林，而是十来年前通过纳米级的3D打印制造出来的。

二十一世纪四十年代，人类作家的创作活动在若干年的负隅顽抗后，在主流社会接近销声匿迹。但人类的写作活动被列为文化遗产的一部分，国家拨款，在许多城市都打造了文学非遗馆，并签约了一些作家。失业已久的作家们又找到了组织，在这里抱团取暖。他们的工作是现场表演吟诗、写作等，也包括相关的绘画、书法之类的艺术。很多世纪初有名气的作家，晚年都在非遗馆里讨生活。在AI写作代替人类后，一般人能自己写出一篇没有错别字和病句的作文都算是凤毛麟角。所以有些有情怀的父母也把子女送来这里，让他们学习这些古老的技艺。有历史学家开玩笑说，最后一个人类的文学流派，可以叫做"非遗派"。

如今，超元宙接近一统天下，文学已无人在意，感伤的社会情绪也渐渐消散。还留在非遗馆的作家也越来越少，但今天我要找的这位显然是个例外。

水轩里有大概七八个游客，两三个外国人。大部分人围在一个老人的身边，用各种设备摄影。他白须飘飘，身穿青衫布鞋，一派仙风道骨，站在一张青石桌边，用一支细长的毛笔在素白宣纸上一笔一画地写字。为了让围观者看清楚，他写的字比较大，是一种造型美观的楷书，我不清楚叫颜体还是柳体。内容好像是一首关于春天的诗词，用的还是繁体字：

又是人間三月暮，東風吹皺關河。
垂楊嫋嫋舞婆娑。

众人交头接耳，发出赞叹。外国人应该是用他们的脑伴翻译这些诗句，也大点其头。我回想着他的资料。顾润年，字心初，号壶天居士，是国学家、书法家和诗词家。不过当年他其实是一个先锋诗人，崇尚现代主义还是后现代主义，大概和谢望舒同时期来到非遗馆表演。但他后来发现，基本上没什么人对先锋诗感兴趣，差点被解约，于是换了一番人设，开始写旧体诗词。因为家学渊源，顾润年能写一手好书法，这种才艺目前更为稀罕。他也大受欢迎，成了非遗馆的台柱子。

夭桃開次第，蛺蝶去何多。

确实是"蛺蝶去何多"。十来年间，非遗馆的人来来去去，如今能找到的曾经和谢望舒同时期的人，也就他一个还在这里了。根据网络资料，谢望舒在离开银河潮后不久，就在这家非遗馆注册成为在馆作家。当时还有几篇报道，说著名科幻作家谢望舒在非遗馆表演现场写作，粉丝们不可错过云云。不过在以复古为特色的地方写作科幻小说，有些滑稽，想必也没有什么发展可言。问题还是，谢望舒为什么要来这里？

聞說江南春色好，扁舟擬到煙波。

有可能是因为他的妻子沈琪。沈琪是一个女漫画家，当年颇有人气，但是 AI 画漫画的技能进化得比写作还要快，很快就可以直接取代人类。当时闹过一桩公案。沈琪在某网站上连载的一部漫画作品，因为版权纠纷而停更。网站直接用 AI 去画，把故事接续下去，一开始骂声不少，但后来其实效果不错，沈琪在的时候，一周顶多能更一话，AI 却可以每天都更新，一般人也看不出画风差别。至于故事情节，虽然被人诟病狗血俗滥，但其实爱看的人并不少……沈琪气不过，告网站侵犯她的版权，却不幸败诉。这件事让她受了很大的打击，退隐了好几年，后来就出现在了这里。

说起来，沈琪和顾润年比谢望舒来得早，在这里共事过一段时间，一书一画，常被人并称，沈琪当年曾是美女漫画家，那时候也不过五十出头，看起来更加年轻。当时网络上也有一些语焉不详的桃色传闻。谢望舒跑来这里，是不是和他们之间的事有关？这件事真的是越来越复杂了。

　　蓴羹菰米飯，鷗鷺與相過。

写到"过"字最后一划，顾润年笔锋一按一提，留下一个笔力苍劲的平捺，然后放下笔，擦了擦汗。围观的游客知道是写完了，掌声欢动。顾润年又笔走龙蛇，用行书写下"壺天居士書於望月軒"一行小字，盖上一方钤印。

游客们议论纷纷。"真想不到，还有能写毛笔字的人！""人还能当场作诗。""什么啊，这是词好吗？""搞不好也是 AI 写的。""别胡说，人家是大师……"

顾润年神色淡然，只当没听见，对众人拱了拱手，向轩外走去。一个助理打扮的婀娜女子走上前，举起宣纸，用柔美的声音说："今天顾老师现场作诗，留下这首《临江仙》的墨宝，有没有哪位朋友想带回去做个纪念？只需一千二百……"

我绕过人群，赶上顾润年："顾老师您好。你能不能……"

"没问题。"顾润年说，站定摆了一个姿势。他以为我想要和他合影。

我只好和他合了一张影，眼看顾润年又要走，忙叫住他："顾老师，其实我是……贝米。之前和您通过邮件，关于谢望舒的事……"

顾润年端详了我一眼："原来是你？我不是回复过不接受采访吗？你怎么还找到这里来了？"

"顾老师，我看您接受的采访也不少，为什么不接受我的采访呢？"

"那个人的事情，我没有什么好说的！"顾润年硬邦邦地说。

我却感觉这意味着他有太多可以说的。眼看顾润年又要走开，我脱口而出："那沈琪呢？您也没什么可以说的吗？"

顾润年的声音一下子提高了八度："你说什么？"

我其实也不知道自己在说什么，但感觉这里有内情："我是说，沈琪已经去世十多年了，谢望舒也不一定在人世，您难道想让真相永远隐没吗？"

"那你知道真相吗？"他咄咄问，"过去这么多年，我自己都不明白。"

"我……正在接近真相，"我言过其实地保证，"我不是那种写点花边新闻的记者，我的职业是发掘真相，不论是好是坏。如果我找到真相，我一定会告诉您。但我需要您的帮助。"

顾润年沉默了一会儿，说："既然这样，贝小姐，去我的茶室聊吧。"

茶烟缭绕中，顾润年开始了他的讲述。

我们谈话的任何内容，你如果要发布的话，必须经过我的审查和同意。这你能做到吧？ 好。

从何说起呢？ 我曾经是一个诗人，还有点名气，但写诗本来养活不了自己。我的本职工作，是在一家私企里核对财务报表，非常无聊。结果 AI 浪潮来了以后，我成了第一波被裁员的。后来找了好些工作都干不长，东漂西荡了好几年以后，经朋友介绍，来了非遗馆，成了所谓签约作家，需要授课，包括现场表演写诗什么的。

记得十多年前的非遗馆和现在还不一样，里面还有一些认真的创作者和研究者，还有不少向往文学的年轻人在学习和探讨，所以当时感觉还挺受人尊重，让人有一种薪火相传的使命感。不像现在，那些游客纯粹是来看猴戏……其实，谁耍谁也不好说。告诉你一个秘密吧，那些诗词都是 AI 生成的，通过脑机接口输入给我，傻子才会去抓耳挠腮地写呢。不过这事你不能对外发布啊！

那时候，我认识了沈琪。她当时在非遗馆表演现场画漫画，随手几笔就是一个活灵活现的人物。虽然比 AI 生成的速度还是慢多了，但毕竟是美女漫画家现场画的，还是蛮有意思。我也看得入迷了，我们……很聊得来，偶尔一起吃饭。我慢慢从沈琪那里得知，她丈夫是银河潮的高管。我问她，老公收入那么高，为什么还要到这里来。她说，人总要创作，自己在家里闲着，永远找不到那个氛围。而且，我感觉她对老公也颇有一些不满，可能是因为银河潮干的那些事吧。

但第二年，谢望舒也来了非遗馆。我感觉有点奇怪。他在银河潮拿着高薪，日子过得舒坦，又不像我们一样要为生计操劳，何必来这里打工？也许是钱赚够了，想找点乐子吧。

但谢望舒在非遗馆也干得不怎么样。首先他字写得不行，一般用电脑创作，敲打键盘，就没什么观赏性。而且他写得很慢，一小时只能写五百字左右吧，还得删删改改的。好不容易写出来了，也不受欢迎，甚至很受读者或者说观众的拒斥。我记得看过一点，那些小说不长，故事也比较简单，但又古怪又恶心。比如说讲一个人被什么外星怪虫寄生后浑身腐烂，又或者是正常人发疯吃掉了自己的孩子……说是科幻但也没什么真正的科技元素。

不过让人看了浑身不舒服却又忘不掉。

我曾经问他，为什么要写这样的小说。他笑着说："如果AI已经写出了世界上最好看的故事，那人类就应该写出世界上最难看的故事。"你别说，这话倒真有点耐人寻味。

但我逐渐感觉，这背后还发生着什么事情。谢望舒、沈琪和其他三四个人，包括两个小说家和一个学生，他们越走越近，每天不知道聊些什么。但我被排斥在外面，有好几次，我明明看到他们在交头接耳，但我走过去后，他们拙劣地使了个眼色，改而谈论一些无关紧要的话题。我试探了几句，但是没有人正面回答我。后来，我直接找到沈琪，问她是不是有什么事瞒着我。她说：润年，你还是不知道的好，这是为你好。

我估计是和我改换路线走国学风有关，又或者是沈琪要避嫌。我心里有气，也疏远了他们这群人。就这样又过了几个月，有一天，我来到馆里，看到谢望舒和沈琪在争执什么，吵得很厉害。最后，沈琪打了谢望舒一巴掌，扭头冲了出去。谢望舒呆呆站着，也没有追赶。我想了想，反而追了上去，这可能是我得知真相最好的机会。

沈琪在前面走，我在后面跟着。就这么走了几个街口，她忽然转过身，说："出来吧，这样不累吗？"我知道被发现了，只好尴尬地走出来，讷讷地解释了几句。沈琪也不以为意，跟早先一样，拽着我去酒吧喝酒。我心中一动，也许她喝醉了能够吐出真言。

那天晚上，我们喝了很多，发生了什么，我已经记不清楚了……不，不是你想象的那种事。现在 AI 都不会写这种烂剧情了。沈琪可能确实喝醉了，但问题是，我也醉了。我的酒量还远不如她，半瓶威士忌就倒下了。在醉倒前，我依稀只记得她说"这是挽回一切的最好机会，你为什么要这么做？"还有"为什么不让我试试，就算失败了也甘心"，还有什么"背叛""出卖"之类的。我完全不明白是什么意思。也许最后，她说出了什么，但我也已经失去意识，什么都没有听到。

我半夜在路边醒来，自己回了家。第二天没见到沈琪，我也没在意，想她可能是宿醉未醒呢。但当天下午警察上了门，我才知道……沈琪在后半夜爬到了全城最高的未来大厦楼顶，醉醺醺地从那里……跳了下来……如果我没和她一起喝酒……如果……

顾润年的声音越来越颤抖，转为哽咽。我明白了他为什么不愿意说起这件事，他一定已经背负了多年的负罪感，连我听了也感到一阵内心的揪痛。但随后又涌起更多谜团。看起来，沈琪是因为无法做成某件事情而愤懑自杀的。但到底是什么事情？不知道。但可以肯定，这和谢望舒有关。

"顾老师，"我说，"您不必过于自责，看起来沈琪的死……应该是谢望舒导致的，和您无关。"

顾润年苦笑了一下，继续说下去。

我当然也怀疑过谢望舒，想找他询问这件事。但沈琪死了之后，他比谁都痛苦。我参加了沈琪的葬礼，他那种呆若木鸡，仿佛灵魂都被抽走的样子，我……问不出口，何况我自己又有什么立场去问呢？搞不好谢望舒应该来找我算账。

几天后，我亲眼看到一个叫阿鬼的作家，也就是他们那伙人中的一个，在非遗馆的后院和谢望舒打架，把他打得鼻青脸肿，然后气冲冲地走了，谢望舒自己爬起来，还流着鼻血，我问他需不需要帮助，他摇摇头，不过还是挪不动脚步。我扶他在石凳上坐了一会儿，他说，他今天已经辞职了，以后不会再回非遗馆。

我忍不住问他："你究竟做了什么？让沈琪选择轻生？"

他说："我想不到会这样。我只是告诉她，我们所做的一切都没有用了。"

"你们到底做了什么？"

他没有回答，却说："我打算去超元宙了。"

超元宙现在全世界都知道，但当时刚刚出现，我还不太了解。谢望舒告诉我，那是科幻小说都难以想象的一种存在。我说是不是那个元宇宙，他说有点关系，但和"元宇宙"之类的概念相比，它仿佛从单细胞生物进化成了爱因斯坦。它由量子超算机中的主脑管理的上亿个平行空间组成，每个空间可以是任意大小。你可以在任何一个空间中建立独一无二的世界。比如有的空间精确复制了唐朝或者二战的世界，有的空间是女巫和龙满天飞的奇幻大陆，有的空间是直径千万公里的太空巨环……还有一些更匪夷所思的构造，比如某种四维空间的迷宫，某种上万不同时空拼接的游戏世界……这些空间彼此之间不相归属，只由虫洞连接。实际上，任何数字都是苍白的说法，主脑可以随时创造出一堆新的空间。它可以为一个人创造一个宇宙。它可以为一个人创造一万个宇宙。主脑可以将一个个故事洞转化成可以乱真的宇宙，还可以删除你的记忆，让你生活在自己的故事里。

我问谢望舒："那你要做什么？生活在某个变成宇宙的故事洞里，还是回到你和沈琪之间的过去？或者让主脑给你编造出更多让你开心的故事？"

"不不，你知道关于超元宙最有意思的一点是什么？"他对我说，露出了一个古怪的笑容，"事实上，在那里，你反而可以摆脱 AI 的干涉，摆脱任何它强加给你的故事，去自己创造一个属于自己的世界，开始重新生活和……写作。"

我想了想，才明白他的意思。这一点太讽刺了，对不对？如果要摆脱 AI，我们反而要进入它创造出来的内部空间，在这里才能忘记它的存在，去恢复自己的生活和写作。太荒诞了，但好像，又说不出哪里不对。

"那你女儿怎么办？"我问他，"她才刚刚成年，难道你让她也去超元宙？"

谢望舒的眼神黯淡了下去："斯人么……她恨我，恨我害死了她的母亲，也恨……很多事情。她已经搬走了，删除了我的联系方式,还说永远也不要再见到我了……当然,我要找到她也不是太难。但我想只能在暗中看着她吧。我希望,有一天她能明白我。也许将来,她会来超元宙找我的吧?"

我心中各种念头此起彼伏。果然,谢望舒移民到了超元宙,但理由却是如此……奇特。还有谢斯人,我几乎已经忘了她的存在。在整个故事里,她大部分时间也是隐身的,但是无论如何,她是谢望舒唯一的亲人,也许她知道谢望舒的下落?

"后来……后来谢斯人去找她父亲了吗?"

"这我就不清楚了。"顾润年说,"谢望舒走了,之后我再也没有见过他。但几个月后,他通过一个不可追踪的地址,发给了我他那个超元宙空间的网址,并授权我造访他的空间,不过我一直没有去过。我和他本来也没有多熟,并不想再见到他。而且我感觉,这些信息不是给我的,他是希望有一天,他女儿会来找他,这是留给他女儿的。"

"那……您能告诉我吗?我真的希望能当面访问他,也许我也能帮他找到女儿。"我小心翼翼地问。距离找到谢望舒只有一步之遥了。

顾润年笑了笑:"贝小姐,你答应过帮我找到真相,我把知道的一切都告诉了你。你现在找到了吗?这样吧,如果你能告诉我当年到底发生了什么,我就告诉你谢望舒的空间所在。"

"我怎么能……"我说了半句话,忽然停下了,脑伴通过脑机接口提示我，它已经通过资料，总结出了一个理论，其置信区间在95%左右。

我暗自苦笑，即便在非虚构中，还是得依赖AI对材料的分析才能讲故事么？我作为一个独立记者的价值，看来也不过如此。

但为了见到谢望舒，我还是不能不试一试："好，我可以告诉您我的猜想，距离真相应该也不远了。"

五　谢斯人

一声"滴答"的轻响，翼龙的动作忽然停滞了，随后它从喉咙深处发出一声哀鸣，斜斜倒向一边，脚爪无力地乱动了几下，身子沿着马门溪龙的背脊滑了下去，落入蕨类丛林。

一个人影从天而降，落在我面前，缓缓收拢背上的合金翅膀。此人身穿某种金属的外骨骼，手中拿着一把造型小巧酷炫的枪械，面部藏在银色面罩的下面，只露出一双明亮的眼睛。从身形来看，应该是女子。

她伸手拉我起来："你到这里来干什么？"

"我来找一个人，"我说，"他叫谢望舒。"

女子用锐利的目光盯着我："你怎么知道他在这里？"

"这是谢望舒自己创造的空间，禁止任何外人进入。如果我能来到这里，当然说明我知道他在这里。"

"别耍嘴皮子,我是问,谁告诉你他在这里?还有,你在这里死了三次,每次又重新进入,为什么这么执着?"

"好吧,"我如实告诉女子,"我叫贝米,是一名独立记者,我希望能采访谢老师,完成我的一篇报道。是顾润年老师给了我这个地址。说到这个……他也给了你地址吧,谢斯人女士?"

女子一怔,然后缓缓点头:"看来你知道的还不少。不过并不是顾润年给我的地址。其实,你也并不需要他给你地址。"

"这是什么意思?"

"这个世界并不禁止外人进入,如果你足够熟悉我父亲的作品,根据他的作品中的诸多场景去搜索——比如说,这里是侏罗纪的巴蜀海滨,出自他的《恐龙之旅》——会很容易造访他的故事宇宙。"

我哑然失笑,没想到其实还有这么一条捷径。早知道,根本不用在顾润年那里费这么大功夫。"那这些年应该有很多读者来找过谢老师吧?"

谢斯人摇了摇头:"一个也没有。在这个时代,父亲和他的那些故事已经被遗忘了,他从来也……不算什么。"

我也略感惭愧,虽然要采访他,但我基本上也只看过《未来故事》,而且也忘得差不多了。"那谢老师在哪里呢?我想见他。"

"你恐怕找不到他了。"谢斯人说,目光变得有些奇怪。

"为什么?"

"他已经死了。"

我一阵愕然:"在超元宙人怎么也会死?"

"在超元宙不会死,不过肉体会死的,人类终究还没有克服死亡。"

我看着谢斯人,一时说不出话来。千辛万苦到了超元宙,本来以为可以见到谢望舒,但想不到自己追寻的只是一个死者。某种深深的悲伤和无力如潮水将我淹没。虽然从未见过谢望舒,但这些天为了他的采访奔走,他似乎已经变成了我的一个朋友甚至亲人……

我颓废地在马门溪龙的背上坐下,或者不如说躺倒:"对不起,我……我得缓一缓……"

谢斯人也在我身边坐下:"关于我父亲的事,你知道多少?"

我凝望着翼龙翱翔的天空:"知道不少,但关键的地方还是不能确认,我本来想当面问问他,可惜,不可能了。"

"也许你可以说给我听听。"谢斯人道。

于是我告诉了她我的猜想,实际上是脑伴归纳的理论。

你的父亲谢望舒和母亲沈琪,还有其他不少人,他们认为,AI 创作已经变成了一个黑洞,一个用舒适区吞噬人类的黑洞。每个人都被困在为自己打造的故事中,而越来越远离真实的世界。而这一切的终点,就是超元宙。那是故事洞的终极形态。每个故事洞在超元宙中都可以被转化为具体而微的世界,由主脑为用户编织出一个无边无际的梦境,人类将会永远成为 AI 的囚徒。

虽然谢望舒和沈琪他们看到了这一点，但怎么做呢？他们通过非遗馆来寻找志同道合的同志。还能在非遗馆坚持人类创作的人，多半都对 AI 创作充满憎恶。不过也不是谁都可以。这个密谋必须极度机密，越少人知道越好。像顾润年这样的诗人，虽然也可能加入他们，但他起不了什么作用，所以被你父亲他们拒之门外。

我的脑伴搜索了在非遗馆和他们过从甚密的那几个人的公开资料。虽然这些人也都销声匿迹了，但当年的资料还在。阿鬼、罗子翔和千鹤，虽然他们都是作者，但也有其他的重要身份，一个人工智能专家，一个文艺理论家，一个社会学家，还有一个学徒，年纪很轻，但却是一个天才黑客。加上谢望舒曾经从银河潮窃取大量核心数据和代码这一点。我相信，他们是在制造一段程序，或者说电脑病毒。他们会利用大语言模型中的一些漏洞，篡改模型文件，加入恶意代码，从而瘫痪 AI 进行各种创作的能力。它们会胡言乱语，胡涂乱画，无法输出任何有意义的东西。从而逆转人类创作被 AI 取代的局面。

但是在执行这个计划的最后阶段。不知道出了什么事，谢望舒放弃了，甚至可能背叛了他们。导致这次人类抵抗运动功败垂成。沈琪也在对丈夫和对人类的双重绝望下跳楼自杀。

这个计划的是非对错，我不评判。但我认为谢望舒并不是一个胆小怕事或者背叛伙伴的人，他这么做一定有自己的理由，这也就是我为什么一定要来到这里的原因——想当面问清楚他。

"很好，但有一点你说错了。"谢斯人说，"那不是普通的，一般意义的所谓病毒。那是真正的 —— 文学。"

她微微闭上眼睛，仿佛在回味一首美妙绝伦的乐曲："那是一个非常简洁优雅的篡改，只改掉底层构造中的一个正负号，却可以颠覆所有的故事。那是最根本处的虚无，却仍然嵌入到多层神经网络编织的意义系统中。如果成功的话，每个故事都会被怀疑渗透，被疯狂颠覆，被无意义消解，令人无法忍受。王子和公主相互憎恨，父母和子女彼此吞噬，婚房中躺着的将是白骨，盛宴上捧出的将是粪便……这只是最表面的比喻。它会把所有的故事变成噩梦，把每个人从舒适的故事洞中驱赶出来，面对不堪的自我。这或许将成为对这个新世界的一记警钟。

"但是父亲用他的趋势预测软件测算了一下，发现这次袭击，远远不足以逆转整个趋势，实际上也不可能覆盖整个世界的各大站点。只是一次雷声大雨点小的惊扰。人们很快会缩回到龟壳中继续醉生梦死，并且弥补上之前的漏洞，这样就更没有挽回的希望了。更不用说，所有人都会把牢底坐穿。他想说服众人罢手，但大家已经努力了太久，都不愿意放弃，而且毕竟也不是完全没有机会去唤醒人群……最后，父亲干脆向几家大公司发出匿名邮件，透露了这次计划中袭击的一些细节。对方当然立刻修改了相关的代码，弥补了漏洞。所以攻击就完全不可能了。他企图以这种方式造成既成事实，逼迫战友们放弃这次行动。"

"居然是这样,"我不禁喟然,"但想不到,这件事让你的母亲因此而……"

谢斯人也叹了口气:"没有人理解他,战友们都恨透了他,这些他都预料到了。但他没想到母亲竟然在极度失望下走上了那条路,这是他最大的憾恨。"

"所以他后来干脆放弃了一切,躲进超元宙里成一统,管他春夏与秋冬。"

"并非这么简单。"谢斯人却说,"这个计划还在进行。"

"什么?!"

"这也是我在这里,和你说话的原因。"她说,"父亲将这个空间设置为安全屋,主脑无法直接监控到他。但我还是不能透露太多。我只能告诉你,当年发现的,是那个后来一统天下的 AI 母本源代码中的一个漏洞,但实际上,父亲告知各公司的,只是一个次生的漏洞。在这个时代,即便修补漏洞,也是通过 AI 自行编程进行的。所以……"

"你是说……"我忽然醍醐灌顶,"那个真正的漏洞仍然存在!"

"所以必须等待,等待所有人,至少绝大多数人类进入超元宙之后,真正的计划才能开始。但那个时间点已经不是很远了。"

我一阵战栗。人重新书写故事的可能仍然存在,却是以如此的方式。人类各自的美梦,会变成一个集体的噩梦,把每个人从藏身的巢穴里驱赶出来,面对平凡的彼此,面对丑陋的真实。

"如果 AI 已经写出了世界上最好看的故事，那人类就应该写出世界上最难看的故事。"

我万万想不到，这件事竟然朝着这样的方向发展。看来我的预料全然错误，而谢望舒他们，无论生或者死，仍然尝试以自己的执着书写着未来。

"真想不到是这样，"我感慨万千，"可是，虽然不涉及具体内容，但也是很大的秘密了吧，为什么要告诉我呢？"

谢斯人没有正面回答，却说："你的采访还剩下最后一个板块没完成吧？"

"最后一个板块……哦是啊。"我忽然明白，"还剩下你，我需要采访你。你和你父亲之间有什么心结？又是怎么和好的？"

谢斯人看着我说："说起来也是千头万绪，不过我只需要说个大概，剩下的，你应该能明白。"

很多很多年以前，我父亲给了我一本他的新书《未来故事》。那时候我觉得他是世界上最了不起的爸爸，能够预言未来。当然，还有妈妈，她也才华横溢，能画出最好看的漫画故事……那时候，我也有文学梦想，我也写作，得奖，投稿，发表……我是自己偷偷去投稿的，完全没有跟他们说。当我告诉他们自己得奖了之后，他们开心极了。

但你知道，AI 写作兴起后，我的一切梦想都破碎了。我也很快对写作或者绘画都失去了兴趣。虽然我对早期那些粗制滥造的 AI 小说没什么兴趣，但当"贴身"写作兴起后，我沉沦了。我让 AI 为我编造那些美丽动人的梦幻故事，沉醉其中，不愿醒来。成绩也一落千丈。但没有关系，AI 会给我编织出更美丽更诱人的梦。

当然，我的父母对我开始进行干涉，他们像两个老顽固，禁止我用 AI，无论是工作还是娱乐，还让我去看那些老掉牙的书，去自己重拾起写作。我开始和他们争吵，每天都吵。特别是我父亲，自己在最大的 AI 文学网站策划、研究怎么制造出最精彩的文字，却不让我享受故事洞的乐趣，不是太虚伪了吗？我甚至想，他是不想让我通过对比，看到他那点写作水平有多么低能吧！

不过，又过了一段时间，我父母也没太管我了。现在，我知道，他们在谋划一件可能改变世界的大事。但当时，我只觉得他们已经放弃了我。这让我松了口气，但心底又有些失落。就这样，关系越来越冷淡。我没有考上大学，但也不太在乎了，在这个已经面目全非的世界，人还能干的工作寥寥无几，还要上大学干什么？

那时候，我沉溺于一个精彩纷呈的故事洞，关于在中世纪的欧洲，一个女孩怎么学到魔法，和恶毒的魔法师父母对抗顺便找到真爱的……可是在最关键的时候，到了截断点，我花钱买了好几个后续，一个比一个好看，但都差点意思，我忍受不了这种抓耳挠腮的煎熬，必须用最大的算力，看到真正的神展开！我偷刷了母亲的卡，用了上万块。当然被母亲发现了，我和她大吵一架，甚至诅咒她去死……结果两天后，她真的死了。

我不知道，这是不是我害的。应该主要不是，但我没有办法摆脱这个念头。我只有……加倍地恨我父亲。我告诉自己，母亲是他害死的，我恨他，所以也和他断绝了关系。

最后，我迫切地想要摆脱这一切，这一切的一切。从无法自拔的故事洞到和父母已经损毁的关系，从头开始。正好那时候，通过医疗技术的进步，发展出了一种全新的医疗手段……记忆封存。

刚才开始，我就有一种模模糊糊的怪异感，而此时，这种极其怪诞的感觉达到了顶峰，它从脚底袭来，贯穿头顶，让我一下子汗毛直竖。为什么会这样？

是的，切断特定的大脑区域神经链路，你可以让自己的记忆暂时消失，尽情地投入到故事中，感到自己成为故事的男主角或者女主角……而在这个新游戏中，我让我选择的新生活成为我的故事。我编码了我的潜意识，禁止自己去想自己的父母和家庭，并且不去想这种不想，让这一切看上去顺理成章。我选择了独立记者的职业，去写作非虚构的故事。我没有再坠入故事的深渊中。我把我的人生作为我的故事。

我给自己整了容，并且改了另一个名字。

还要我说下去吗，或者应该把上面的"我"全部改成"你"？

蒙面女子摘下面罩，露出一张和我一模一样的面容。

"Shit。"我说，感到在我的脑海中仿佛有另一个人在苏醒。"那本书……原来是……谢……给我的。

"还有贝米，这是以前我养的猫咪的名字……而我……我是……但你怎么会和我长得一样呢，我明明已经改变了容貌……"

女子的面容忽然间模糊又清晰，变成了略有差别的样子。"这是超元宙，"她说，"我们都只是虚拟形象，当然可以变异成不同的模样。"

"但是……如果我……如果我是真正的谢斯人，那你是谁？"

她说："我是你父亲创造的虚拟存在，你的影子，你的替代，一串代码而已。"

"我父亲……"我喃喃说，我的记忆远还没有恢复，要恢复封存的记忆还需要很多操作。但现在，父亲这两个字，对我已经有了完全不同的含义。"他真的已经……"

"是的，他死了。不过换个角度看。这里的一切，这些恐龙和丛林，这个世界，以及周围那些世界，比如二十世纪的中国，基因编辑的世界，有远古文明的火星……都是你父亲的一部分。我们，在你父亲的脑海中。"

我环顾四周,想象着那个叫谢望舒的男人是如何在这里创造这些世界,将脑海中的许多个世界一一实现。

"另外有件事。他在最后几年里,在这里,终于写完了他一直想写的那部科幻未来主义史诗,虽然那个未来,已经和真实的未来大相径庭了。"

这是一个挺好的结尾。我忽然想,关于我那篇还没有写出来,可能也不一定能再写出来的非虚构报道。无论是传奇还是平庸,一个科幻作家来到了他想象过千百次的未来,还在继续为未来写作,撇开他那些改写未来的宏伟计划不谈,这也足够了。

如果一切到此为止,倒也还算圆满。

但忽然,另一个怪异的念头划过我脑海,我感到一股深入骨髓的寒意,甚至比我知道自己就是谢斯人时更加恐惧。

"等下,你还是没有回答我,"我说,"到底为什么要告诉我父亲的计划?"

"你不明白么,你是他的女儿,当然有权利知道他最重要的计划。"

"但我的脑伴会实时读取我的一切大脑活动,它还是会传递给主脑的,那岂不是全部会暴露?"

"根据你父亲的计划,我可以删除你的这部分记忆……"

"那也会留下痕迹,增加风险……"我说,"我父亲如果爱我,绝不可能把我置于额外的危险中,也危及自己的计划,所以——"

我双唇颤抖，但还是努力说下去："所以这一切都是……是主脑为我父亲编织的一个梦，对吧？我早就该想到，主脑的智能早已经远远超过了人类，人还怎么可能成功？主脑让他以为自己能够成功，能够颠覆 AI 的统治，但其实……其实这只是一个他沉溺其中的故事？"

和我长得一模一样的女人沉默了很久，对我说："不是每个故事，都必须要有一个确定的答案。"

我长长叹了一口气，望向丛林尽头的一抹蔚蓝，那是远古的特提斯海。我想起来，在谢望舒的一个故事中，曾经有一个来自未来的女孩孤独地住在这里，终日看着蛇颈龙在海上游弋，等待着永远不会到来的故人。

"再跟我讲讲我父亲在这里的事情吧。"

"好啊，反正还有很多时间。"

马门溪龙挪动让大地震颤的步伐，迈向天边的海。

后　记

　　《你已生活在未来》中收录了十三篇小说，涵盖了我十余年的创作生涯，但其中大部分都是近几年创作和发表——特意为本书创作的最新一篇昨天才刚刚完稿。这些故事共同的主题是关于近未来的生活：数年乃至数十年后，在一个日渐变得陌生奇特的世界，我们将如何去学习、生活，如何去工作和娱乐，如何去面对爱与亲密关系……

　　这似乎平平无奇，科幻是关于未来的故事，自有科幻以来就是如此。但今天撰写这样一本书，情况已经和之前的世代有了本质差别。在从玛丽·雪莱到阿西莫夫的百年之间，未来是未来，现实是现实，幻想是幻想，生活是生活。弗兰肯斯坦的怪物不可能从实验室冒出来，阿西莫夫的机器人侦探不会真的在街头出没，克拉克的星门也没有在现实中的2001年打开。科幻小说中的未来世界，尽管可能设置在二三十年后，但对读者来说，和遥不可及的另一个宇宙也没有太大区别。而当未来科技逐渐到来时，也远不如科幻中的版本那么一惊一乍，人们可以舒缓平静地接受它们成为新现实的一部分。

但时光进入到2010年代后，如奇点理论所预言的那样，科技发展速率沿着一飞冲天的指数增长曲线激增。未来已经从缓慢移动的静川，变成了排山倒海而来的巨浪。高铁、大飞机、空间站、3D打印、基因测序与编辑、分子靶向药物、移动支付、区块链、大语言模型……乃至更新的元宇宙、脑机接口、量子计算、无人驾驶、陪护机器人、可控核聚变……新技术和新理念正以令人目不暇接的速度纷至沓来，迅速成为我们生活的一部分，甚至在我们完全熟悉它们，把它们作为稳定的现实之前，就已经过时，将晕头转向的我们交给了另一波更新的浪潮。未来已成为现实不可分割的一部分，或者毋宁说，现实自身溶解在未来之中，完全被未来的可能性所主导。

即便在字面意义上也可以说：你已生活在未来。

因此，人们往往需要通过科幻的滤镜，才能认知当下所发生的一切。今天，科幻在社会生活各个层面都获得了空前的重视，根本上是因为，它在很大程度上已经成为时代所依赖的话语系统。当我们每天都在谈论大数据、元宇宙、AI创作、无人驾驶、基因编辑……又或者全球极端气候、核废水污染、新传染病毒、无人机作战、信息污染和网络暴力……的时候，无论是好是坏，我们从感性的层面上，都不得不感叹说："生活真是越来越科幻了。"

这当然并不是说，现有的科幻有资格成为当下社会的导师或是文学领域的领头羊。事实上，传统意义上的科幻更多是面临着严峻而深远的危机。幻想与现实的壁垒被打破后，科幻自身作为与现实相区别的幻想领域的自治性也被破坏，传统的写作套路，诸如外星人、机器人、宇宙飞船等"老三样"，或者简单作为故事道具的量子力学、赛博空间、时间穿越等概念，都令人感到陈旧乏味；如果生活自身就变成了科幻，而且是最真切最丰满的科幻，那么读科幻小说还有什么意义呢？我们从小说中还能得到什么？

科幻本身的确也到了求新求变的时刻，在时代的挑战面前，科幻的主题、风格和技巧不断推陈出新，并与其他文学门类和多媒体形式融合，带来令人振奋的全新可能。就这部《你已生活在未来》而言，主要特点是将关切投向了"正面战场"：未来与现实正在暧昧纠缠、短兵相接的交接地带。这体现在书中的每一个故事里。这本书中设想的绝大多数科技，都有现实的版本：如今你只需花几百块钱，就可以检测自己的基因构造，查明罹患某些疾病的风险；磕几颗药丸，也能够大大提高专注和思维能力，让自己考试如有神助（当然也引起了大量争议和社会问题）；虚拟现实和混合现实技术早已开始商用，成为年轻人娱乐生活的一部分；至于 AIGC（人工智能生成内容）近年对社会的冲击，就更无须赘述。即便如《中元节》中的"数字人格体"设想，看似有些超前，但用 AI 技术生成死者的语言模型已经初步获得应用，AI 复活，数字重生等，甚至可以在电商平台定制，也引起了伦理上的争议；而《度假周》中的冬眠技术，尽管实质进展有限，但也有商业公司推出死者速冻业务，期冀使用者能在科技发达的未来苏醒……小说中的想象，只是将这些现有技术合乎逻辑地推进一步，并设想其应用对于社会和生活的一系列影响。而这些并不是发生在和眼下无关的某个时空，而可能就在我们身边，就在明天。

因此，与笔者去年出版的另一部主打奇妙脑洞的作品集《美食三品》完全不同，《你已生活在未来》中的作品，基本诞生于并聚焦在当下与未来交互的边缘地带，并保持对发展态势的关注和思考。而越是到近年，这种以比较写实的近未来技术影响为主题的创作方式就越成为我写作的焦点。我的基本关注是，个体在一个科技发展狂野诡谲、价值观分崩离析的新时代，如何找到和安放自己的生活意义。当然，小说从未打算进行某种宣教，而仍然旨在讲一个有趣的故事，这点我始终未忘初心。

2022—2023年间，我有幸在北京大学博古睿研究院担任年度学者，研究课题是"科幻视野下的近未来私生活"，当时专门整理和分析了一批相关科幻作品，也强化了我在这个方向探索的兴趣。本书中《中元节》《虚拟爱情游戏》等几篇作品，都是这一年的产物。当时我结集整理了初步的书稿，暂名《未来人生故事集》，打算作为相关创作的一个阶段性总结，也得到了中心的意向扶持。不意好事多磨，因为合作形式复杂，各种规章制度约束，以及一些人事因素，导致这本计划中的小书难产数年。好在经过重新规划，人民文学出版社接纳了这部小书，让它有幸以一个新的名字在中国文学出版第一重镇正式面世。而在调整旧篇目和增补数篇新作之后，本书的内容也变得更加丰满而时新。比如《人人都爱拍电影》《未来故事》这样的作品，就探讨了目前最受关注的 AI 创作问题。所以，《你已生活在未来》的出版，或许遇到了最好的时机。

最后，要特别感谢人文社的赵萍老师对本书所倾注的关心，以及向心愿和黄岭贝两位责编的辛勤和细致工作。感谢大力支持科幻发展的中国作协邱华栋副主席，以及刘慈欣、王晋康两位我创作上的恩师的热烈推荐！还要感谢博古睿研究院前期的大力支持。无论是过去、现在还是未来，人与人之间的相遇和情谊永远是人生中最美好的部分之一。

宝树

2025 年 5 月 18 日